L'AMOUR
EST
IMPITOYABLE

KIM FIELDING

L'AMOUR EST IMPITOYABLE

KIM FIELDING

Publié par
DREAMSPINNER PRESS

5032 Capital Circle SW, Suite 2, PMB# 279, Tallahassee, FL 32305-7886 USA
www.dreamspinnerpress.com

Édition e-book en français : 978-1-64080-734-1
Édition imprimée en français : 978-1-64080-735-8
Première édition française : avril 2018
v 1.0

Édité aux États-Unis d'Amérique.

Merci à l'incomparable Amy Lane,
qui m'a donné en partie le nom d'un certain groupe punk.

PROLOGUE

Septembre 1997

LES MENOTTES faisaient un mal de chien. Cette salope de flic ne voulait pas utiliser un zip, elle avait menotté Nevin à la place et serré avec suffisamment de force pour coincer ses petits poignets. Les jointures de sa main droite l'élançaient depuis qu'elle était entrée en contact avec le visage du pignouf. Nevin avait lutté de toutes ses forces à l'intérieur de la voiture de police, mais il n'avait réussi qu'à se faire mal au pied, alors il se contenta d'un visage sombre et menaçant.

La flic lui avait dit d'attendre pendant qu'elle prenait le temps de parler au père de la famille d'accueil. Il s'appelait Price, mais Nevin préférait l'appeler Pignouf, parce que c'était un vrai connard. Comme là, Pignouf était dans l'allée devant sa maison, avec le soleil qui se reflétait sur la zone chauve de son crâne, et il agitait les mains dans ce qui semblait être un récit dramatique des événements de l'après-midi. Dramatique et plein de putains de mensonges, sans nul doute.

Nevin Ng grogna tout en le regardant. Le nez de Pignouf était gonflé, du sang séché parsemait par petites gouttes son polo. C'était bien fait.

La flic termina sa conversation avec Pignouf et passa un long moment à parler à quelqu'un avec son talkie-walkie. Lorsqu'elle se glissa enfin sur le siège conducteur de sa voiture, elle claqua la portière et soupira. Elle ne dit rien pendant si longtemps que Nevin commença à s'agiter.

— Allez, grogna-t-il finalement. Le centre de détention pour mineurs m'attend.

Elle se tourna pour le regarder à travers la grille en métal.

— Quel âge as-tu, Nevin ?

— Quinze ans.

Il paraissait plus jeune. Durant les rares occasions où il était allé au restaurant avec une de ses familles d'accueil, les serveurs lui avaient immédiatement donné un menu enfant et des crayons. Il détestait ça.

— Tu seras bientôt trop vieux pour le centre de détention, dit-elle.

— Et alors ?

— Alors, qu'arrivera-t-il quand un mignon petit gars comme toi finira en prison ?

Il serra les dents.

— Si un de ces connards s'approche de moi, je lui arrache les couilles.

Il le ferait. Il pouvait tabasser un type deux fois plus grand que lui.

Elle pouffa de rire.

— Tu es un vrai petit dur, hein ?

Elle s'adoucit un peu et le regarda.

— Je te propose un truc. Nous allons chercher quelque chose à manger et discuter un peu.

— Vous allez me filer un burger avant de m'arrêter ?

— Je pensais à quelque chose de mieux qu'un burger. Et si nous avons une bonne discussion, je n'aurai peut-être pas à t'arrêter.

Nevin écarquilla les yeux.

— Vous dites juste ça pour que je me calme. Je sais que Pignouf va porter plainte.

— Pign... euh, M. Price n'a pas son mot à dire. Je décide si je t'arrête, pas lui. Et si je le fais, ce sera un agent aux mineurs qui décidera ou non d'engager des poursuites.

Elle regarda devant elle, mit sa ceinture et démarra.

Les poignets de Nevin lui faisaient toujours mal, mais maintenant, il avait d'autres choses à penser alors que la voiture s'engageait dans la circulation. Il ne savait pas si elle disait la vérité au sujet des charges, et il n'avait aucune idée de ce à quoi elle pensait. Que lui voulait-elle ? Il songea à plusieurs possibilités, mais aucune n'avait de sens.

La voiture tourna sur Macadam, ce qui le surprit. Il s'était attendu à ce qu'elle prenne la I-5, traverse le fleuve et s'engage vers le nord-est, là où se trouvait le centre de détention pour mineurs. Au lieu de quoi elle s'engagea vers un petit centre commercial et se gara. Puis elle sortit, ouvrit sa portière et le regarda.

— Si je t'enlève ces menottes, tu seras sage ?

— Je ne peux pas manger avec, patronne.

— Sauf si je te nourris à la cuillère comme un oisillon. Mais je n'ai aucun instinct maternel. D'accord, je te les enlève, mais je te préviens, si tu tentes de fuir, je te rattraperai. Et tu pourras dîner à Donald E. Long à la place.

— Leur bouffe est terrible.

Elle sourit.

2

— Alors ne t'enfuis pas.

Pendant qu'elle lui enlevait les menottes, il songea à fuir. Mais même s'il était rapide, elle avait de longues jambes et semblait athlétique. De plus, ce n'était pas le genre de quartier où il pouvait facilement se cacher. Et il avait faim. Il la suivit sur le parking.

Le restaurant se révéla être un mexicain avec un tas de nourriture saine, ce qui était étrange. Mais ils avaient des enchiladas et elle le laissa commander des chips et du guacamole. Il s'y attaqua dès que la nourriture arriva, mais elle tint sa fourchette en l'air et le regarda par-dessus son assiette de riz et de haricots.

— Pour un petit gars, tu manges beaucoup.

Il la fusilla du regard.

— Écoutez, patronne…

— Agent Pender, s'il te plaît. Ou madame.

Nevin leva les yeux au ciel avant d'enfourner une autre fourchette d'enchiladas. L'agent Pender était une belle femme. Très vieille, au moins trente ans, mais elle avait la peau douce couleur sépia et des cheveux noirs coupés court. Il devrait peut-être arrêter d'être aussi revêche et tenter de flirter un peu à la place. Elle tomberait peut-être dans le panneau, même en étant flic.

Mais avant qu'il puisse tenter le coup, elle le désigna de sa fourchette.

— Pourquoi as-tu frappé Price ?

Il eut un petit sourire alors qu'il se souvenait de la sensation agréable de son poing dans le nez de Pignouf. Mais quand l'agent Pender haussa les sourcils, il fronça les siens.

— Vous m'avez pas dit mes droits.

— C'est parce que tu n'es pas en état d'arrestation et que ce n'est pas un interrogatoire.

— Alors pourquoi demander ?

— Parce que je crois que M. Price m'a menti.

Cela le surprit et il se figea alors qu'il voulait prendre son Coca.

— Oui ? Pourquoi ça ?

— Il m'a dit qu'il tentait de te convaincre de faire tes devoirs, et qu'au lieu de ça tu l'as insulté et frappé. Mais je vais te dire, gamin, mon détecteur à connerie sonnait l'alarme et je pense qu'il dit n'importe quoi. Et puis, j'ai parlé à ton assistante sociale. Elle m'a dit que tu avais quelques problèmes avec l'autorité, mais que même en étant traîné d'une école à l'autre, tu avais toujours uniquement des A.

3

Il haussa les épaules. L'école était facile pour lui. Peut-être qu'il aimait ça parce que cela lui donnait autre chose sur quoi se concentrer que sa vie de merde.

— Alors, pourquoi l'avoir frappé ? demanda-t-elle.

— Vous ne me croirez pas.

— Essaie toujours.

Il repoussa son assiette vide et croisa les bras. Il connaissait le jeu. Il dirait tout, mais la seule chose que le flic verrait serait un gamin faiblard qui était allé dans tellement de familles d'accueil et de foyers qu'il ne se souvenait pas de tous, un corniaud dont personne ne voulait et qui finirait vite en prison. C'était ce que tous les autres avaient vu quand il avait tenté de parler de Pignouf. L'agent Pender allait le conduire au centre de détention ou dans un endroit avec des verrous aux portes, alors au moins ses jours chez Price étaient terminés. Ce qui aurait pu être génial, mais cela laissait Becka avec Pignouf, et personne ne prenait soin d'elle.

Merde. Nevin devait au moins *essayer*.

— Pignouf a un autre enfant en accueil. Becka. Elle a... je sais pas. Onze ou douze ans, je crois. Mais elle pense et agit comme un enfant de maternelle. Elle ne connaît pas son alphabet. Mais elle est gentille.

Elle n'arrivait pas à prononcer le nom de Nevin, elle l'appelait Nin à la place, et elle insistait pour qu'il regarde les dessins animés avec elle après l'école. Le matin, elle lui donnait plusieurs barrettes en plastique avec des fleurs et attendait patiemment pendant qu'il défaisait les nœuds dans ses cheveux blonds bouclés.

Le regard brun de Pender devint glacial.

— Et qu'est-ce qu'elle a ?

— Pignouf est... Becka m'a dit qu'il la touchait. Elle ne connaît pas les bons mots, alors je ne sais pas exactement ce qu'il...

Nevin secoua la tête avec impatience.

— Elle n'aime pas ça. Ça, je le sais.

— Tu l'as dit à quelqu'un ?

— J'ai essayé. Je l'ai dit à mon assistante sociale. Elle a répondu que je racontais des conneries parce que Pignouf était trop sévère et que je voulais être replacé.

Nevin ne s'était pas attendu à ce que cette garce l'écoute. Deux ans plus tôt, une autre perle de père de famille d'accueil avait décidé qu'il le frapperait régulièrement, et elle n'avait pas cru Nevin parce qu'il n'avait pas de bleus pour le prouver.

4

L'agent de police pinça les lèvres.

— Alors tu as fait quoi ?

— J'ai essayé d'en parler à Mme Pignouf, mais elle ne m'a même pas laissé le temps de dire les mots. Cette garce ne se préoccupe que d'elle-même.

— Attention à ton langage. Un jeune homme doit respecter les femmes.

— Comment je suis censé respecter une personne qui sait que son mari est un gros dégueulasse et ne fait rien ? Bref, quand elle m'a coupé, j'ai dit à Pignouf que s'il touchait encore à Becka, j'allais lui couper la queue pendant son sommeil. Il a essayé de m'attraper et je l'ai frappé.

— Tu l'as frappé très fort.

Un petit coin des lèvres de Pender remonta.

— Petit mais costaud.

Ne sachant pas trop comment interpréter sa réaction, il but du Coca.

L'agent Pender mangea son repas en silence, semblant ignorer la manière dont il jouait avec sa paille et agitait les jambes. Quand elle eut fini, elle s'essuya les lèvres avec sa serviette et le regarda d'un œil perçant.

— Tu tiens à Becka.

— Oui, je suppose.

— Tu ne la connais que depuis quelques mois.

— Et alors ?

— Pourquoi la défendre ?

Il détourna le regard. Quelques tables plus loin, trois femmes d'une vingtaine d'années riaient en s'installant. Elles semblaient si heureuses. C'était injuste. Des années auparavant, il rêvait encore qu'il serait heureux un jour. Il se disait que même s'il ne trouvait pas de famille d'accueil convenable, au moins un jour il serait grand et pourrait créer sa propre famille aimante. Maintenant, il savait à quoi s'attendre, et ce type de rêve était fait pour les cons.

— C'est qu'une gamine, dit-il à voix basse. Je ne sais pas ce qui est arrivé à sa famille, mais personne ne veille sur elle.

— Personne, sauf toi.

Il haussa les épaules.

L'agent Pender se redressa et épousseta des miettes imaginaires sur son uniforme. S'il avait un bel uniforme comme ça, lui aussi en prendrait soin.

— Tu es à un tournant, Nevin Ng, dit-elle.

5

Il la regarda, un peu perdu.

— Hein ?

— C'est une façon de parler. Écoute, la vie t'a donné un départ de merde. C'est nul. Tu peux te rouler dans cette merde jusqu'à en être recouvert, mon grand. Jusqu'à ce qu'elle *devienne* toi. Alors, je me fiche d'à quel point tu es un gros dur, tu finiras par moisir en prison ou mort.

— Et alors ? demanda-t-il, la mâchoire serrée.

— Alors tu n'as *pas* à prendre ce chemin, mon petit homme. Si tu es un tel gros dur, tu peux combattre ça. Dépasse-le. Au lieu de gâcher ta vie, tu peux l'utiliser pour aider toutes les Becka du monde. Parce qu'il y en a beaucoup, tu ne trouves pas ? Crois-moi, je sais de quoi je parle.

Sa gorge se serra.

— Je peux rien faire pour personne.

— Foutaises. Aujourd'hui, à cet instant, tu as fait quelque chose pour toi. C'est là que tu commences. Cela ne sera pas si dur si certaines personnes t'aident. Et je sais peut-être où trouver ces gens. Et dans quelques années – et peut-être quelques centimètres en plus – tu pourras *alors* aller sauver le monde.

Elle sourit et nettoya son badge avec le plat de sa main.

— La cape et les collants sont en option.

Nevin la dévisagea, mais elle sourit d'un air serein. Et la chose la plus incroyable arriva : il la regarda et ne vit rien que la vérité. Elle croyait ce qu'elle venait de lui dire. Peut-être même... qu'elle croyait en lui, juste un peu.

Il se pencha en avant et soupira.

— Alors, qui sont ces gens dont vous parlez ?

I

TENANT FERMEMENT une tasse en carton dans sa main, Nevin était debout sur un petit porche et regardait la pluie. Bienvenue en Oregon au mois de juin. Un agent en uniforme traversa le petit jardin soigné devant la maison et monta les marches. Il serait rentré directement si Nevin ne l'avait pas retenu en levant la main.

— Essuie tes pieds, abruti.

Le gars ouvrit la bouche comme pour protester, mais changea sagement d'avis et s'essuya les pieds sur le tapis.

— Vous autres gorilles en avez fini, là ? demanda Nevin.

Les agents en uniforme avaient l'habitude de la manière dont Nevin leur parlait. Merde, il les traiterait toujours de la même façon même s'ils arrivaient à gravir les échelons.

Celui devant lui secoua la tête.

— On va en avoir pour un moment.

— Merde. Eh bien, faites venir le propriétaire. J'aimerais avoir une discussion avec lui.

Le propriétaire sortit une minute ou deux plus tard, avec ses yeux bleu foncé grands ouverts sur son visage pâle. Il était évident qu'il avait passé plusieurs fois ses doigts dans ses cheveux, détruisant sa coupe soignée au profit de mèches blondes pendantes. Il tira sur son nœud papillon à pois qui était un peu de travers.

— Vous vouliez me parler, agent ?

— Inspecteur. Nevin Ng. Et, oui.

— Colin Westwood.

Le propriétaire tendit une main parfaitement manucurée, que Nevin serra. La paume de l'homme était un peu moite, ce qui s'accordait bien avec sa pâleur un peu verdâtre. Il semblait être le type d'homme qui prendrait peur s'il voyait une araignée dans sa baignoire, mais Nevin devait bien lui admettre des qualités. D'après les premiers agents sur place, Westwood avait attendu que les secouristes arrivent avant de se précipiter à l'extérieur pour vomir dans les rhododendrons. C'était une bonne chose qu'il se soit occupé de la victime et n'ait pas contaminé la scène du crime.

Le porche était nu, à l'exception du paillasson et de deux pots de fleurs vides, et Nevin en avait marre de rester debout.

— Suivez-moi.

Il le conduisit jusqu'au trottoir où se trouvait sa voiture.

Malgré le sérieux de la situation, Westwood sourit.

— Je ne savais pas que la police de Portland était devenue si créative avec les voitures des agents.

Nevin caressa le toit, dégageant quelques gouttes de pluie qui brillaient comme des joyaux.

— Elle est à moi. Modèle de 67 avec 400 V-8 et 335 chevaux sous le capot.

— Elle est… violette.

— Couleur d'origine. Brume prune. Elle s'appelle Julie.

Westwood en fut surpris.

— Pourquoi Julie ?

— Le nom de la première fille que j'ai sautée. Entrez avant qu'on se noie.

Nevin suivit son propre conseil et se glissa sur le siège conducteur confortable. Il ne se fatigua pas à dire à Westwood que sa voiture précédente, une Camaro de 2008 bien moins tape-à-l'œil, mais qui roulait bien, s'était appelée Luis, comme le premier *mec* que Nevin avait sauté.

Une fois Westwood assis sur le siège passager et la portière fermée, il caressa la console en bois qui les séparait.

— Intérieur d'origine également ?

— Pour le plus gros. Le cuir n'a pas une couleur flamboyante, mais j'aime le gris anthracite. Le reste a été restauré ou remplacé.

— Waouh. Je, euh, n'y connais rien aux voitures.

Cela ne surprit pas Nevin. La BMW sans âme garée dans l'allée lui appartenait sans nul doute.

— Je ne vous ai pas fait venir pour parler voiture. Dites-moi ce qui s'est passé aujourd'hui, M. Westwood.

— Colin. Et j'ai déjà dit…

— Faites-moi plaisir.

— D'accord.

Colin poussa un soupir tremblant.

— Je venais pour jeter un œil aux toilettes. Mme Ruskin m'a appelé hier pour dire qu'ils étaient cassés.

— Cela vous a pris une journée pour venir réparer les toilettes d'une vieille dame ?

Colin leva les yeux au plafond.

— C'était dans la salle de bain des invités, elle en a d'autres. Et de toute façon, elle appelle toutes les deux semaines pour me faire réparer quelque chose. Ce n'est jamais très grave. La semaine dernière, elle disait que sa fenêtre était cassée, mais en fait les cordons des stores étaient trop emmêlés et elle n'arrivait pas à les attraper. Elle cherche juste à avoir un peu de compagnie.

— Pas de famille ?

— Une nièce, mais elle est, hum, dans le Delaware.

Nevin sortit un carnet et un stylo de sa poche, ouvrit à une nouvelle page et écrivit quelques mots.

— Quelqu'un va devoir prévenir sa nièce.

— Je l'ai déjà fait. Mme Ruskin m'a donné son numéro il y a des années.

— Je vais avoir besoin de son nom et son numéro.

Colin tapota la poche de sa chemise et fronça les sourcils.

— Mince. J'ai laissé mon téléphone à l'intérieur.

Il fit mine d'ouvrir la portière, mais Nevin le retint.

— Pas tout de suite. Vous pourrez me le donner plus tard. Donc juste une nièce ?

— C'est ça. Mme Ruskin a quelques amis, mais ils ont tous son âge. La plupart d'entre eux ne peuvent plus conduire, alors ils ne se voient pas souvent. Je lui disais sans arrêt qu'elle devrait songer à déménager dans un de ces centres d'assistance.

— Vous vouliez vous débarrasser d'elle pour pouvoir augmenter le loyer. Ou tout raser pour y construire deux maisons de ville.

Colin avait un visage qui exposait toutes ses émotions, et il semblait désormais blessé.

— Non. Je me disais qu'elle y serait moins seule. Et plus en sécurité.

Nevin sauta immédiatement là-dessus.

— Vous saviez qu'elle était en danger ?

— Pas… comme ça, dit Colin en haussant les épaules. Mais à son âge, elle aurait pu tomber ou un truc comme ça.

— Ou un truc comme ça.

9

Sur ses jambes, Colin serrait ses mains à en avoir les jointures blanchies. Il adressa un regard implorant à Nevin.

— Elle va s'en sortir, inspecteur Ng ?

Quelque chose en Nevin s'adoucit devant la détresse évidente de cet homme.

— Nevin. Et je ne sais pas.

C'était une sorte de vérité. Même si Nevin n'était pas encore arrivé quand l'ambulance avait embarqué Mme Ruskin, il avait vu le visage des secouristes, et il ne pensait pas que cette dame pourrait revenir voir les traces de boue que la police avait laissées dans sa maison. Ce qui ne voulait pas dire que ces enfoirés n'auraient pas dû essuyer leurs putains de pieds.

Colin soupira avec force.

— C'est une brave dame. Je viens réparer des choses qui n'ont pas besoin d'être réparées, et je suis presque certain qu'elle nettoie en fonction de mes venues pour que la maison soit propre quand j'arrive. Nous buvons du thé. Nous parlons de films et de théâtre, en général. Elle était maquilleuse professionnelle. Elle a rencontré beaucoup de gens célèbres.

Il eut un faible sourire.

La pluie créait des motifs complexes sur le pare-brise et tambourinait sur le toit, berçant Nevin. Il aurait besoin d'aller courir quand il en aurait fini ici. Peut-être qu'il pourrait appeler Jeremy et voir s'il était disponible. Jeremy, l'amoureux du grand air, se fichait de la météo. Merde, il était tellement grand que si ça se trouvait, il produisait son propre microclimat.

— Alors vous êtes venu réparer les toilettes de Mme Ruskin et fangirliser un peu sur Rodgers et Hammerstein. Que s'est-il passé quand vous êtes arrivé ?

— La porte d'entrée n'était pas verrouillée. Elle fait ça quand elle sait que je viens. Cela lui évite de devoir se lever si elle est bien installée dans le salon. C'est... c'est difficile pour elle de se lever, parfois.

Il déglutit avec force.

— Alors vous êtes entré ?

— J'ai sonné avant. Je le fais toujours, pour qu'elle sache que je suis là. Puis... je l'ai vue.

Il devint encore plus pâle.

— Vous n'avez pas intérêt à vomir dans ma voiture !

Lèvres pincées, Colin secoua la tête. Nevin lui donna quelques instants pour se reprendre. Ce n'était pas comme si la majorité des gens voyaient des scènes de crime tous les jours, et Colin semblait plutôt délicat.

Une chemise jaune en tissu écossais, accordée avec son nœud papillon, et un beau visage juvénile alors qu'il devait avoir la trentaine. Il avait quelques muscles sur sa fine carrure – il devait passer des heures à la salle de sport – et devait dépasser de cinq ou dix centimètres le mètre soixante-deux de Nevin. Il avait aussi une voix douce. Nevin aurait pu jurer sur la tête de Julie que Colin avait passé son adolescence dans les clubs de théâtre à se faire harceler par la plupart des gamins de son lycée privé.

— Désolé, souffla Colin.

Il se mit à gratter un petit éclat de sang sur sa chemise.

— Ne faites pas ça. Ils voudront vos vêtements comme preuves.

Colin lui adressa un regard dévasté.

— Preuves ?

— Oui.

Nevin se promit de s'assurer que quelqu'un lui donnerait des vêtements propres et décents pour se changer. Les robes de Mme Ruskin ne lui iraient pas.

— Qu'avez-vous fait quand vous l'avez vue ?

— Je... je me suis précipité vers elle. Au début, j'ai cru qu'elle était morte, m... mais je l'ai vue respirer. J'ai tenté les premiers soins, mais ça fait si longtemps que je l'ai appris et ils ne nous ont pas appris à...

Nevin hocha la tête. Ces cours à l'école n'étaient pas très portés sur les soins à apporter à une personne âgée tabassée à mort.

— C'est vous qui avez appelé le 911 ?

— Oui.

— Quand vous êtes arrivé, avez-vous vu quelqu'un ? Ou quelque chose d'inhabituel ?

Après un temps de réflexion, Colin secoua la tête.

— Non. Mais je ne faisais pas très attention. J'étais distrait.

— Par quoi ?

Colin lui lança un regard amer.

— Mon petit ami m'a plaqué hier soir.

Il se tendit légèrement, s'attendant peut-être à une réplique homophobe. Mais Nevin haussa les épaules.

— C'est vraiment pas votre semaine, mon pote.

— Bon sang, oh que non.

Il se laissa aller contre le siège en cuir et ferma les yeux.

Nevin dessina un château dans son carnet. Petit, mais robuste. Il l'imagina habité par un prince secondaire qui voulait garder sa famille en sécurité tout en allant se documenter sur l'histoire de trois espèces rares de dragons. Après avoir dessiné une dernière tour, flanquée d'un petit drapeau, Nevin se mit à fredonner.

Colin tourna la tête vers lui.

— C'est du Neil Sedaka ? demanda-t-il, incrédule.

— *Rompre* est une chose difficile à faire.

— C'est…

Colin souffla.

— Vous n'êtes pas du tout comme j'imaginais les inspecteurs.

— Pourquoi ça ?

— Eh bien, il y a la voiture, pour commencer. Et votre costume ! Je me disais que les inspecteurs portaient du polyester noir de prêt-à-porter. Mais le vôtre est plus beau que ça.

— Le prêt-à-porter ne me va pas.

En fait, des vendeurs lui avaient outrageusement conseillé de chercher dans les rayons enfants. Alors il s'était trouvé un tailleur de Hong Kong qui venait parfois à Portland prendre des mesures. Il avait pris celles de Nevin, ils avaient discuté tissus, couleurs et styles. Un mois ou deux plus tard, Nevin recevait un paquet avec ses nouveaux costumes et chemises, et tout lui allait à la perfection.

Contre toute attente, Colin pouffa.

— Bon sang. Des classiques et de la mode. Nous allons bientôt discuter d'architectes d'intérieur ou de coiffeurs, et vous pourrez alors m'offrir la médaille de l'homme le plus gay que vous avez croisé cette semaine.

Nevin songea au minet canon avec qui il avait couché quelques jours plus tôt.

— Désolé, Colin. Vous ne faites même pas partie de la course.

— Vous voulez dire que je ne peux même pas être le meilleur gay de la semaine ?

Colin secoua la tête.

— Dommage. Je suis pourtant doué à ça en général.

— Vous pourrez aller au *Silverado* lorsque nous en aurons fini. Cela vous aidera à regagner des points.

Cette fois, Colin pouffa.

— C'est ce que vous faites après une rupture ? Vous allez dans un club de strip-tease ?

— Je n'ai jamais rompu avec qui que ce soit.

— Sérieusement ?

Nevin ne savait pas vraiment pourquoi il parlait de sa vie sexuelle alors qu'il était censé interroger un témoin, mais qu'importe. C'était toujours mieux que rester sous la pluie.

— Un soir et c'est fini. Si on me demande un second tour, OK, mais ça n'ira pas plus loin.

Il sourit.

— Toujours les laisser quand les gens en veulent plus. C'est ma devise.

Enfin, ça et « n'offre pas ton cœur à quelqu'un qui va le piétiner ». Peut-être que certains voulaient une relation, le Grand Amour et un putain d'arc-en-ciel scintillant, mais il avait vu ce que cela faisait aux gens de vouloir ça. Jeremy ne s'était toujours pas remis de sa dernière rupture immonde et ce, même si cela faisait des années et que son ex était un gros tas d'ordures.

Colin secoua la tête.

— Pas moi. Je suis... il y a un mot pour dire l'inverse d'allergique à l'engagement ? Quand j'étais à l'école, je passais des heures à planifier mon futur mariage, même si personne ne m'avait dit à l'époque que je ne pourrais pas me marier. Je porterais un costume blanc avec un nœud papillon noir, et *At Last* d'Etta James jouerait pendant que je remonterais l'allée. Mon mari arriverait dans un costume noir avec un nœud papillon blanc. Et nous mangerions des fraises plongées dans du chocolat, nous écouterions Bowie, et nous boirions du B-52 à la réception.

— Invitez-moi, dit Nevin. J'adore danser.

— Marché conclu. Dès que j'aurai trouvé quelqu'un qui veut m'épouser.

Le sourire de Colin disparut.

— Je ne devrais probablement pas parler de ces choses quand Mme Ruskin...

— On s'en fout de ce qui est convenable ou non. La vie continue.

— C'est une dame gentille. Nous sommes amis, je crois.

Il était temps d'en revenir aux affaires.

— Vous connaissez des raisons pour lesquelles quelqu'un pourrait vouloir lui faire du mal ?

Colin se frotta le visage.

— Vous voulez dire, genre, des ennemis ? J'en doute. C'est une gentille vieille dame. Elle a une collection de cuillères de tous les États, et avant que ses genoux la lâchent, elle faisait du jardinage.

— Pas d'ex ? demanda Nevin sans vraiment s'attendre à une réponse positive.

— Son mari est mort pendant la guerre de Corée. Pas d'enfant, et elle ne s'est jamais remariée. Elle m'a dit il n'y a pas si longtemps qu'elle était plus attirée par les femmes que par les hommes, mais qu'elle n'avait jamais eu le courage de l'assumer. Je lui ai dit que même à quatre-vingt-trois ans, ce n'était pas trop tard pour essayer.

— Vous êtes un véritable romantique, pas vrai ?

— J'imagine.

Nevin aurait voulu détester Colin Westwood, avec son stupide nœud papillon, ses propriétés qu'il louait, son ex-petit ami, sa foutue berline allemande. Il semblait avoir une vie intérieure peuplée de chérubins, de garçons de chœur et d'organisations de mariage plein d'arcs-en-ciel. Mais il était difficile de haïr un homme qui prenait chaque semaine le thé avec une octogénaire et qui était si touché par cette attaque.

Nevin ferma son carnet et le rangea.

— Allons chercher les informations pour cette nièce, d'accord ?

— SAC à merde !

Nevin ponctua l'insulte avec une série complexe de signes de la main, dont aucun n'était visible par le conducteur de bus qui venait de lui couper la route. Ce n'était pas souvent que les bons vieux jours lui manquaient – ceux où il conduisait l'une des Ford Crown Victoria des forces de l'ordre et distribuait les PV –, mais là, c'était le cas. Il aurait adoré arrêter ce connard et lui donner une contravention assez énorme pour le faire vomir. Au lieu de quoi, il grogna contre le bus alors qu'il s'élançait sur la route.

Il maugréait toujours dans sa barbe lorsqu'il entra dans le garage de son immeuble. Il était affamé. Après en avoir fini avec Colin, il avait eu l'intention de passer par le centre médical avec le mince espoir de pouvoir obtenir une déposition de Mme Ruskin, puis d'aller courir avec Jeremy. Après ça, il comptait acheter quelques tacos, se doucher, et tenter d'aller tirer son coup. Mais lorsqu'il était arrivé à Providence, les docteurs lui avaient dit que Mme Ruskin ne s'en était pas sortie. Aucune déposition de sa part, car il n'avait pas de foutue planche de Ouija. Il s'était retrouvé coincé des heures avec Frankl et Blake de la Criminelle, qui avaient tous deux décidé que Nevin devrait être celui qui préviendrait la nièce de Mme Ruskin de son décès, parce qu'il avait été le premier sur l'affaire. Connards. Et la nièce ? Elle semblait plus ennuyée par le fait de devoir organiser les funérailles que touchée par la mort de sa tante.

Maintenant, il était trop tard, il faisait trop sombre pour courir, l'estomac de Nevin menaçait de manger ses autres organes, et il n'avait même pas l'énergie pour s'arrêter prendre un truc à emporter. Merde. Il devait bien y avoir quelque chose dans son congélateur.

Son appartement au troisième étage était doté d'une chambre, d'une cuisine parallèle et d'une vue sur la cour un peu envahie de mauvaises herbes. Il avait choisi cet appartement parce qu'il était proche des grands axes et du centre-ville, avait une place de parking sécurisée pour Julie, et il y avait une salle de sport relativement décente quand il n'avait pas le temps d'aller à la vraie salle de gym. Quelques-uns de ses dessins les moins mauvais étaient accrochés aux murs du salon tandis que des cartes de remerciements des victimes qu'il avait aidées étaient accrochées sur la porte du réfrigérateur avec des aimants récupérés dans des journaux publicitaires.

Il s'arrêta assez longtemps pour poser sa veste sur le dossier d'une chaise du salon avant d'aller dans la cuisine à la recherche de son dîner. Il trouva une boîte de poulet General Tso couverte de givre.

— Presque aussi bon qu'un vrai chinois pour moi, marmonna-t-il en plaçant le plat dans le micro-ondes.

Lorsque l'appareil sonna, il avait enfilé un tee-shirt et un pantalon de jogging. Il déversa sa fausse nourriture chinoise dans un bol, prit une fourchette dans un tiroir, et ouvrit une bouteille de Full Sail. Puis il se laissa tomber sur sa chaise habituelle, celle qui donnait sur la télé, et commença à manger.

La moitié du plat était assez chaude pour le brûler, l'autre à peine tiède. Cela donnait une expérience culinaire intéressante, une sorte de roulette russe du repas. Il s'en fichait. Cela avait un goût de merde de chien, de toute façon. Et même s'il aimait en général cette marque de bière, elle avait ce soir un goût d'urine. Il n'arrêtait pas de revoir l'image de Colin Westwood avec sa chemise couverte de sang, et de repenser qu'une vieille dame avait été battue à mort et que personne ne la pleurerait à part son propriétaire.

Merde.

Il était trop jeune pour un burn-out. Les jours comme celui-ci, il songeait parfois à quitter son travail. Mais alors, que ferait-il ? Il avait voulu devenir flic depuis ses quinze ans. C'était le seul travail qu'il pouvait s'imaginer faire, à moins que ses précédentes aspirations à devenir un malfrat comptaient. Il avait un diplôme en justice pénale, et être flic était la seule chose qu'il savait faire. Son seul talent.

Alors qu'il jouait tristement avec les restes de son General Tso, son téléphone vibra.

Je serai là dans quinze minutes. Code vestimentaire = punk.

C'était un message de Ford Ott, la personne qui se rapprochait le plus d'une famille pour lui.

Pas ce soir, répondit Nevin, même s'il savait que toute résistance serait futile.

Non négociable.

Va te faire foutre, toi et tes grands chevaux.

Quinze minutes.

Il songea à jeter le téléphone contre le mur, mais cela ne l'aurait pas sauvé de Ford. Il tenta une tactique différente à la place.

Je n'ai aucun vêtement punk.

Ce n'était pas comme s'il avait une paire de rangers et un pantalon en cuir clouté dans son placard.

Mets juste du noir.

Garce.

Mais Nevin repoussa son bol et sa bouteille de bière vide, puis se traîna dans sa chambre afin de trouver quelque chose de noir.

— Tu as une sale tête, dit Ford dès que Nevin fut dans son pick-up.

— Tu m'as dit de porter du noir.

— Je ne parle pas de tes fringues. Même si tu fais plus FBI que NOFX.

Nevin lui fit un doigt d'honneur.

— Nous pourrons toujours nous arrêter en chemin et me faire tatouer le symbole de l'anarchie sur le front.

— Trop extrême. Mais un Mohawk t'irait probablement bien.

Ford se pencha pour lui ébouriffer les cheveux, ce à quoi Nevin répondit en lui frappant le biceps.

— Je t'aurais frappé plus fort si tu ne conduisais pas, tête de nœud.

— Oui, oui. Paroles, paroles.

Ford s'écarta du trottoir et s'engagea sur la route. Il portait ses vêtements habituels : boots, jean délavé, tee-shirt usé avec l'emblème de ce que Nevin devinait être un groupe de heavy metal. Le crâne de Ford luisait : lorsqu'il avait remarqué qu'il avait un début de calvitie, il avait choisi de se raser totalement la tête. Comme toujours, son véhicule sentait légèrement l'engrais et la terre, mais à part quelques emballages de fast-food, l'intérieur était plutôt propre.

Même s'il était bien trop tard pour que ça aide, Nevin tenta de protester une dernière fois.

— Je ne suis pas d'humeur à sortir ce soir.

— Quel dommage.

— Ford…

— Je suis d'humeur à avoir un peu de compagnie féminine, Nev, et nous savons tous les deux que nous nous en sortons mieux en équipe. Alors ferme ta bouche et oublie la grosse merde que tu as dû affronter au boulot. Tu vas te soûler, nous allons danser, et si nous avons de la chance, nous trouverons de la compagnie temporaire.

Nevin bouda.

Ford les conduisit dans un bar minable sur Division Street. Les hipsters n'avaient pas encore découvert les lieux, ou si c'était le cas, ils s'étaient soigneusement camouflés sous des vestes en cuir élimé et des piercings faciaux créatifs. La foule était en majorité plus jeune que Nevin et Ford, bien que quelques clients avaient probablement eu des musiques des Ramones sur vinyle.

Pendant que le groupe s'échauffait, Nevin but une bière et étudia les lieux. Ford s'en tenait au Coca : ses parents biologiques avaient été de gros alcooliques, alors il évitait totalement l'alcool. Ce qui était parfait pour Nevin qui, sachant qu'il avait un conducteur désigné, pouvait boire autant qu'il le voulait.

Nevin fit un geste de la bouteille vers la petite scène.

— C'est quoi le nom du groupe ?

— Dick Zipper and the Jizz Parade.

— Une histoire de queues et de sperme ? Ça me plaît. Entraînant et raffiné.

— Personne ne sait aussi bien voir le raffinement que toi, frangin.

Les Dick Zipper s'avérèrent être très nuls. Mais ils jouaient si fort et si rapidement que ça n'avait pas d'importance. Après une autre bière, Nevin se glissa sur la piste de danse bondée et se joignit aux corps couverts de sueur qui se tortillaient. Il s'arrêtait de temps en temps pour boire assez de bière pour garder le rythme. Il ne se sentait pas vraiment bien. Mais il était en vie, et alléluia pour ça !

Finalement, son énergie retomba. Il trouva Ford qui dansait avec une blonde décolorée, lui prit le bras et le traîna dans un coin assez calme du bar.

— Je dois travailler demain matin, cria-t-il par-dessus le vacarme.

Il était minuit passé.

— Tu appelles ça du travail ? C'est moi qui vais devoir planter des rosiers à l'aube.

— Étouffe-toi avec tes rosiers, du con. Je vais prendre un taxi.

Mais Ford le suivit à l'extérieur du bar jusqu'au parking relativement silencieux.

— J'ai faim, annonça son ami.

Il désigna une chaîne de restaurants de l'autre côté de la rue.

— Viens. C'est moi qui offre.

Nevin aurait refusé, mais il décida que ce serait peut-être une bonne idée de faire descendre son alcool avec un peu de nourriture. Bancal sur ses jambes, il traversa la rue à la suite de Ford.

Nevin n'était jamais venu dans ce restaurant précis de la franchise, et pourtant l'odeur était familière : le café, les saucisses, le faux sirop d'érable. Être flic signifiait qu'il avait passé beaucoup de temps dans des endroits comme celui-ci, surtout quand il était de nuit. Les clients occupaient environ un quart des tables. Des conducteurs de poids lourd, des camés, des étudiants, des gens qui travaillaient tard dans le coin. Il y avait aussi un certain nombre de clients du club. Ils étaient faciles à repérer, avec leurs vêtements volontairement troués et leurs coiffures créatives.

Leur serveuse était une jeune femme à l'air épuisé, avec les cheveux relevés dans une queue de cheval. Elle leur versa du café dès qu'ils furent assis et Nevin lui adressa un sourire reconnaissant.

— Tu crois qu'ils ont des cuisiniers ici ? demanda Nevin en regardant le menu. Ou tout ce qu'ils ont vient de mélanges préemballés ? Qu'ils ont juste à appuyer sur un bouton pour dire s'ils veulent des gaufres ou des œufs brouillés ?

— Tu es bourré.

— Et alors ? Ce n'était pas ton plan ?

Ford ouvrit la bouche pour répondre, puis fit un signe de la main vers quelqu'un près de la porte. Nevin se tourna pour regarder. Il s'agissait de la blonde, accompagnée d'une jolie femme un peu dodue avec les cheveux

18

raides aussi rouges qu'un camion de pompiers. Les femmes rendirent le salut et s'approchèrent de la table. Ford se poussa et la blonde s'installa immédiatement à côté de lui, alors Nevin fit de même et adressa un sourire à la rousse.

Décidant apparemment que les présentations étaient de mise, Ford agita la main.

— Nevin, voici Cat et, euh…

— Riley, dit la rousse.

— Mesdemoiselles, voici mon petit frère, Nevin.

— Frère ? répéta Riley en les regardant tour à tour.

— Plus ou moins.

Cela sembla la satisfaire, ce qui était une bonne chose. Nevin n'était pas d'humeur à expliquer, et elle n'avait pas besoin de savoir que Ford et lui avaient été dans la même famille d'accueil pendant deux ans avant que Ford soit majeur et quitte le système. Nevin avait eu ses dix-huit ans quelques mois plus tard, et ils avaient partagé un petit trou à rats pendant que Nevin allait à l'université communautaire et qu'ils enchaînaient tous les deux les petits boulots minables.

La serveuse revint, versa du café aux nouvelles venues et prit leur commande. Pendant que Ford choisissait l'un des énormes plats frits et que les filles demandaient des pancakes à la myrtille, Nevin se décida pour des toasts et des fruits.

Après le départ de la serveuse, Riley regarda Nevin.

— Alors, d'où viens-tu ? demanda-t-elle joyeusement.

Elle sentait les cigarettes au clou de girofle.

— Portland.

— Non, je veux dire *avant* ça.

Oh, bordel, c'est l'une d'entre eux.

Nevin soupira.

— Je suis né ici, à Good Sam.

Elle fronça son petit nez mutin et hocha la tête.

— Qu'est-ce que tu es ?

Parfois, il avait des réponses sarcastiques à offrir à ces questions. Parfois, il inventait des conneries, comme quand il disait que ses parents étaient des éleveurs de yaks en Mongolie et qu'ils l'avaient échangé avec des missionnaires contre une machine à laver le linge. Mais ce soir, il n'en avait pas l'énergie, alors il dit la vérité.

— En partie chinois. Le reste, qui sait ?

Si sa mère avait la moindre idée de qui était son père, elle n'avait pas mentionné ce fait sur son acte de naissance. Et elle s'était débarrassée de Nevin et avait disparu bien avant qu'il soit en âge de lui poser des questions.

— Je suis irlandaise, écossaise, allemande et française, l'informa Riley. Et aussi un seizième cherokee.

— C'est intéressant, mentit-il.

Elle s'approcha un peu plus, jusqu'à ce que sa cuisse chaude soit collée à la sienne.

— Qu'est-ce que tu fais dans la vie ?

Il disait rarement aux gens qu'il était policier, parce que savoir cela les effrayait ou entraînait un mauvais fantasme porno dans leur tête. Non qu'il soit opposé au porno, mais il aimait les bons pornos, et le cliché de l'homme en uniforme ne lui avait jamais fait d'effet. Trop proche de sa réalité. Après, d'un autre côté, les cow-boys solitaires ou les médecins sexy…

Nevin sourit.

— Je suis un combattant de kung-fu professionnel.

Est-ce que ça existait ?

Pendant que Riley poussait des petits cris d'admiration, Ford lui donna un bon coup de pied dans le tibia. Il ravala un glapissement et se promit de le lui faire payer plus tard.

La nourriture arriva rapidement et, pendant que tout le monde mangeait, Riley régala Nevin d'histoires de son corgi nommé Jimbo, de son travail dans une boutique où on réparait des vélos, et de tous les groupes qu'elle avait vus depuis trois ans. Mais elle était amusante, et une fois passée l'aversion qu'il avait d'abord ressentie pour elle, il réalisa qu'elle était également sympathique. Il se sentit mal de lui avoir menti, mais pas suffisamment pour lui dire la vérité.

La serveuse leur servit encore du café, et quand Nevin regarda son téléphone, il était presque deux heures.

— Merde. J'ai une tonne de paperasse à remplir demain.

— Les maîtres kung-fu ont de la paperasse à faire ?

Il haussa les épaules.

— Euh, oui. Rapports de tournois.

Elle se serra contre lui.

— Dommage. J'aurais voulu te présenter Jimbo. Je parie qu'il t'adorerait.

Nevin lança un coup d'œil à Ford, qui joua des sourcils en retour et serra légèrement les épaules de Cat. À voir comment les choses se passaient, Ford allait raccompagner Cat à la maison, et non lui.

— Tu sais quoi ? dit Nevin en espérant sembler plus excité qu'il se sentait réellement. J'adorerais rencontrer Jimbo. Tu es venue en voiture ?

II

Juillet 2015

COLIN ÉTAIT nu sur son lit, étouffant sous la chaleur. Sachant le prix de son loft, il aurait pu s'attendre à ce que la climatisation fonctionne. Mais non, et quand il avait appelé les techniciens pour réparer, ils avaient tous dit qu'ils seraient ravis de passer. Le mois prochain. Apparemment, quand la vague de chaleur de fin juillet frappait, tout le monde en ville allumait son climatiseur et découvrait qu'il ne marchait plus. Il se serait bien plaint au propriétaire, mais c'était lui.

Il tendit la main vers le petit bol sur sa table de nuit, prit un glaçon et le posa sur son ventre. Cela lui donna un délicieux frisson lorsqu'il commença à fondre.

Il ne lui était pas absolument nécessaire de se torturer en restant dans l'appartement. Il aurait pu aller au bureau, même si c'était samedi. Il avait beaucoup de travail à faire. Il aurait pu aller voir un film, aller au centre commercial, boire un café délicieusement frais. Il aurait pu aller dans la grande maison de ses parents sur West Hills, où la climatisation n'oserait jamais donner de soucis à sa mère. Mais aucune de ces options n'était ouverte à son chat, Legolas, alors Colin restait par solidarité. Non pas que Leg semble le remarquer, il était actuellement en train de dormir dans le lavabo de la salle de bain.

Il ne restait plus rien du glaçon à part une petite flaque d'eau qui se réchauffait sur sa peau. Elle glissa sur sa taille alors qu'il se tournait pour en prendre un autre, qu'il posa un peu plus haut, entre ses deux mamelons. Il le laissa sur la cicatrice qui s'y trouvait, créant un ruisseau miniature qui suivit le sillon. Il imagina un petit bateau qui naviguait sur son corps, le capitaine qui hélait son timonier pour qu'il fasse attention aux poils sur son torse qui se dressaient parfois sur leur route. Capitaine Crochet. Non, capitaine Jack Sparrow.

Colin chanta quelques « yo ho ! », mais le manque d'énergie le força à arrêter.

— Ahoy ! dit-il en bâillant.

Il massa légèrement son sexe, mais renonça avant que son corps commence à s'y intéresser. Malgré les tentatives de ses amis de l'aider à se remettre à sortir avec des gens, et malgré non pas une, mais deux tentatives d'entremetteuse de la part de sa mère, il était resté seul et célibataire depuis que Trent l'avait plaqué six semaines plus tôt. Il faisait trop *chaud* pour se masturber. Il devrait peut-être suivre l'exemple de Leg et faire une bonne sieste à la place.

Alors que ses paupières commençaient à se fermer, son portable se mit à sonner. Il tâtonna pour trouver l'appareil, le fit tomber par terre, et le récupéra une fraction de seconde avant que l'interlocuteur soit envoyé sur le répondeur.

— Allô ?

— Hé, Colin, c'est Manuel. Serais-tu d'humeur à me rendre un énorme service ?

Il semblait essoufflé, mais d'un autre côté, Manuel Ceja donnait toujours l'impression qu'il agitait frénétiquement les mains autour de lui. Il dirigeait *Meilleur Espoir*, une association à but non lucratif qui aidait les personnes LGBT+ âgées et malades, et bien qu'il s'en sorte à merveille, Colin craignait souvent que Manuel travaille trop et s'use prématurément.

— Tout ce que tu voudras, répondit Colin d'un ton apaisant.

— *Tu* es un amour, mon chou. Debbie devait aller rendre visite à Roger Grey aujourd'hui, mais elle m'a appelé pour me dire que sa voiture est tombée en panne chez elle à Lincoln City et elle n'y sera jamais à temps, et je sais que tu le vois en général les mardis, mais je m'inquiète pour Roger parce qu'il fait chaud aujourd'hui, donc si tu pouvais aller le voir, je t'en serais très reconnaissant.

Après avoir inspiré par solidarité pour les poumons maltraités de Manuel, Colin répondit :

— Bien sûr, pas de souci.

Même si Roger vivait à trois mille kilomètres de là entre la 122ème et Halsey.

— Tu es un prince.

— Elle lui fait ses courses, non ?

— Hum hum. Je t'enverrai une liste. Si ça ne te dérange pas de payer, je te rembourserai dès que...

— C'est moi qui offre. Vois ça comme un don supplémentaire pour *Meilleur Espoir*.

Manuel chantonna quelques vers de « God Save the Queen », puis rit.

23

— Je crois que tu viens d'être promu de prince à monarque.

— Excellent. J'ai toujours voulu porter une couronne.

Il lui fallut de véritables efforts pour trouver le courage de s'habiller. Sachant que la plupart des clients de *Meilleur Espoir* n'avaient que peu de visiteurs, Colin prenait en général soin de son apparence. Cela aidait les clients à se sentir spéciaux. Et puis, comme beaucoup d'entre eux l'avaient fait remarquer, ils appréciaient une belle vue quand ils en avaient l'occasion. Mais même si Colin tentait en général d'être élégant, aujourd'hui il ne put mettre qu'un short assez court et un débardeur. Il allait leur en mettre plein la vue au supermarché Safeway.

Legolas miaula d'un air ensommeillé quand Colin lui dit au revoir, mais le chat ne prit pas la peine de sortir du lavabo. Peut-être que Colin devrait prendre un chien à la place. Les chiens *aimaient* leurs humains. D'un autre côté, Leg déféquait dans les chaussures de Trent chaque fois que son ex passait la nuit, et en y repensant, Colin en était ravi.

L'intérieur de sa voiture faisait environ dix degrés de plus que la surface du soleil. Il alluma la climatisation à fond et essuya la sueur de ses yeux en attendant que le volant refroidisse. Il réalisa qu'il fronçait les sourcils, pas à cause de la chaleur ardente, mais à cause de la voiture elle-même. Il n'avait jamais été très fan des véhicules. Ses parents lui avaient donné une berline dès qu'il avait eu son permis, et après avoir rejoint l'entreprise de son père, il y avait ajouté quelques BMW. Son père disait qu'il était important de montrer à ses clients qu'il avait de la classe et que ses affaires prospéraient. Ce qui était peut-être vrai, mais à cet instant, il enviait la voiture violette que cet inspecteur possédait. Nevin Ng.

Son froncement de sourcils disparut, chassé par un sourire pensif. L'inspecteur Ng était un homme intéressant. Et dans le choc et la détresse qui avaient suivi l'attaque de Mme Ruskin, Colin avait trouvé Ng étrangement réconfortant.

La route fut interminable, la ville entière semblait tourner au ralenti. Mais le supermarché était le paradis. Surtout dans les allées réfrigérées. Colin s'y attarda si longuement qu'il risquait d'avoir la chair de poule à tout jamais et récolta quelques regards soupçonneux d'un employé boutonneux qui passait le balai.

— Je peux vous aider ? demanda finalement le gamin.

— Je, euh, j'admirais juste les yaourts.

Au moins, cela eut le mérite de faire vite disparaître le gamin.

Bien sûr, durant le temps que Colin passa dans le magasin, la température dans sa voiture était montée au même niveau que celle nécessaire pour une fusion thermonucléaire. Cela ne retomba pas du tout durant les quelques pâtés de maisons qu'il fallut pour rejoindre la maison de Roger Grey, et quand Colin frappa à sa porte, il coulait de sueur.

— Tu n'es pas Debbie, dit Roger après avoir ouvert la porte.

— Déçu ?

— Pas du tout. Debbie est une charmante jeune femme, mais toi, mon garçon, tu es un régal pour mes vieux yeux.

Colin leva les sacs de courses.

— Je peux ranger ce festin ?

— Bien sûr.

Le studio de Roger faisait la taille d'une chambre d'hôtel un peu grande, avec un lit escamotable, une kitchenette, une petite table avec deux chaises en métal et vinyle, et un fauteuil rembourré. Colin le soupçonnait de dormir plus souvent dans ce fauteuil que dans le lit. Une bibliothèque double, avec triples rangées de livres petits et grands formats, dominait l'espace restant, tandis que les journaux et magazines s'empilaient sur la plupart des surfaces horizontales.

Aussi petits que fussent la cuisine et ses placards, l'intérieur de ces derniers était presque vide, et le petit réfrigérateur ne contenait presque rien. Alors qu'il rangeait les courses, Colin se souvint de demander à Manuel si quelqu'un ne pouvait pas lui faire des courses plus souvent.

— J'ai acheté du poulet rôti, dit-il à Roger qui s'était installé sur son fauteuil. Et de la purée de pommes de terre et du jus de viande. Qu'est-ce que vous aimez comme légumes ? De la salade ou des flageolets ?

Il leva les contenants en plastique pour le lui montrer.

— Tu n'as pas à me faire à manger.

— Mais j'en ai envie. En général, je ne fais à manger que pour mon chat, et il n'aime pas les haricots.

Roger émit un rire rauque.

— Alors je t'en prie, ne te gêne pas. Je ne voudrais pas te priver de ce plaisir.

Pendant que Colin préparait tout, il dit à Roger que Debbie avait eu un petit incident en rentrant de la côte. Cela rappela une histoire nostalgique et un peu limite à Roger, de l'époque où cinq de ses amis et lui avaient loué une maison près de Cannon Beach pour y organiser des orgies durant toute une semaine.

— Ils sont tous morts maintenant, dit Roger en regardant sa nourriture sur son plateau télé. Le SIDA. Sauf Emmett. Il s'est suicidé en 89, après la mort de son partenaire.

Colin tourna une des chaises de la cuisine pour faire face à Roger et s'y installa.

— C'était la première fois que vous faisiez une fête de ce type ? demanda-t-il gentiment.

Alors Roger lui raconta d'autres histoires sauvages, qui pouvaient ou non être véridiques, et même si Colin écouta tout avec attention, son esprit ne cessait d'aller ailleurs. Il se complaisait dans sa tristesse au sujet de Trent, mais regardez ce que Roger et ses compagnons avaient vécu ! Roger avait perdu ses parents et frères et sœurs des années plus tôt, quand ils avaient refusé d'accepter son homosexualité. Il avait dû regarder ses amis mourir, son amant mourir, et même si Roger avait survécu plus de vingt ans en étant lui-même séropositif, le virus et les traitements avaient puisé sur sa santé et son compte en banque. Il était frêle pour un homme de soixante-dix ans, seul dans la cage à poules qui lui servait d'appartement, à se reposer sur la charité pour avoir de la nourriture et de la compagnie.

— J'imagine que les choses sont différentes de nos jours, dit Roger d'un air songeur, sortant Colin de ses rêveries. Les fêtes, les capotes et tout ça.

— J'imagine. Je ne suis pas trop dans tout ça.

— Mais tu ne m'as pas dit que tu étais célibataire ?

— Oui.

Colin se leva et débarrassa les assiettes sales pour aller les laver dans l'évier.

— Et tu es un jeune homme très séduisant. Je ne crois pas que les standards de beauté masculine ont beaucoup changé depuis mon époque.

Colin lui fit un sourire.

— Merci. Mais j'ai vu quelques-unes de vos vieilles photos, vous étiez bien plus séduisant que moi.

— J'étais un tombeur. Mais ce n'est pas le sujet. Qu'est-ce qui t'empêche de bien profiter de ta jeunesse ?

Le truc, c'était que Colin n'était même pas certain d'avoir eu une jeunesse, en tout cas pas comme Roger l'entendait. Parfois, il avait l'impression d'être né âgé de cinquante ans.

— Je crois que je suis plutôt du genre à me poser. Et que je n'ai pas encore trouvé le bon.

— Si tu ne peux pas trouver ton prince charmant, contente-toi de ton prince pour la nuit, lui dit Roger en le déshabillant du regard.

Puis il secoua la tête.

— C'est tellement bizarre, le mariage pour tous.

— Frank et vous, vous vous seriez mariés si cela avait été légal ?

— Je ne sais pas. Nous nous aimions, c'est certain. Mais le genre de chose dont tu me parles... cette *normalité*. Nous ne l'avons jamais imaginée. Je ne sais pas si nous en aurions profité.

Colin hocha la tête et termina de nettoyer. Lorsqu'il se tourna, Roger le regardait avec attention, pensif.

— Tu n'es pas bénévole depuis longtemps à *Meilleur Espoir*, je me trompe ?

— Ça ne fait que quelques semaines.

Cela avait été sa manière de ne plus penser à Trent. Mais il s'était également dit que c'était une petite façon de rendre hommage à la mémoire de Mme Ruskin. Elle aurait été aux anges d'apprendre que Colin allait régulièrement rendre visite à de vieux hommes gays.

— Pourquoi passes-tu ton temps avec des dinosaures décrépits comme moi plutôt qu'avec des jeunes hommes de ton âge ?

— J'aime passer du temps avec vous, dit Colin avec sincérité. Vous êtes intéressant.

Roger pouffa.

— Et la jeunesse est perdue pour ce jeune.

Il agita la main.

— Pars. Une soirée comme celle-ci, les beaux jeunes hommes torse nu ont sans nul doute envahi les parcs et les allées. Va en trouver un. Reluque-les pour moi.

Colin s'essuya les mains sur un torchon et le pendit au crochet sous le placard. Il regarda autour de lui pour s'assurer que tout était rangé et que l'appartement n'était pas plus en désordre que lorsqu'il était arrivé. Puis une idée lui vint.

— Et si vous alliez les reluquer vous-même ? Nous pourrions prendre la voiture, peut-être aller au fleuve ou un truc comme ça.

— Ce serait super, mais je crains de devoir refuser. Ma réserve d'énergie est...

Il haussa les épaules.

Mais Colin n'abandonna pas aussi facilement. Il avait vu l'éclat d'intérêt dans le regard de Roger.

— Demain, alors. Il est censé faire plus frais. Je prendrai à manger et nous pourrons faire un pique-nique quelque part. Où vous voudrez.

— Peut-être… le Rose Test Garden ? Frank et moi allions souvent là-bas. Il était un bon jardinier, tu sais. Je n'ai plus rien fait depuis des années.

Son regard se fit humide et lointain.

— C'est une super idée. Je passe vous prendre à onze heures ?

— Tu dois bien avoir quelque chose de mieux à faire !

— Honnêtement, non, dit Colin avec un rire.

— Alors je serai prêt à onze heures. Pourrai-je prétendre que c'est un rendez-vous galant ?

Colin lui fit un clin d'œil.

— Qui a dit qu'il fallait le prétendre ?

LORSQUE COLIN arriva chez lui, il nourrit Legolas, prit une douche rapide – la seconde de la journée – et se changea pour une tenue qui le faisait un peu moins passer pour un prostitué. Puis il présenta ses excuses à son chat pour l'abandonner autant, avant de retourner sous la chaleur. Cette fois il marcha, mais il n'y avait que quelques pâtés de maisons jusqu'à son restaurant préféré, un libanais. Il n'avait pas spécialement faim, alors il commanda une petite assiette de taboulé et de baba ghanouj. Les propriétaires le connaissaient et ça ne les dérangeait pas que, même après avoir depuis longtemps débarrassé ses assiettes, il savourait longuement son thé en profitant de la climatisation et de la vue sur les piétons qui passaient devant la vitrine.

Lorsqu'il retourna chez lui, le soleil était depuis longtemps couché et la température était devenue supportable. Même son loft ne serait peut-être plus aussi terrible avec quelques fenêtres ouvertes et des ventilateurs placés avec stratégie.

Son téléphone commença à jouer un air familier et il grogna avant de répondre.

— Salut, maman.

— Ton père dit que la climatisation ne fonctionne toujours pas dans ton immeuble. Pourquoi n'es-tu pas venu ici ?

— J'étais occupé.

Un véritable mensonge, ce qu'elle savait sans l'ombre d'un doute.

— Mon cœur, la chaleur n'est pas bonne pour la santé.

Il ravala difficilement un gémissement.

— Je vais bien. Je transpire, je reste hydraté, et je ne suis pas encore tombé raide mort.

Paula Westwood fit claquer sa langue avec agacement – sa marque de fabrique –, mais changea de sujet.

— Es-tu dehors ? J'entends les voitures.

— Je rentre du restaurant.

— Avec qui y es-tu allé ?

— Seul.

— Un samedi soir ? Tu sais, Laura Dalrymple, tu te souviens d'elle ? Du comité de l'Institut des Arts ? Eh bien, son fils est orthodontiste et il…

— Je te jure, maman, si tu essaies encore de m'arranger un rendez-vous, j'irai en pantalon de yoga avec un débardeur filet, et je passerai tout le rendez-vous à parler de mon furet décédé.

— Tu n'as jamais eu de furet.

Elle soupira d'un air théâtral.

— Bien. Mais tu devrais au moins essayer de voir des gens.

Alors qu'il attendait que le feu passe au vert pour les piétons, Colin tenta d'être reconnaissant. Merde, Roger Grey serait tombé à genoux pour remercier le ciel d'avoir une mère suffisamment à l'aise avec son homosexualité pour lui trouver des rendez-vous.

— Maman, je n'ai pas *besoin* de faire quoi que ce soit. Je vais bien. Je n'ai pas besoin d'un petit ami pour me compléter. J'ai un bon travail, j'ai de super amis, et une vie de bénévole bien remplie.

Ce qui lui rappela quelque chose, et il fit un sourire machiavélique.

— Et je ne serai pas là demain, d'ailleurs.

C'était une tradition familiale qui datait de ses jeunes années. Le troisième dimanche de chaque mois, tout le monde se rassemblait pour un brunch. L'endroit dépendait de quel restaurant ses parents voulaient essayer, mais les autres détails restaient les mêmes. Sa mère boirait du mimosa et son père se plaindrait que la nourriture n'était pas aussi bonne qu'à *cet autre restaurant* qu'il aimait. La sœur de Colin, Miranda, se disputerait sur la politique avec leur père, pendant que son mari se chamaillerait avec Hannah, leur fille de treize ans, qui bouderait parce que les téléphones étaient interdits durant le brunch. Colin resterait à l'écart et sourirait, parce qu'il aimait sa famille, même s'ils étaient tous épuisants.

Pourtant, il n'était pas désolé d'avoir une excuse pour ce mois-ci, surtout quand sa mère était en mode Cupidon.

— Pourquoi ça ? demanda-t-elle.

— J'ai invité un client de *Meilleur Espoir* à un pique-nique. Il ne sort pas beaucoup.

Voire pas du tout, sauf pour ses rendez-vous médicaux.

— Oh. Eh bien, c'est gentil de ta part. Mais tu nous manqueras. Viens dîner avec nous dans la semaine prochaine ?

— Bien sûr. Ce serait sympa.

Et c'était vrai. Il appréciait la compagnie de ses parents… la plupart du temps.

L'appel se termina lorsqu'il arriva chez lui. *Samedi soir*, pensa-t-il alors que l'ascenseur le conduisait à son loft. Le moment parfait pour un peu de nudité, de la glace et des épisodes de *Firefly*. Parce qu'il était heureux, bon sang !

LA MATINÉE était ensoleillée, mais avec quelques degrés en moins que la veille, comme promis par la météo. Colin sifflota tout en se lavant et se rasant, puis en se coiffant. Il s'habilla ensuite avec un short kaki et son tee-shirt « je jure solennellement que mes intentions sont mauvaises ». Il caressa une dernière fois Legolas, cette fois le chat était couché sous un rayon de soleil près du canapé, prit la glacière qu'il avait remplie de glace, et descendit.

Il s'arrêta à *Elephants Deli* et acheta bien trop de choses : des sandwiches, des chops, plusieurs types de salades, une tarte au chocolat et l'autre au citron, et un assortiment de bouteilles d'eau et de jus de fruits. Ce qui resterait rejoindrait les placards de Roger. Le traiteur lui donna des assiettes en carton et des couverts en plastique.

Il y avait heureusement peu de circulation le dimanche matin. Colin chanta en chœur avec sa radio alors qu'il suivait Banfield. Il devrait peut-être tenter un road trip cet été. Il trouverait probablement un ami ou deux pour le suivre, et sa sœur et sa nièce prendraient soin de Legolas. Il pouvait aller à Vancouver quelque temps, peut-être passer quelques jours à Victoria. Ou il pourrait aller vers le sud à la place, prendre les petites routes scéniques le long de la côte de San Francisco. Il n'avait pas pris de vacances depuis longtemps. Trent avait prétendu être trop occupé pour quitter le travail et n'était pas intéressé pour aller dans des endroits proches. Eh bien, qu'il aille se faire foutre. Colin était libre !

Même le parking du petit immeuble de Roger semblait brillant et joyeux, avec les oiseaux qui chantaient et deux enfants qui jouaient au ballon dans un jardin adjacent. Colin laissa la nourriture dans la voiture et courut presque dans l'allée. Il tapa plusieurs fois à la porte.

Aucune réponse.

Il tenta à nouveau, plus fort. Peut-être que Roger devenait sourd. Ou peut-être qu'il était dans la salle de bain. Mais malgré les coups et plusieurs minutes à attendre, la porte resta résolument fermée.

Colin imagina Roger évanoui au milieu de ses magazines.

Le gérant vivait trois portes plus loin, et au moins il répondit immédiatement quand Colin frappa. C'était un homme grand d'un âge indéterminé, avec des cheveux épars qui pendaient sur ses épaules, maigre en dehors de son ventre rond qui lui donnait l'impression d'avoir avalé un ballon de volley. Son short en jean tombait sur ses hanches étroites et son tee-shirt grisâtre portait les traces de ses derniers repas.

— Oui ? demanda-t-il en regardant Colin avec ses yeux cerclés de rouge.

— Je viens rendre visite à Roger Grey. Je suis bénévole à *Meilleur Espoir*.

Colin n'était pas certain que Bizarroïde soit au courant pour l'organisation.

— Nous étions censés sortir aujourd'hui, mais il ne répond pas.

Bizarroïde fronça les sourcils et se frotta la barbe.

— Il ne sort jamais, mec.

— Je sais. C'est pour ça que je m'inquiète. Vous pourriez ouvrir son appartement ?

— Euh…

Bizarroïde y réfléchit un petit moment.

— Oui, je suppose. Mais je dois rester avec vous pour, genre, la sécurité.

Colin se dit que Legolas offrirait une meilleure sécurité que ce type, mais il ne protesta pas.

— Bien sûr. Vous pourriez vous dépêcher ?

Non, Bizarroïde ne le pouvait pas. Il y eut plusieurs bruits de coups et d'objets qui tombaient à l'intérieur de son appartement tandis qu'il cherchait le passe et des chaussures. Finalement, il trouva la clé, mais uniquement une paire de claquettes. Il les mit pour accompagner Colin chez Roger, avec la semelle qui claquait contre le sol en ciment sous ses pas.

Il mit une éternité à ouvrir la serrure de Roger, et Colin plongea les mains dans ses poches pour s'empêcher de le secouer. Il ne pouvait

31

qu'imaginer Roger étendu sur le sol dans une mare de sang. Ou peut-être avec une boîte à médicaments vide près de sa main, ou un couteau, parce que Roger avait tranquillement parlé suicide deux semaines plus tôt.

Le verrou céda enfin et la porte s'ouvrit en craquant légèrement, et Colin ferma brièvement les yeux en se préparant au pire.

— Euh, dit Bizarroïde. Je crois qu'il n'est pas là.

III

PEUT-ÊTRE QUE Colin avait regardé trop de séries policières, parce qu'il avait été certain que la police refuserait de faire quoi que ce soit pour Roger tant qu'il n'aurait pas disparu depuis au moins vingt-quatre heures. Heureusement, ces programmes télé l'avaient induit en erreur, ou peut-être que Manuel Ceja savait parler aux gens. Quelques minutes après avoir appelé Manuel, le directeur de *Meilleur Espoir* l'avait rappelé.

— Ils envoient immédiatement quelqu'un, dit-il.

Sa voix était tendue par la nervosité, mais Colin comprenait parce que son propre estomac faisait de la gymnastique dans son ventre.

— Ne pars pas, continua Manuel.

— Je ne comptais pas le faire, dit Colin.

— Je sais, je sais, je suis désolé.

— Ne le sois pas. Tu t'inquiètes parce que tu te soucies de lui. Je te tiendrai au courant, d'accord ?

— Merci, mon chou.

Bizarroïde était assis sur le trottoir, à fumer une cigarette, l'air désintéressé. Mais d'un autre côté, une attaque de zombies ne le tirerait probablement pas du brouillard de son cerveau. Il avait laissé la porte de Roger grande ouverte et même depuis l'entrée, il était évident que Roger n'était pas là. Colin voyait même la salle de bain, où des barres de sécurité avaient été installées dans la douche et près des toilettes. L'appartement ne semblait ni plus ni moins en bazar qu'à l'ordinaire. Des couvertures couvraient le fauteuil de Roger, et une tasse verte se trouvait sur le comptoir de la kitchenette, avec l'étiquette d'un sachet de thé qui tombait sur le côté.

Colin faisait les cent pas devant la porte.

Une GTO violette entra dans le parking, et la panique et l'excitation envahirent la tête de Colin, l'étourdissant légèrement.

Le mot qui lui vint à l'esprit quand il regarda l'inspecteur Ng marcher dans sa direction fut : *tendu*. Oui, Nevin était magnifique, avec sa peau brune, ses lèvres pleines et ses pommettes qu'une actrice télé aurait tué pour avoir. Et même si la journée était chaude, il portait un costume anthracite près du corps et une chemise couleur mandarine qui était ouverte à son cou.

Il aurait eu sa place sur les défilés de mode, même s'il était trop petit pour être mannequin. Mais sa beauté et sa tenue n'étaient pas ce qu'il y avait de plus saisissant chez lui, pas plus que la manière dont il se tenait, comme si chaque muscle était prêt à bondir. Il était comme un ressort, comme un doigt qui commençait à appuyer sur la gâchette. Pas menaçant, pas vraiment, mais *prêt*. Et tranchant. Quand il sourit, Colin s'attendait presque à lui voir des dents aussi pointues que celles d'un requin. Mais elles ne l'étaient pas, elles étaient en revanche très blanches.

— Oh, Seigneur. Est-ce que Roger est mort ?

Nevin le regarda un instant.

— À vous de me le dire. Je viens d'arriver. Et où est votre nœud papillon ?

Colin baissa les yeux et réalisa que son tee-shirt « mes intentions sont mauvaises » n'était peut-être pas du meilleur choix au vu des circonstances.

— Si Roger n'est pas mort, pourquoi êtes-vous ici ?

— Parce que quelqu'un a appelé les flics, tête de nouille.

Il sembla alors comprendre quelque chose.

— Merde. Vous pensez que je suis de la Criminelle, n'est-ce pas ? Ne vous inquiétez pas, je ne suis pas l'un de ces coincés du cul.

— Mais…

— Ne me dites pas que vous êtes aussi propriétaire de ce trou à rats ? Vous êtes quoi ? Le marchand de sommeil du coin ?

— Je ne suis pas propriétaire. Je rendais juste visite. Je suis bénévole pour *Meilleur Espoir*, le groupe qui…

— Je connais *Meilleur Espoir*.

Nevin le regarda de haut en bas.

— Bon, dites-moi, mon grand. Et si nous commencions par le début. Qui est ce type ?

Il désigna Bizarroïde, qui avait le regard perdu dans le vide.

— Le concierge. Quand Roger n'a pas répondu à la porte, je lui ai demandé de me laisser entrer.

— Et je suppose qu'à moins que j'aie envie de me faire un gramme de Maui Wowie, il ne va pas être d'une grande aide.

Colin eut un rire nerveux.

— Hum, je ne pense pas.

— Restez ici, Nœud pap'. Laissez-moi lui parler un peu, et nous pourrons avoir une bonne discussion tous les deux.

À la fois appréhensif et ravi de cette perspective, Colin hocha la tête. Il chercha un endroit où s'asseoir. Il refusait de se mettre sur le trottoir parce qu'il ne voulait pas inhaler la fumée des cigarettes de Bizarroïde, puis il rejeta également l'idée de la pelouse parce qu'il ne voulait pas de taches d'herbe sur son short. Il termina perché sur le capot de sa voiture, avec le métal qui lui réchauffait les fesses à travers ses vêtements. Il regarda Nevin parler à Bizarroïde tout en prenant des notes dans son carnet. Avec ses longues manches et sa veste de costume, Nevin devait être mal à l'aise, mais il ne semblait pas pressé. Il était minutieux, se dit Colin. Un bon inspecteur.

Après quelques minutes, Nevin passa un coup de fil rapide. Il venait juste de fermer son carnet et commençait à se diriger vers Colin quand plusieurs voitures entrèrent dans le parking : trois étaient des voitures de police et une simple toute blanche, du même modèle que les autres. Un groupe d'hommes et de femmes en uniforme sortirent et se dirigèrent vers Nevin. C'était intéressant. Même s'ils étaient tous plus grands et plus costauds que Nevin – même les femmes – il était clair que c'était lui qui était aux commandes. Et pas simplement à cause de son costume de luxe. Tout le monde semblait attendre que Nevin leur dise quoi faire pour pouvoir obéir.

Finalement, des flics en uniforme entrèrent chez Roger et Nevin se dirigea vers Colin, qui descendit du capot et contourna le véhicule. Il ouvrit le coffre pendant que Nevin se joignait à lui.

— C'est une bonne chose que vous ne soyez pas un suspect, dit Nevin.

— Pourquoi ?

— Si vous l'étiez, je vous aurais fait exploser la tête, imbécile.

Colin tendait la main dans son coffre, mais il était désormais figé.

— Hein ?

— J'ai une vieille dame décédée et un vieil homme disparu. Comment je pourrais savoir que vous n'êtes pas en train de prendre une arme ?

Il semblait agacé, mais pas inquiet.

— Ce n'est qu'une glacière.

Nevin renifla.

— Je parie que vous n'avez jamais été accusé de quoi que ce soit, hein, petit blanc ? Vous leur faites des effets de vos yeux bleus et personne ne soupçonne quoi que ce soit.

— Hé !

Colin aurait pu être plus offensé, sauf que Nevin avait raison. Non pas que Colin ait déjà fait des choses affreuses, mais lorsqu'il prenait du retard sur ses devoirs quand il était enfant, il pouvait toujours convaincre ses professeurs de croire ses excuses minables. Et une fois au lycée, son ami Jay et lui avaient séché un cours et étaient allés se promener dans le centre. Un agent de sécurité les avait trouvés en train de se cacher dans une ruelle – ils étaient tous les deux stones après avoir fumé un joint que Jay avait volé à sa grande sœur –, mais il avait cru Colin quand il avait raconté une histoire pitoyable comme quoi il avait perdu ses clés. C'était malgré tout la seule fois où Colin avait tenté les drogues. Pas parce qu'il avait peur de se faire arrêter, mais parce qu'il imaginait la réaction de ses parents s'il se faisait surprendre.

Sourcils froncés, Colin retira le couvercle de la glacière et sortit une bouteille d'eau.

— J'allais juste vous offrir à boire. Il fait chaud.

Ignorant la bouteille offerte, Nevin pouffa et s'installa à côté de lui.

— C'est parce que je suis torride, ça donne cette impression.

Il regarda à l'intérieur du coffre.

— Vous organisiez quelque chose ?

— Roger et moi étions censés aller pique-niquer.

Nevin le regarda, sidéré, et attrapa une bouteille d'eau.

— Combien de personnes avez-vous invitées à ce pique-nique ?

Il ouvrit la bouteille et but longuement.

Colin tenta de ne pas regarder les lèvres de l'inspecteur qui enveloppaient le goulot.

— Euh, juste lui. Il ne mange pas assez, alors je crois que je voulais le tenter. Je me suis dit qu'il pourrait garder les restes pour plus tard.

Son estomac gronda quand il pensa à la nourriture.

— J'ai faim, en fait. Ça ne vous dérange pas si j'en mange un ?

— Allez-y. Si je peux me servir aussi. Je vais laisser les gorilles chercher des preuves, et nous pourrons manger tout en parlant.

— Chercher des preuves. Cela veut-il dire…

— Cela veut dire qu'entre ce que le concierge et vous m'avez dit, j'ai assez d'informations pour appeler ça une scène de crime. C'est tout. Nous verrons s'ils nous trouvent quelque chose.

Soulagé que la police entre si vite en action, Colin tendit à Nevin un sandwich emballé dans du papier et en prit un autre pour lui. Il prit également de l'eau. Puis il suivit Nevin le long du trottoir étroit qui faisait le tour du bâtiment. Un autre identique se tenait derrière celui de Roger, mais entre les deux se trouvait un jardin couvert d'herbe avec une aire de jeux rudimentaire et une table de pique-nique en béton. Les bâtiments plongeaient la zone dans l'ombre. Nevin s'assit à la table et fit signe à Colin de s'asseoir en face.

— Comment saviez-vous qu'il y avait ça ici ? demanda Colin alors que Nevin ouvrait son sandwich.

— Je suis inspecteur, vous vous souvenez ?

— Et vous êtes spécialisé dans la recherche de zones de pique-nique ?

— Juste assez intelligent pour demander au concierge s'il y a un endroit à l'ombre où s'asseoir.

Ils mangèrent chacun un peu et Colin tenta avec un succès limité de ne pas regarder l'homme séduisant assis en face de lui. Nevin semblait préoccupé par les ingrédients du sandwich, ou alors perdu dans ses pensées. Un bébé pleura quelque part avant de se taire.

— Bon, dit Nevin, sortant son carnet et un stylo tout en mâchant. Commençons par le début.

— C'est un bon point de départ.

Nevin le dévisagea, puis secoua la tête.

— Vous êtes ici parce que vous êtes bénévole pour *Meilleur Espoir* ?

— Oui. J'ai commencé il y a quelques semaines.

— Après la mort de Mme Ruskin ?

— Oui.

Colin fronça les sourcils.

— Vous savez qui a fait ça ?

— Je ne suis pas sur l'affaire. Je vous l'ai dit, je ne suis pas à la Criminelle.

— Alors vous êtes dans quoi ?

La question fut posée d'une voix plus stridente que Colin l'avait voulu, mais Nevin avait un don pour le perturber.

— Division des affaires familiales. Spécialisé dans les adultes vulnérables et les crimes contre les personnes âgées.

— C'est... un très long titre. Vous enquêtez sur les crimes contre les personnes âgées ?

Nevin tapota son stylo sur son carnet.

— Et les autres adultes à risques, comme ceux qui ont des maladies ou déficiences mentales.

— C'est... waouh. C'est vraiment cool.

Colin n'avait pas réalisé que la police avait une protection spéciale pour ces personnes. Visiblement, il était totalement ignare quant aux pratiques de la police.

Nevin haussa les épaules.

— C'est un travail, dit-il, mais Colin ne crut pas sa nonchalance. Et vous essayez de me distraire, Colin. Nous parlions de vous, de *Meilleur Espoir* et de Roger Grey, et du lien dans tout cela.

Colin expliqua brièvement les raisons pour lesquelles il était devenu bénévole, ses précédentes interactions avec Roger, et ce qui s'était passé durant sa visite de la veille. Nevin posa quelques questions, mais il prit surtout des notes. Quand Colin eut terminé, il tapota à nouveau du stylo.

— Roger avait-il des signes de démence sénile ?

— Pas que je sache. Il est même très intelligent.

— Mais il est séropositif depuis longtemps, non ? Parfois, cela peut aggraver les problèmes mentaux. La mémoire. La dépression. De quelle humeur était-il hier soir ?

Colin dut y réfléchir avant de répondre.

— Je ne le connais pas si bien que ça, mais il semblait aller bien. Je veux dire, il a vécu des choses horribles. Il est si seul.

— Cela ne dérange pas tout le monde d'être seul, dit Nevin sur un ton étrange.

— Oui, mais c'est une chose si c'est un choix, c'en est une autre si c'est parce que tous ses amis et sa famille sont morts ou l'ont abandonné.

— Ma question était, comment se sent-*il* avec ça ?

Ne comprenant pas la rage à peine contenue de Nevin, Colin baissa la voix.

— Je ne sais pas. Je pense qu'il est… triste. Il y a deux semaines, il a parlé de suicide.

— Oui ? Et vous n'avez pas trouvé utile de m'en parler un peu plus tôt ?

— Il a dit qu'il ne le ferait pas. Il m'a dit qu'il bottait le cul de la mort depuis si longtemps, et qu'il n'allait pas lui céder aussi facilement.

À la surprise de Colin, Nevin se mit à rire.

— Je pense que j'aime Roger Grey. Bon. Y a-t-il autre chose que vous pouvez me dire ?

— Je ne pense à rien. Seulement…

Il s'éclaircit la gorge.

— Nous devions aller aux jardins des roses aujourd'hui parce qu'il y allait avec son partenaire. Et il faisait toutes ces orgies et il s'est fait arrêter dans des protestations. Je pense qu'il était un peu sauvage, d'une manière assez cool, et maintenant...

Il se tut, choqué de sentir les larmes lui picoter les yeux. Il ne connaissait même pas Roger si bien que ça.

Nevin resta un moment silencieux. Puis il ferma son stylo et son carnet.

— Je ne le connais pas, mais il est important pour moi aussi, dit-il avec prudence. Et je traite toutes mes affaires comme si la victime était importante, parce qu'elles le sont.

— Merci.

Après s'être assuré que Colin avait ses numéros de contact, juste au cas où, Nevin rassembla les emballages des sandwiches et sa bouteille d'eau presque vide.

— Je vais aller voir les gorilles, dit-il avant de s'éloigner.

IV

LORSQU'IL N'Y eut toujours aucun signe de Roger Grey le lundi matin, Nevin sut que c'était une cause perdue. Il avait perdu les pédales et était parti Dieu savait où. Ou malgré ce qu'il avait dit à Colin, le vieil homme avait décidé d'en finir et n'avait pas voulu le faire chez lui, soit parce que le mouchoir de poche où il vivait était trop déprimant, soit parce qu'il voulait éviter à Colin de trouver son corps. Dans tous les cas, son corps finirait par apparaître sous un pont ou flottant dans le fleuve.

Merde.

— Hé ! Ralentis !

Nevin regarda par-dessus son épaule et vit Jeremy à la traîne quelques mètres derrière lui.

— Dépêche-toi, le vieux. C'est toi qui as les jambes aussi longues que celles de Paul Bunyan.

Mais Nevin ralentit malgré tout, juste un peu, parce que les muscles de ses cuisses commençaient à le brûler.

Quand Jeremy le rattrapa, il cogna sur l'épaule de Nevin avec une de ses grandes mains.

— Tu ne… peux pas… fuir tes… problèmes, souffla-t-il.

Jeremy était en bonne forme, mais il avait dix ans de plus que Nevin et faisait deux fois sa masse corporelle.

— Je ne fuis rien, Germy.

Jeremy le poussa à nouveau.

— Ne me mens pas.

Puis il partit à toute allure.

Le soleil ne s'était toujours pas levé quand ils arrivèrent à l'appartement de Jeremy. Le spa au rez-de-chaussée n'était toujours pas ouvert, et les bureaux du premier étaient vides. Cela voulait dire qu'ils pouvaient se précipiter dans la cage d'escalier en faisant autant de bruit qu'ils le voulaient, à s'envoyer des insultes tout du long. Jeremy arriva le premier à la porte, en grande partie parce qu'il avait poussé Nevin au premier, et Nevin lui fit un doigt d'honneur.

— Jolie triche, boy-scout.

— Je n'ai jamais fait de serment à ce sujet.

Jeremy ouvrit et lui fit signe d'entrer avec une courbette ridicule.

Ils se dirigèrent tous les deux vers la salle de bain en se déshabillant en chemin.

Jeremy était canon, avec son grand corps plein de muscles, son menton carré, ses yeux gris comme les nuages avant la pluie, et ses cheveux blond doré. C'était aussi un véritable tendre quand il ne faisait pas la course contre Nevin, et il avait le cœur aussi grand que le Midwest. Il était fièrement homosexuel, même quand il travaillait dans la police, alors que ce n'était pas toujours facile d'y être LGBT+.

Bien que Nevin ne soit pas trop regardant sur ses partenaires sexuels, Jeremy et lui n'avaient jamais couché ensemble, en grande partie parce qu'ils étaient amis et que Nevin ne voulait pas gâcher ça. Mais cela ne dérangeait aucun des deux d'être nu devant l'autre. Nevin avait tendance à en profiter pour bien le reluquer, mais Jeremy levait simplement les yeux au ciel.

La salle de bain de Jeremy était plus grande que les premiers appartements de Nevin, et ils entrèrent tous les deux facilement dans la douche pour se rincer rapidement.

Jeremy sortit le premier et jeta une serviette à Nevin.

— Viens. La caféine nous attend.

Pendant que Nevin mettait le costume qu'il avait laissé chez Jeremy avant d'aller courir, Jeremy enfila son uniforme vert de garde forestier. En tant que chef, il aurait pu porter un costume à la place, mais il n'était pas comme ça. Et puis, il était vraiment beau en uniforme, et aucun doute qu'il le savait.

Après avoir quitté l'appartement de Jeremy, ils marchèrent le demi-pâté de maisons jusqu'à l'endroit où Julie était garée. Nevin laissa son sac de sport dans le coffre et ils se rendirent d'un pas tranquille au *P-Town*, deux pâtés de maisons plus loin, le café préféré de Jeremy. Même à cette heure matinale, le café grouillait d'activité. Mais malgré le brouhaha, Ptolemy, le serveur gender-fluid, aujourd'hui vêtu d'une chemise bleue, d'une veste noire et d'un jean, leur adressa un large sourire.

— Les lève-tôt attrapent les criminels ?

— Et les vagabonds dans les parcs, confirma Jeremy. Hé, tu as pu faire réparer ta voiture ?

Ptolemy se fit acerbe.

— Elle est morte. Je suis condamné aux transports publics.

41

— Uniquement jusqu'à ce que tu aies terminé ton doctorat et ailles conquérir le monde.

— Et *là,* je voyagerai partout dans un de ces immondes utilitaires limousines, dit Ptolemy avant de faire un clin d'œil.

Parce qu'il venait souvent au *P-Town* et était bon ami avec la propriétaire, Jeremy avait sa propre tasse. Aussi énorme que lui. Ptolemy la remplit à ras bord, puis servit son habituel double espresso à Nevin.

S'il ignorait dans quelle partie de l'éventail des genres se trouvait Ptolemy aujourd'hui, Nevin le trouvait fascinant : brillant, excentrique et avec un sacré sens de l'humour. Peu après leur rencontre, Nevin lui avait fait du sacré rentre-dedans.

— Tu veux juste savoir ce que j'ai entre les jambes, avait répondu Ptolemy.

— Mon cœur, je suis certain que ce que tu as entre les jambes est un véritable délice, mais c'est ce qu'il y a dans ta tête qui m'excite. Et puis, je cherche du sexe, pas à satisfaire ma curiosité.

Ils n'avaient jamais couché ensemble, mais depuis, Ptolemy l'appréciait énormément. Jeremy avait plus tard avoué à Nevin que c'était parce qu'il se fichait du genre de Ptolemy et ne le voyait pas comme un monstre. Peut-être, mais c'était bizarre : Nevin n'était pas vraiment connu pour sa sensibilité.

Après que Nevin et Jeremy eurent payé leurs pâtisseries et les eurent récupérées, Jeremy les conduisit vers une table près de la fenêtre.

— Sur quoi travailles-tu ? demanda Jeremy après quelques minutes de silence.

— Je ne veux pas en parler.

Il haussa ses épaules massives.

— OK.

Et là, alors que Pink Martini chantait quelque chose en français dans le système audio du café, Jeremy avala son petit-déjeuner pendant que Nevin jouait avec le sien et regardait une brune séduisante passer devant la fenêtre.

— Une affaire de personne disparue.

— Alzheimer ou autisme ?

— Aucun. Séropositif depuis une vingtaine d'années. Il a survécu à ses amis, et sa famille l'a rejeté il y a des années.

Jeremy fit claquer sa langue et but son café.

— Tu as une photo ?

— Rien de récent.

— Eh bien, envoie-moi ce que tu as. Je dirai à mes rangers de garder l'œil ouvert.

Nevin hocha la tête pour le remercier, puis sortit son téléphone et envoya les informations à Jeremy.

— Il aurait pu aller jusqu'à Rocky Butte s'il se sentait vif.

— J'irai y jeter un œil ce matin. Je dois être à neuf heures à Laurelhurst Park, mais cela ne devrait pas prendre longtemps.

— Merci, Germy.

Nevin n'avait aucun espoir que Jeremy puisse retrouver Roger Grey, mais il était malgré tout soulagé que son ami s'en occupe. Jeremy avait cette certitude qu'il pouvait sauver le monde entier si on lui en laissait l'occasion, et même si Nevin savait que beaucoup de personnes ne pouvaient être sauvées, son ami était un allié de valeur.

— Hé, Nev ? Tu n'as pas à te faire subir ça. Peut-être que le travail est trop dur.

— Alors je devrais devenir garde forestier ? Le vert ne me va pas du tout.

Jeremy se mit à rire.

— Et je n'arrive vraiment pas à t'imaginer flâner dans Forest Park. Tu pourrais salir ton costume. Mais il y a plein d'autres manières pour aider les gens.

— Oui, c'est vrai. Je pourrais être bénévole à *Meilleur Espoir*, comme le pauvre con qui a signalé la disparition de Grey. Le pauvre gamin est anéanti.

Il soupira.

— Et il est du type délicat.

— Pas aussi dur qu'une semelle en cuir comme toi.

— Va te faire foutre, dit Nevin sans colère, ce qui fit sourire Jeremy.

— Je suis vraiment désolé pour le désordre, dit Manuel Ceja en cherchant autour de lui où déposer le carton qu'il portait.

— Vous allez déménager ? demanda Nevin.

Les boîtes ouvertes envahissaient le bureau, chacune marquée au feutre indélébile vert.

Manuel soupira et posa la boîte sur la chaise d'où il l'avait soulevée.

— J'aime travailler dans le centre-ville, mais ils ont encore augmenté le loyer. Nos subventions ont une limite, vous voyez ? Je ne paie déjà pas assez Crystal, et son petit ami et elle veulent se marier, acheter une maison, avoir des enfants. Vous voyez.

Il fit un signe de la main vers la seule autre employée à temps plein de *Meilleur Espoir*, qui lançait de brefs coups d'œil à Nevin depuis son ordinateur. Elle ne souriait pas, mais cela ne surprenait pas Nevin. Elle semblait en colère permanente contre quelque chose. Peut-être qu'elle n'aimait pas les flics.

— Où allez-vous ? demanda Nevin à Manuel.

— Beaverton.

À en juger à la voix de Manuel, ça aurait tout aussi bien pu être un gouffre en enfer.

— Le cousin de mon mari nous a fait une offre pour un bureau. Ce n'est pas aussi pratique qu'ici, vu que la plupart de nos clients sont à Portland, et certains des bénévoles ne sont pas ravis non plus, mais nous avons connu pires conditions de travail.

Ce qui était vrai. Manuel avait ouvert *Meilleur Espoir* quelques années plus tôt, quand le budget pour l'agence venait uniquement de sa poche. Il travaillait de chez lui et sans salaire. Peu à peu, il avait réussi à récolter quelques subventions et dons, et il organisait une collecte de fonds chaque année. Nevin s'y était rendu et avait contribué les trois dernières années. Désormais, Manuel était capable de se verser une paye modeste, et il avait engagé Crystal pour s'occuper du plus gros de la paperasse, mais il avait toujours de toute évidence un budget très serré.

— J'ai des questions à vous poser sur Roger Grey, dit Nevin.

Manuel eut les larmes aux yeux.

— Bien sûr, bien sûr. Je suis désolé pour…

Il fit un vague signe de la main.

— Et si nous allions au *Peet* ?

Non seulement il pourrait prendre un café – le double espresso du *P-Town* n'avait que modérément baissé sa fatigue – et s'asseoir sans avoir à déplacer des cartons, mais il pourrait aussi éviter les regards désapprobateurs de Crystal.

— OK, mon cœur, bien sûr. Crystal, tu pourras tenir le fort ? Je te ramènerai un latte glacé.

Elle fit un signe de la main, apparemment d'accord.

44

Manuel était un homme petit et taillé en forme de poire, avec des cheveux noirs qui se clairsemaient et un penchant pour les tee-shirts aux thèmes LGBT+. Celui du jour célébrait l'égalité du mariage. Durant leur courte marche, il parla de la logistique pour le déménagement. Le sujet l'agitait très clairement, et Nevin savait que Manuel n'était pas à l'aise avec le changement.

— Vous avez besoin de muscles ? demanda Nevin. J'ai un ami avec des gros bras, et il a un énorme utilitaire.

Il ne se sentait pas coupable de proposer l'aide de Jeremy, qui vivait pour aider les gens avec tout et n'importe quoi. Il passait toujours ses weekends et ses soirées à récolter des objets pour les sans-abris ou créer des jardins communautaires ou aider des gamins en foyer à faire leurs devoirs.

Manuel se réjouit.

— Vraiment ? J'adorerais que vous puissiez aider. Nous déménageons dans une semaine à partir de samedi.

Nevin ne s'était pas vraiment porté volontaire *lui-même*, mais il ne pouvait pas reculer sans passer pour un gros con.

— Bien sûr.

Le rush du matin était passé et le *Peet* était silencieux. La plupart des clients portaient des cartes d'identité attachées à des cordons autour de leur cou, venant de la convention au Marriott à côté. La plupart étaient des hommes entre deux âges vêtus de costumes, et alors qu'il s'asseyait, Nevin se demanda dans quoi ils travaillaient. Le commerce ou un truc comme ça peut-être.

Il sortit son carnet et son stylo et attendit que Manuel ait bu quelques gorgées de son thé glacé. Nevin avait commandé un autre double espresso, qui ne serait probablement pas le dernier de sa journée.

— Pouvez-vous m'en dire plus sur Roger Grey ?

Manuel avait plus d'informations que Colin, mais peu d'entre elles seraient utiles. Roger avait un diplôme, Manuel ignorait dans quel domaine, mais avait passé le plus gros de son énergie de jeune homme dans l'activisme et la fête. Il travaillait dans une librairie jusqu'à ce que sa santé décline. Bien que les médicaments stabilisent plutôt bien sa séropositivité, il avait d'autres problèmes : une maladie du cœur, un foie foutu, ainsi que d'autres dont Manuel n'avait pas les détails. Mais pour ce qu'il en savait, Roger était sain d'esprit.

— Et vous ne connaissez personne chez qui il aurait pu aller ?

Il avait dessiné Julie et un grand chêne, mais n'avait pas pris beaucoup de notes.

— Personne.

Fronçant les sourcils, Nevin s'ordonna de ne pas être une telle tapette. *Il* avait des gens. Ford était son frère. Et il avait aussi des amis, Jeremy et quelques autres. Des gars avec qui il travaillait. Parfois, ils regardaient des matches de basket ensemble. Bref, il était solitaire par *choix*, merde. Tant qu'il s'envoyait en l'air de temps en temps, il n'avait besoin de personne.

— Inspecteur ? Quelque chose ne va pas ?

— Je réfléchissais.

Il se pencha en arrière sur sa chaise.

— Parlez-moi de Colin Westwood.

Manuel écarquilla les yeux et posa les mains sur sa poitrine.

— Colin ? Je suis certain qu'il n'a rien fait à M. Grey.

— Il n'est pas suspect. Mais pour ce que j'en sais, il est le dernier à avoir vu la victime. Ça fait de lui quelqu'un d'important.

Nevin ne parla pas de Mme Ruskin.

— Eh bien, je le connais depuis deux ans. Certains de mes clients louaient des appartements de sa compagnie. Et sa compagnie nous fait des dons très importants.

Bien sûr, songea Nevin, *le meilleur moyen pour avoir des réductions d'impôts.*

— Mais il est aussi bénévole.

— C'est plus récent.

— Qu'est-ce qu'il fait ?

— Rien d'exceptionnel. Il visite deux de nos clients. M. Grey les mardis et, hum… Bob et Ivan Thomas les jeudis. Il parle un peu avec eux, s'assure qu'ils mangent bien et qu'ils prennent leurs médicaments. Il leur offre simplement un peu de compagnie pour illuminer leur journée.

— Mais il est allé chez Roger avant-hier, et c'était un samedi, fit remarquer Nevin.

— Une autre bénévole y va en général le samedi. Elle fait également ses courses. Mais sa voiture est tombée en panne, alors j'ai appelé Colin pour lui demander de la remplacer.

C'était intéressant, Colin n'avait apparemment pas prévu d'aller voir Roger samedi soir. Et il faisait si peu de choses de ses dimanches qu'il pouvait tout abandonner et passer du temps avec un vieil homme. Les gamins riches ne faisaient pas des choses les week-ends ? Aller en boîte ? Parier avec l'argent de leurs parents ?

— Colin a dit que Roger et lui devaient aller pique-niquer hier. Est-ce habituel ?

Manuel secoua la tête et fit un petit sourire.

— Non. Je ne lui ai pas demandé de faire ça. Je crois qu'il a proposé pour être gentil.

Ou pour faire une chose abominable. Le truc, c'était que Nevin n'avait aucune idée de ce que pouvait être cet acte infâme. Et si Colin avait fait quelque chose à Roger, pourquoi appeler pour signaler sa disparition ? Comme beaucoup de bons flics, Nevin avait un très bon instinct. Et si Colin était peut-être un gamin de riches pourri gâté et du genre à s'évanouir si la réalité s'en prenait à lui, l'instinct de Nevin lui disait que l'homme n'était pas dangereux.

Il ne ferait pas de mal à qui que ce soit.

Nevin n'avait pas d'autre question, et Manuel et lui s'occupaient tranquillement de leur boisson quand le portable de Nevin sonna. Il regarda le message de son capitaine. Un vieil homme venait d'être admis aux urgences à l'hôpital avec des bleus et des fractures. L'hôpital soupçonnait de la maltraitance. Eh bien, fantastique, bordel.

Nevin rangea son carnet et son stylo et glissa une de ses cartes sur la table.

—Prenez cela au cas où mon numéro se perdrait dans le déménagement. Appelez-moi si vous apprenez quoi que ce soit de nouveau.

— Vous pouvez y compter. Merci de faire tout ça, mon cœur. Je sais que vous ferez de votre mieux pour M. Grey. Peut-être qu'il a juste rencontré un jeune canon et s'est lancé dans une dernière aventure.

Manuel n'y croyait de toute évidence pas plus que Nevin, mais ce dernier laissa couler.

— Désolé, je dois filer. Le devoir m'appelle.

— Bien sûr. Je vous verrai avec votre ami samedi prochain, frais et dispo !

Nevin grogna intérieurement.

V

MARDI VINT sans autres nouvelles de Roger Grey. Cependant, la journée permit d'arrêter l'enfoiré qui avait tabassé l'homme âgé la veille. Le père battu était soigné à l'hôpital, mais il survivrait, et l'enfoiré de fils se faisait dessus en prison, pleurnichant probablement encore sur le fait que personne ne comprenait à quel point son vieux père était un enfoiré. Il était probable que le vieil homme *soit* un enfoiré, songea Nevin alors qu'il s'installait devant la télévision cette nuit-là. Cette fois, il avait réussi à s'arrêter pour acheter des nouilles à emporter, alors il n'avait pas à se forcer à avaler du General Tso. Mais si le père était le plus grand connard du monde, cela ne voulait pas dire que Junior avait le droit de l'utiliser comme punching-ball.

Ce n'était pas la première fois de sa carrière que Nevin se demandait si un vieil homme avait battu son fils quand celui-ci n'était qu'un enfant. La plupart du temps, les connards violents avaient appris cela de leurs parents. Si c'était le cas, il était triste que le père n'ait jamais fait de la prison pour ça, mais cela n'excusait pas l'action du fils.

C'était l'une des pires choses dans son travail. Même quand tout se passait bien, il y avait très peu de fins joyeuses. Les gens mouraient. Les familles se séparaient. Les enfants battus grandissaient et finissaient en prison pour avoir battu quelqu'un à leur tour.

Le mercredi, toujours aucune nouvelle de Grey. Nevin traqua tout ce qu'il pouvait découvrir sur cet homme. Quelques arrestations mineures dans les années 60 et 70, la plupart dans des protestations contre les guerres et pour les droits des LGBT. Une accusation d'exhibitionnisme à la suite d'une descente dans les bains publics, non pas que les bains publics soient faits pour être nus, mais la police s'en fichait. Une arrestation pour conduite en état d'ébriété au début des années 80 et une contravention pour possession de marijuana au milieu des années 90. Nevin se demanda si l'herbe était pour s'amuser ou un moyen de calmer quelques symptômes du VIH. Dans tous les cas, si le casier de Roger disait une histoire intéressante, cela ne révélait rien sur sa disparition. Nevin fouilla un peu pour avoir d'autres informations, comme des appels téléphoniques et des informations sur ses assurances, mais il n'était pas optimiste quant aux résultats.

D'autres affaires allèrent et vinrent les jours suivants. Il remplit son habituelle montagne de paperasse. À la maison, il regarda quelques vieux westerns, les stupides où les gentils gars stoïques portaient des chapeaux blancs, les femmes étaient travailleuses et vertueuses, et les Indiens sauvages portaient des plumes et ne parlaient qu'en grognements. Il grimaça devant ces stéréotypes, et pourtant quelque chose dans ces films le réconfortait. Leur simplicité, peut-être. Et les chapeaux blancs gagnaient toujours.

Il dessina un peu. Rien de sérieux, parce qu'il n'était pas très doué. Mais il griffonna quelques paysages urbains et une scène du *P-Town*, avec Ptolemy dans un chemisier large sans manches et ses boucles d'oreilles ethniques préférées, qui s'occupait avec délicatesse de la machine à espresso.

Et Nevin songea à la solitude. Pour ce qu'il pouvait en dire, Roger Grey avait eu une vie remplie et fascinante, et pourtant il avait fini seul, à dépendre de la charité pour se nourrir et avoir de la compagnie.

Et pour Jeremy Cox ? Merde, Jeremy était le fantasme de toute personne : musclé, séduisant, intelligent, gentil. Peut-être qu'il n'avait jamais été boy-scout, mais il respectait vraisemblablement leurs devises. Cela faisait plusieurs années qu'il s'était débarrassé de son enfoiré de petit ami, et pourtant il était là, seul. Nevin soupçonnait Jeremy de coucher de temps en temps avec des hommes, mais s'il le faisait, le sexe ne semblait pas le rendre plus heureux et il n'en parlait jamais.

Puis il y avait Colin Westwood. Il était mignon. Il ne semblait pas être idiot. Il avait de l'argent. Alors pourquoi n'avait-il trouvé personne avec qui partager le gâteau de mariage ?

Si les hommes comme Jeremy et Colin étaient destinés à rester seuls, c'était une bonne chose que Nevin ne cherchait pas de relation. Il se sentait désolé pour eux. C'était tout.

LE VENDREDI soir, Ford gara son pick-up près de l'appartement de Nevin et ils prirent le métro pour aller au centre-ville. Ils visitèrent plusieurs bars, et pendant que Ford buvait du Coca, Nevin devenait de plus en plus soûl. Ils croisèrent Katie, une fille avec qui Ford était sorti. Elle ne devait pas être très rancunière, parce qu'elle le ramena immédiatement chez elle. Cela ne dérangeait pas Nevin, Ford et lui avaient passé un accord pour ne pas interférer dans ces circonstances. On n'empêche pas l'autre de s'envoyer en l'air. Il savait que Ford reviendrait au bout d'un moment pour récupérer son véhicule, soit plus tard dans la nuit, soit le lendemain matin.

Resté au bar, Nevin sortit son téléphone et alla sur *Grindr*. Moins d'une heure plus tard, il était dans une chambre au Benson Hotel, à se faire sucer par un Bear [1] de Cleveland. Le type n'était pas très doué pour ça, mais Nevin était trop soûl pour s'en soucier. Il prit un taxi pour rentrer.

Son téléphone le réveilla samedi matin. Il aurait voulu ne pas répondre, mais il se dit que c'était peut-être Ford qui voulait qu'il lui ouvre la porte de l'immeuble. Il s'avéra que c'était Jeremy.

— Tu veux courir ? demanda son ami, qui semblait si joyeux que Nevin avait envie de le tuer. Ou aller à la salle de sport ?

L'idée de rejoindre sa salle de bain le rendait déjà malade. Il grogna.

— Pas aujourd'hui.

Il y eut un silence.

— Tu as l'air d'avoir la gueule de bois, gronda Jeremy. Combien as-tu bu de verres hier soir ?

— Va te faire sodomiser par un cactus, répondit Nevin.

Puis il se sentit un peu coupable, parce que l'ex de Jeremy était un alcoolique, et cela rendait son ami plus sensible sur ce sujet. Jeremy resta un moment silencieux.

— Tu veux que je te laisse seul pour que tu puisses te sentir misérable en paix ?

— Oui. Je…

Nevin se frotta le visage de sa main libre, ce qui n'aida pas sa migraine et sa nausée, mais au moins cela lui prouva qu'il pouvait encore bouger ses membres. Le mouvement était malgré tout un peu cotonneux.

— Nous allons aider *Meilleur Espoir* à déménager samedi prochain.

— Merde, Nevin, je ne peux pas. J'ai une randonnée de prévue. Je peux peut-être la reporter, mais…

— Laisse tomber. C'est de ma faute. J'aurais dû te le demander avant. Nous nous en sortirons sans toi.

— Tu es sûr ?

Jeremy semblait bouleversé et Nevin l'imagina assis dans son loft, fâché contre lui-même parce qu'il ne pouvait pas remplir un engagement dont il n'avait jamais eu connaissance. Quel gros tendre. Il avait passé des

---

1 Hommes homosexuels porteurs de pilosité faciale et corporelle plus ou moins fournie et visible.

années à supporter l'une des pires merdes que l'humanité pouvait chier, et pourtant il croyait toujours qu'il pouvait aider le monde à sentir la rose.

— Va faire ta randonnée, Germy, grogna Nevin.

Jeremy se mit à rire.

— Et toi prends de l'ibuprofène et beaucoup d'eau.

LE SOIR, Nevin se sentait mieux. Quand il appela Ford plus tard pour savoir s'il voulait sortir, ce dernier refusa.

— Katie de la nuit dernière ? Nous allons dîner puis voir un film.

— C'est le monde à l'envers, dit Nevin. Vous êtes censés d'abord aller au resto et voir un film, et ensuite baiser.

— Nous avons surtout parlé et rattrapé le temps perdu, en fait. Elle est franchement sympa.

C'était un gros compliment de la part de Ford. Merde, il allait peut-être rejoindre le côté obscur lui aussi, et bientôt il serait comme Colin, à parler menu pour la réception du mariage.

— Amuse-toi bien.

— Je t'appelle plus tard, petit frère.

Se sentant trop agité pour rester à la maison, Nevin se souvint de la femme du SAMU qu'il croisait parfois au travail. Ils avaient couché une fois ensemble, et même si elle n'aimait pas trop les relations, elle avait dit qu'elle ne serait pas contre un second round. Il trouva son numéro dans ses contacts et l'appela. Ils allèrent manger des burgers dans une brasserie, puis se rendirent dans sa petite maison pour un coup rapide.

— Tu es doué, dit-elle en lui tendant ses clés de voiture pendant qu'il reboutonnait sa chemise.

Il haussa les épaules.

— Merci.

— J'ai entendu dire que tu jouais sur les deux tableaux.

— Je joue avec qui veut de moi, répondit-il avec un sourire. C'est toujours mieux que de jouer seul.

— Mais qu'est-ce que tu préfères ? Je veux dire, si tu *devais* choisir entre les hommes et les femmes, tu choisirais qui ?

— Je me sentirais surtout arnaqué.

Elle tira sur son tee-shirt et continua :

— Je ne m'attache à personne parce que je ne laisserai personne me dire ce que je dois faire. Je suis indépendante et je ne fais aucun compromis.

Mais toi, tu es célibataire parce que tu ne veux pas te contenter de l'un ou de l'autre ?

Sa migraine revint à toute allure.

— Je suis bi, cela ne veut pas dire que je ne peux pas être fidèle. Si j'avais un truc avec une femme, je ne la tromperais pas simplement parce que la queue me manquerait. Et vice versa. Si j'avais un truc avec quelqu'un, cette personne serait tout ce que je voudrais.

— Mais ce n'est pas le cas. Tu n'as pas de « truc », je veux dire.

Il lui fit un faux regard lubrique et donna un coup de hanches dans le vide.

— Tu as *vu* mon truc, bébé.

— Tu sais ce que je veux dire.

— Écoute. Je ne veux pas de relation, d'accord ? Je suis le Lone Ranger. Pas de Tonto non plus. Je vais en ville, je donne aux gens ce dont ils ont besoin, puis je m'éloigne dans le soleil couchant.

Il fit un signe avec un chapeau imaginaire.

— Et le soleil est couché depuis longtemps maintenant.

Il tourna les talons et rentra chez lui pour prendre encore de l'ibuprofène.

Un autre lundi arriva avec de nouveaux rapports à écrire et documents à remplir. Nevin était de mauvaise humeur et grognait contre tout le monde, et ce ne fut qu'à l'heure du déjeuner qu'il se souvint pourquoi : il avait rêvé de Colin Westwood la nuit dernière.

Le rêve s'était déroulé dans ce qui était supposé être Rocky Butte Park, même s'il ne ressemblait en rien au vrai parc. C'était le mariage de Colin, et il portait un costume blanc avec une chemise écossaise jaune et un nœud papillon. Il courait dans tous les sens, s'assurait que les décorations et la nourriture étaient parfaites. Jeremy était là, dans son uniforme vert de garde forestier, ainsi que Manuel Ceja, Ford, le concierge camé de chez Roger Grey et le Bear de Cleveland.

Nevin-en-rêve avait arrêté Colin.

— Où est l'autre marié ?

Colin lui avait adressé un regard de pitié.

— Qu'est-ce que ça peut te faire ? Tu n'es pas invité.

Puis un groupe de flics en uniforme était arrivé, armes levées, et ils avaient forcé Nevin à quitter le mariage pour aller vers une falaise.

Nevin se tenait sur le bord, avec un gouffre sans fin devant lui.

— Tu as dit que je pouvais venir, connard ! avait-il hurlé à Colin. Tu l'as dit !

Puis l'autre époux était arrivé, dans un costume noir et un nœud papillon accordé à celui de Colin, et il avait lancé un sourire mauvais à Nevin. Il avait immédiatement reconnu ce type : Dwayne Price, le père de famille d'accueil qu'il avait frappé tant d'années plus tôt.

— Tu n'as aucune importance, Nevin, et tu ne manqueras à personne quand tu seras parti.

Puis Nevin était tombé.

Voilà pourquoi il était de si mauvaise humeur aujourd'hui. Il fit de son mieux pour rester dans son bureau avec sa paperasse et beaucoup de café, mais parfois il devait sortir et interagir avec des gens. Une de ces interactions arriva lorsqu'il allait sortir de l'immeuble pour aller acheter à manger dans un camion-snack.

— Putain de bordel de merde, pourquoi n'ai-je toujours pas les enregistrements de téléphone et de mouvements bancaires de Roger Grey ? aboya-t-il à un agent. J'ai envoyé l'assignation il y a une semaine. Quelqu'un doit-il aller jusqu'en Mongolie-Extérieure pour les récupérer ?

L'agent secoua la tête.

— Je vais regarder.

— Merci, bordel, grogna Nevin avant de s'écarter de lui.

Il présenterait peut-être ses excuses plus tard, mais pour le moment il n'en avait pas la force.

Il traversa à grandes enjambées plusieurs pâtés de maisons jusqu'au camion où il prit un bol de tajine à l'agneau et alla le manger à une table de pique-nique en bois. Il avait déjà mangé là auparavant et c'était délicieux, mais aujourd'hui, les épices ne lui convenaient pas et la texture était étrange. Il ne mangea que quelques bouchées avant de tout jeter. Il n'avait pas si faim que ça de toute façon.

Avec un peu de temps devant lui, il alla marcher dans le centre-ville puis s'installa sur un banc dans le South Park Blocks, regrettant de ne pas savoir méditer. Il aurait vraiment aimé pouvoir se vider l'esprit, au moins temporairement.

La mère d'accueil qu'il avait eue quand il avait six ou sept ans avait passé beaucoup de temps au tribunal. Nevin ne savait pas pourquoi et n'était pas certain que cela avait quoi que ce soit à voir avec lui. Merde, il ne se souvenait même pas de son nom. Mais elle était gentille, bien qu'un peu débordée par la vie. Ce devait être l'été, parce que la météo était belle et que Nevin n'était pas à l'école. Pendant qu'elle était au tribunal, elle avait laissé Nevin dans le couloir avec sa fille adolescente et leur avait promis de la crème glacée s'ils se comportaient bien. Nevin était resté sagement sur le sol, à lire ou à dessiner. Quand elle en avait eu fini avec le tribunal, elle avait conduit Nevin et sa fille au McDonald's pour des glaces, puis les avait accompagnés jusqu'à Park Blocks pour regarder les pigeons.

Un jour, son assistante sociale était venue à la maison, avait dit à Nevin de rassembler ses affaires dans un sac en plastique, et l'avait emmené. Il n'avait plus jamais vu la femme ou sa fille. Peut-être qu'une partie de lui pensait qu'il pourrait les croiser s'il restait assez longtemps dans le parc.

Oh, putain de merde.

De retour au bureau, l'agent l'accueillit avec un sourire.

— J'ai les enregistrements bancaires.

Il fallut quelques minutes à Nevin pour apprendre que Roger Grey n'avait pas beaucoup d'argent, et qu'il ne dépensait pas beaucoup non plus, en dehors des dépenses vitales. Mais quelque chose d'intéressant revenait, qui avait commencé deux mois plus tôt. Roger avait commencé à retirer régulièrement à un distributeur automatique non loin de sa maison. Son compte bancaire déjà minuscule avait vite baissé.

Et le dernier retrait datait du matin de sa disparition, à 9h17.

Nevin envoya l'agent à la banque pour demander la vidéo de surveillance. Et peut-être que la crise de Nevin de tout à l'heure avait allumé un feu quelque part, parce que quand il arriva au travail le mardi matin, l'enregistrement l'attendait. Accompagné d'une audience : Frankl et Blake de la Criminelle, qui semblaient chiffonnés et fatigués, un café à la main.

— Dure nuit ? demanda Nevin.

— Fusillade au nord-est d'Alberta, dit Frankl. La victime va survivre, mais la moitié du quartier a été criblée de balles.

— Un gang ?

— Probablement.

Nevin soupira.

— Alors pourquoi ne rentrez-vous pas vous reposer ? C'est mon affaire.

— Les gens disparus, c'est notre boulot aussi, dit Blake.

On aurait dit qu'il s'était fait couper les cheveux par un barbier aveugle. Décidant que ce serait moins épuisant de jouer le jeu, Nevin mit la vidéo. Heureusement, il savait exactement à quelle heure regarder, il n'avait pas à chercher pendant des heures. La qualité n'était pas excellente, en partie parce que le soleil du matin tapait directement dessus, mais il put facilement voir l'homme qui s'approchait de la caméra.

— C'est lui ? demanda Frankl.

Nevin mit sur pause et regarda l'écran de près. L'homme avait des cheveux gris épars et portait des lunettes et une chemise à manches longues. Nevin n'avait pas pu trouver de photo récente de Roger Grey, mais il pensait reconnaître le visage étroit de l'homme et son menton un peu pendant.

— Oui, j'en suis certain.

Il tenta d'analyser l'expression de Roger. Il n'était pas heureux, mais la plupart des gens n'avaient pas l'air extatiques quand ils retiraient de l'argent. Était-il effrayé ou stressé ? L'image n'était pas assez claire pour le voir.

Quand Nevin relança la vidéo, Roger sortit son portefeuille de sa poche arrière, prit une carte, et rangea son portefeuille. Quand il tendit la main, probablement pour toucher l'écran de la machine, celle-ci semblait un peu tremblante. L'âge et la santé, ou la peur ?

Après un instant, Roger tendit à nouveau la main, puis se tourna et s'en alla. Nevin attendit de voir si quelque chose d'autre d'important arriverait. Mais il n'y avait rien, alors il arrêta la vidéo.

— Peut-être qu'il allait acheter quelque chose, suggéra Blake. Il y a une épicerie pas loin, et c'est ouvert le dimanche matin.

Peut-être. Sauf que Colin avait fait les courses pour Roger la veille. Est-ce que Roger voulait apporter sa contribution pour le pique-nique ? Peut-être, mais si c'était le cas, il aurait été plus logique qu'il attende que Colin arrive et laisse ce dernier le conduire au magasin. De ce que Manuel avait dit, Roger se fatiguait vite, et il n'aurait probablement pas été empressé de marcher plusieurs pâtés de maisons avant une grande sortie.

Quelque chose ennuyait Nevin, au sujet de la vidéo. Il la remit au moment où Roger apparaissait et la regarda à nouveau. Et encore. Il en était au cinquième visionnage quand il comprit quoi.

— Attendez ! dit-il en mettant rapidement sur pause.

Frankl s'était écarté pour aller jeter sa tasse vide dans la corbeille. Il revint vite regarder par-dessus l'épaule de Nevin.

— Quoi ?

— Regardez attentivement. Sur la gauche.

Nevin retourna en arrière sur la vidéo, mais juste quelques secondes. Puis il la remit en route au ralenti.

— Là !

— Oui, il y a quelque chose, dit Frankl en se penchant en avant.

Blake s'approcha aussi, coinçant Nevin entre eux. Ils étaient si grands à côté de lui. Il détestait ça.

Mais ce n'était pas le moment de faire sa diva. Nevin avança encore image par image jusqu'à ce qu'il voie un peu plus l'objet dans la caméra.

— C'est le bras de quelqu'un, dit-il.

C'était un bout de coude, et à en juger aux poils noirs qui le couvraient, c'était un homme. Nevin réalisa, avec plus de soulagement qu'il voulait l'admettre, que cela ne pouvait pas être Colin, ses bras étaient couverts de poils blonds fins.

— Une idée de qui c'est ? demanda Frankl.

— Aucune.

Enfin, il pouvait éliminer *un* suspect potentiel. Il secoua la tête.

— Dommage que le commissariat ne garde pas les photos des coudes des suspects.

Ils regardèrent plusieurs fois encore la vidéo, sans obtenir d'information supplémentaire. C'était franchement frustrant, comme entendre une conversation sans vraiment en comprendre les mots. Et c'était troublant, parce que ça confirmait les soupçons de Nevin sur le fait que Roger n'était pas seulement allé se promener. Quelqu'un avait attendu qu'il retire de l'argent, peut-être cette personne l'avait-elle conduit au distributeur elle-même, et était ensuite parti.

Nevin adressa un regard vide aux inspecteurs.

— Il va falloir obtenir les vidéos de ses anciennes visites au distributeur et voir si M. Coude Mystère apparaît également. J'imagine que vous ne voulez pas vous porter volontaires.

Blake lui donna un grand coup dans le dos.

— Nope. Nous ne voudrions pas interférer dans ton enquête, Ng.

— Têtes de nœud.

Frankl eut la grâce de sembler chagriné, mais Blake lui fit un sourire joyeux. Nevin leur fit un doigt d'honneur et tendit la main vers son carnet de notes.

VI

COLIN AVAIT malencontreusement laissé échapper ses plans pour le samedi, et sa mère avait passé une grosse partie de la semaine à tenter de le convaincre de ne pas aller aider le déménagement de *Meilleur Espoir*, jusqu'à aller entraîner son père dans le débat.

— Ta mère dit que tu vis bien trop de stress en ce moment, dit son père au téléphone le vendredi après-midi avec le ton d'un guerrier épuisé.

— Bon sang, papa. Ce n'est pas stressant et je ne suis pas mourant. Et si je meurs, maman pourra faire écrire « je te l'avais bien dit » sur ma tombe.

— Ne fais pas ce genre de blague devant elle. Elle ne trouvera pas ça drôle.

— Non, probablement pas.

Legolas était couché sur les jambes de Colin, qui le caressa plusieurs fois pour se calmer.

— Écoute, j'ai trente ans, je suis sain d'esprit, je suis capable de diriger ma propre vie et prendre mes propres décisions. Si maman ne peut pas apprendre à me laisser faire, je déménagerai.

— Colin…

— Je suis sérieux. Je sais que vous m'aimez, mais je suis un homme adulte et vous m'étouffez. Il n'y a rien qui me rattache véritablement à Portland à part le travail, et je peux trouver du travail n'importe où.

Il avait de nombreuses fois pensé à ce petit discours, mais il n'avait jamais eu l'intention de le faire par téléphone. Même si c'était peut-être un bien meilleur choix que durant le brunch de dimanche au Salty, il aurait quand même préféré que sa mère entende ses déclarations de vive voix. Et il *était* sérieux. Il aimait Portland et ne voulait pas partir, mais il était prêt à le faire si cela pouvait l'aider à trouver son indépendance.

Son père resta un moment silencieux.

— Tu as raison, Colin. Je lui parlerai. Mais tu devras lui parler toi aussi.

— Je sais. Calme-la un peu pour moi, peut-être ?

— Marché conclu.

Après avoir raccroché, Colin resta sur le canapé à caresser Legolas. Il était peut-être temps d'avoir une crise de la quarantaine prématurée. Il n'était pas malheureux, et vu de l'extérieur, il s'en sortait très bien. Un bel appartement, une bonne voiture, des parents qui l'aimaient, un travail qu'il ne haïssait pas. Des amis amusants. Et un chat qui ronronnait comme un moteur.

— Je stagne, dit-il à son chat.

Il avait passé le plus gros de sa vie à suivre le courant. Lorsqu'il était enfant, sa mère disait aux gens que c'était un battant, mais ce n'était pas vrai. *Elle* était une battante, il l'avait simplement suivie. Il était allé à l'université à Lewis & Clark plutôt que d'aller loin, et il avait eu son MBA à Portland State parce que cela semblait la bonne chose à faire, surtout après que sa mère, qui était avocate, l'avait convaincu qu'il n'avait pas la personnalité pour faire du droit. Il avait travaillé dans l'entreprise de son père. Il avait emménagé dans un loft de l'entreprise. Il avait eu quelques flirts avant de rencontrer Trent et que ce soit sérieux entre eux, et ses parents faisaient partie du même club que ceux de son ex. Et Colin n'avait jamais remis cela en question.

Mais se faire plaquer par Trent l'avait totalement renversé, et il avait été une épave après cela. Maintenant que quelques semaines étaient passées, Il se demanda si la rupture n'était pas ce qui lui était arrivé de mieux. Il avait apprécié Trent, vraiment. Peut-être l'avait-il aimé. Trent était prévisible, tranquille, sûr. Mais cela n'avait jamais été la passion entre eux. Même leur vie sexuelle avait été… plate. Ils s'amusaient un peu les vendredis et samedis soir chez Colin, ils savaient tous les deux quoi faire pour faire plaisir à l'autre sans trop perdre de temps. Trent passait ensuite la nuit en général, ce qui était sympa.

— L'excitation dans une relation, c'est surfait, dit Colin à Legolas. Et cela ne dure jamais. Même si Trent et moi avions été passionnés et toujours l'un sur l'autre, nos hormones auraient fini par se calmer.

Legolas fit un bruit enjoué et roula sur le dos pour mettre Colin au défi de masser son ventre doux. Colin releva le défi.

Même si des années de consignes lui avaient appris que c'était mauvais de faire monter son rythme cardiaque, il n'en était plus aussi certain. Il pensa à Mme Ruskin, assise seule dans sa maison, à inventer des excuses simplement pour avoir un visiteur de temps en temps. Et à Roger Grey seul chez *lui*, et qui semblait avoir disparu. Combien d'années de vie solitaire auraient-ils échangées simplement pour avoir encore l'occasion de sentir leur cœur battre à toute allure de bonheur et d'exaltation ?

Colin ne voulait pas finir comme ça.

Mais après trois décennies d'hésitations, il ne savait pas comment faire.

SAMEDI ÉTAIT le premier jour d'août et Colin se réveilla en languissant de retrouver l'hiver. Même s'il n'était pas encore neuf heures, son loft était déjà trop chaud. Legolas grommela quand Colin l'enleva du lavabo de la salle de bain pour se brosser les dents. Puis il remit le même short court et le débardeur léger qu'il avait portés la dernière fois qu'il avait vu Roger, et ce pour la même raison : il ne supportait pas l'idée que trop de tissu touche sa peau. Avec la voix dans sa tête qui lui rappelait de rester hydraté, une voix qui ressemblait à s'y méprendre à celle de sa mère, il remplit une grande bouteille d'eau avant de quitter la maison.

Comme la circulation était fluide, il arriva en quelques minutes dans le centre-ville et fut à *Meilleur Espoir* bien avant l'heure prévue. Mais il poussa un hoquet de surprise quand il vit la voiture garée au milieu de la zone où il était interdit de stationner, devant la porte de *Meilleur Espoir* : une voiture de sport violette qui lui était devenue bien familière.

Colin songea un instant à faire demi-tour et rentrer chez lui. Mais il avait promis à Manuel qu'il l'aiderait. De plus, s'il partait, la curiosité le rongerait. Que faisait l'inspecteur Ng ici ? Oh, Seigneur. Quelqu'un d'autre avait disparu ?

Colin gara sa voiture dans un emplacement légal et entra dans le bâtiment. Lorsqu'il fut évident que personne ne semblait en détresse, ses inquiétudes et angoisses furent remplacées par la joie d'avoir décidé de rester. Il ne savait pas ce qui était le plus satisfaisant à voir : l'expression perplexe de Nevin lorsqu'il le vit, ou de voir l'inspecteur dans un short aussi court que le sien, mais encore plus moulant. Nevin portait un tee-shirt plutôt qu'un débardeur, mais celui-ci lui allait à la perfection et mettait en valeur sa taille étroite et son torse musclé.

— C'est quoi ce délire ? s'exclama Nevin en le dévisageant toujours. Qu'est-ce que vous faites ici ?

— J'aide Manuel à déménager. Et vous ?

— *Vous* allez porter de gros cartons, Nœud Pap' ? Vous n'avez pas des serviteurs pour faire ça pour vous ?

Colin leva les yeux au ciel.

— Je leur laisse une demi-journée les samedis s'ils sont très, très sages.

Avant que Nevin puisse répondre, probablement avec un juron, Manuel arriva depuis la salle adjacente, un écran d'ordinateur dans les bras.

— Colin chéri ! Je suis si heureux que tu sois là !

— Heureux d'aider. Que veux-tu que je te fasse ?

— Oh, mon cœur, ne me donne pas des *idées*. Je suis un homme marié, tu te rappelles ?

Colin ignora le ricanement de Nevin et le clin d'œil de Manuel.

— Ce n'est pas parce que tu es marié que tu ne peux pas regarder, pas vrai ?

Il pencha les hanches d'un côté et bomba le muscle de son bras droit.

— Bon sang, dit Nevin. Vous allez arrêter, les gonzesses ? Vous me retournez l'estomac.

Colin se tourna pour le fusiller du regard, oubliant toute politesse.

— Vous êtes *homophobe* ?

Il n'avait pas eu cette impression lors de ses précédentes rencontres avec Nevin. Celui-ci n'avait pas bronché quand Colin avait mentionné sa rupture avec son petit ami, et il avait également semblé se ficher que Roger soit gay. Mais c'était peut-être un masque de neutralité que Nevin portait lorsqu'il enquêtait.

Bizarrement, Manuel se mit à glousser. Nevin se contenta de lever les yeux au plafond.

— Détendez votre string. Je m'en bas les couilles d'avec qui ou quoi vous baisez. Mais arrêtez avec le flirt, ça me fait vomir.

— Qu'est-ce qu'il y a de mal à flirter ?

Non pas que Colin soit très doué dans cet art ni qu'il le fasse très souvent, sauf quand il plaisantait. Mais il se disait que c'était inoffensif et même amusant.

— C'est une putain de perte de temps. Soit vous voulez sauter quelqu'un, soit vous ne voulez pas, et vice versa. Si vous êtes sur la même longueur d'onde, allez-y. Sinon arrêtez de jouer.

Il pointa Manuel du pouce.

— Manny a un boulet accroché si fort autour de sa queue qu'il peut à peine bouger. Et *vous*, princesse, vous êtes coincé dans votre tour d'ivoire à attendre que votre Prince Charmant vienne vous sauver. Alors ce n'est pas comme si vous alliez baiser.

— Vous mélangez vos histoires. Les tours d'ivoire, c'est pour ceux qui s'isolent des petites gens parce qu'ils se croient supérieurs, pas pour les princesses. Raiponce vivait dans une tour en pierre basique. Et le Prince Charmant, je suis presque certain que c'était dans Blanche-Neige. Raiponce a Flynn Rider dans la version Disney. Je ne sais pas qui les Grimms lui ont refilé.

Nevin le regarda, bouche bée.

— Bordel de merde. C'est le discours le plus gay que j'ai pu entendre, et j'ai entendu beaucoup de types supplier leur « daddy »…

Il marqua les guillemets des doigts.

— … de fourrer leur grosse queue dans leur petit cul brûlant.

— Connaître les contes de fées me rend gay ?

— Si vous n'êtes pas une fillette de six ans, oui. Je parie que vous pouvez chanter toute la bande originale de la *Reine des Neiges*.

Même si Colin songea un instant à se mettre à chanter, il décida de laisser tomber. C'était de toute façon une discussion très stupide, il était temps de s'en, eh bien, libérer et délivrer. Il tourna le dos à Nevin et regarda Manuel.

— Que veux-tu que je fasse ?

— J'ai loué un camion. Pourquoi n'y transporteriez-vous pas ce qui est fait pendant que je continue les cartons ? Mais ne portez rien de trop lourd tant que nous n'aurons pas d'autres personnes pour aider.

Nevin semblait aussi ravi de devoir travailler avec Colin que ce dernier se sentait, mais ils n'allaient pas refuser la demande de Manuel. Alors Colin prit le premier carton qu'il vit, qui était lourd, et alla vers la porte.

Lorsqu'il était arrivé au bureau, il avait été si préoccupé par la voiture de Nevin qu'il n'avait pas remarqué le petit van de location qui était garé sur le trottoir. Kayla, la bénévole qui formait les nouveaux, était appuyée contre lui. Elle fit un signe de la main quand elle le vit.

— Salut, Colin !

La porte arrière de la camionnette était ouverte, alors il y posa son carton.

— Salut. Manuel t'a recrutée aussi, hein ?

— Ouaip. Je suis en charge de la sécurité et du transport.

Elle donna un coup sur le côté du véhicule.

— Je vous aiderais bien avec les cartons, mais je manque d'équilibre.

Il hocha la tête. Quand elle l'avait formé pour *Meilleur Espoir*, elle avait mentionné sa sclérose en plaques.

— C'est cool. La sécurité et le transport sont des boulots importants. Mais ça ira sous cette chaleur ?

— La camionnette a la clim. Je monterai dans la cabine et la mettrai à fond si je dois me rafraîchir.

Elle semblait sur le point d'ajouter quelque chose, mais son regard se porta derrière Colin et elle sembla surprise.

— Nevin !

Le carton que Nevin portait était presque aussi gros que lui, et pourtant il ne semblait pas avoir de difficulté alors qu'il le mettait dans le coffre. Il se tourna vers Kayla et la serra dans ses bras.

— Je ne m'attendais pas à te voir aujourd'hui, dit-il quand ils se séparèrent. Je pensais que tu travaillais les samedis.

— Mes horaires ont changé. J'ai mes week-ends maintenant.

— Pas mal.

Puis il lui adressa un regard lubrique.

— Comment ça marche avec ton petit ami ? Parce que tu sais, tu pourrais avoir tout ça.

Il se désigna comme Vanna White [2] qui montrait un cadeau particulièrement beau.

Kayla lui tapa l'épaule, amusée.

— Nous avons déjà essayé, tu te souviens ? lui dit-elle.

— Comment oublier ? Et comment peux-tu te contenter d'un autre ?

— Se contenter n'est pas le bon terme. Nous vivons ensemble maintenant.

— Dommage pour toi, dit-il avec un sourire. Mais félicitations.

Colin avait été figé en regardant la scène, mais il retournait désormais vers l'immeuble, presque côte à côte avec Nevin.

— Je croyais que vous étiez contre le flirt, dit Colin.

Nevin lui lança un regard noir.

— C'était une exception. Kayla et moi avons couché ensemble. Deux fois.

Il dit la dernière phrase comme si c'était un véritable exploit.

2 Actrice américaine qui est surtout connue pour être l'hôtesse du jeu télévisé « La roue de la fortune » depuis 1982.

C'était intéressant. Colin aurait pu parier que Nevin couchait avec des jeunes femmes attirantes, du type à bien s'habiller et à faire la fête. Mais Kayla devait approcher la quarantaine, et il n'y avait rien de spécial à ses jeans et tee-shirts qu'elle aimait porter.

— Pourquoi avez-vous couché avec Kayla ? lâcha-t-il.

S'arrêtant à la porte, Nevin lui adressa un regard dégoûté.

— Elle est gentille et elle était d'accord.

— C'est tout ?

— C'est du sexe, Nœud Pap'. Vous devez supporter l'autre personne et passer deux heures avec à vous amuser. C'est tout.

Colin ne savait pas si Nevin était très cynique ou s'il avait juste l'esprit pratique.

— Je ne comprends pas.

— Eh bien, c'est pour ça que je suis inspecteur et que vous êtes un petit riche qui loue des maisons. Oh, et autre chose, Sherlock.

Nevin pointa un doigt vers lui.

— Si je suis homophobe, qu'est-ce que je fous à passer ma journée à porter des merdes pour *Meilleur Espoir* ?

Il se précipita à l'intérieur.

Deux autres hommes et une femme arrivèrent peu de temps après, tous prêts à aider, et Colin réussit à éviter Nevin pendant qu'ils portaient des choses dans la camionnette. L'un des hommes était énorme, avec des cheveux plus longs que ses épaules et une barbe impressionnante. Colin dut ravaler un rire quand il apprit que cet homme s'appelait Harry. Il ressemblait à un dieu de la guerre viking et avait l'habitude déconcertante de taper tout le monde dans le dos, et il pouvait soulever beaucoup de cartons.

Il y en avait beaucoup à porter. Manuel avait accumulé beaucoup de documents et d'affaires de bureau, mais il avait aussi une collection importante de livres à prêter aux clients. Il y avait deux pièces pour les objets, la plupart des dons, qui servaient aux clients dans le besoin : de la nourriture non périssable, des vêtements, des produits ménagers, des petits meubles et divers matériels médicaux. Rapidement, la camionnette fut chargée. Kayla et deux autres bénévoles partirent tout décharger dans leur nouveau bureau à Beaverton, pendant que les autres mettaient ce qu'ils pouvaient dans leurs voitures.

— J'aurais dû prendre la voiture de Germy, marmonna Nevin alors que Colin passait à côté.

Nevin tentait de faire entrer un autre carton dans son coffre. Comme Colin n'avait rien pour le moment, il donna un coup de main, déplaçant légèrement un carton pour faire de la place.

— La voiture de Germy ? répéta-t-il, confus.

— Laissez tomber.

Nevin réajusta le carton qui bloquait la charnière de la porte du coffre. Puis il regarda Colin par-dessus son épaule.

— Et arrêtez de mater mon cul.

— Vous croyez que parce que je suis gay, je vais vous reluquer ? Je suis fatigué des hétéros qui croient qu'ils sont irrésistibles.

Il semblait très moralisateur, même à ses propres oreilles. Probablement parce qu'il avait *vraiment* reluqué les fesses de Nevin. Il ne pouvait pas s'en empêcher. C'était un superbe fessier, le tissu de son short s'étirait légèrement sur les muscles bombés, et il était presque à portée de main.

Nevin se redressa, ferma le coffre et lança un regard amusé à Colin. Quand il retourna vers l'immeuble, il ondula exagérément du derrière.

— Connard, marmonna Colin dans sa barbe.

La circulation du samedi matin sur Sunset Highway devait être fluide, parce que la camionnette vide revint moins d'une heure après son départ. Cette fois-ci, ils la remplirent surtout de meubles volumineux et il ne restait que quelques éléments dans l'ancien bureau. Manuel regarda les derniers cartons d'un œil songeur.

— Je pourrai prendre tout ça demain. Allons tout déballer au nouveau bureau.

Tout le monde rejoignit sa voiture et ils formèrent un convoi inégal qui serpenta jusqu'aux banlieues.

LA NOUVELLE maison de *Meilleur Espoir* était un petit bungalow gris dans le centre de Beaverton, et Manuel leur fit rapidement visiter avant qu'ils terminent de décharger les voitures. La maison avait été transformée en bureau quelque temps auparavant, mais il restait une grande partie de la cuisine d'origine. Elle avait trois pièces de taille décente au rez-de-chaussée et trois autres au premier, avec une salle de bain aux deux niveaux. C'était plus grand que leur ancien bureau à Portland. La propriété disposait également d'un garage à part et d'un beau petit jardin à l'arrière avec terrasse et vieux arbres.

Colin regarda tout rapidement, mais avec expertise.

— C'est en plutôt bon état, assura-t-il à Manuel. Rien de neuf, mais ça a l'air bien entretenu.

Manuel hocha la tête.

— Bien, bien. Mes restaurants préférés vont me manquer, mais le loyer est franchement bas. Mais je vais peut-être faire quelque chose aux murs. Le blanc est si ennuyeux.

— Dis-moi si tu le fais. Je suis doué pour la peinture.

Une chose qu'il manquait à la maison, c'était la climatisation. Non pas que ça aurait beaucoup aidé là puisque la porte restait ouverte pour permettre l'emménagement. Mais Colin fronça les sourcils en imaginant Manuel rôtir durant l'été en tentant de faire son travail. Et quand Kayla mentionna quelque chose au sujet du déjeuner, vu qu'il était midi passé, Colin eut une idée :

— Je peux aller chercher à manger pour tout le monde, se porta-t-il volontaire.

Manuel lui donna une claque dans le dos.

— Génial. Nous allons déballer pendant que tu seras parti. Mais quelqu'un devrait venir avec toi t'aider.

Il se tourna vers Nevin, qui aidait un autre bénévole à faire entrer une bibliothèque.

— Nevin, allez avec lui.

— Pourquoi moi ? dit Nevin avec amertume.

— Vous connaissez Beaverton. Allez-y.

Toujours l'air réticent, Nevin suivit Colin à l'extérieur, puis le surprit quand il ne se plaignit pas en allant vers la voiture de Colin au lieu de la sienne. Il monta sur le siège passager et regarda autour de lui avec curiosité.

— Votre voiture est ennuyeuse, déclara-t-il.

— Je ne pense pas qu'ils fassent les BMW en violet.

— Aussi ennuyeuse de l'intérieur que de l'extérieur. Je me serais attendu à ce que votre voiture ait un peu plus de personnalité.

— Je suis désolé qu'elle ne soit pas assez fabuleuse pour vous, dit Colin en s'écartant du trottoir. C'est une voiture de fonction.

— Mais c'est votre compagnie. Vous pouvez en faire ce que vous voulez.

— C'est la compagnie de mon père, en fait, et non, je ne peux pas. Mon père n'est pas très porté sur la fantaisie et l'innovation.

— Oh, dit Nevin, comme si une théorie venait de se confirmer.

Ils s'arrêtèrent à un feu rouge et Colin le regarda.

— Vous connaissez vraiment Beaverton ?

— Je suppose. Ce n'est pas dans ma juridiction, mais nous travaillons parfois avec la police de Beaverton. Pourquoi ?

— J'aimerais acheter un climatiseur pour *Meilleur Espoir*. Je pensais à en prendre un avant que nous allions chercher le déjeuner. Vous connaissez un endroit ?

Nevin resta silencieux un moment.

— Oui.

Puis il lui donna les directions.

Ils finirent au *Fred Meyer*, qui n'était pas très loin. Colin choisit le climatiseur monobloc le plus puissant. Mais après que Nevin l'eut aidé à mettre la boîte dans leur caddie, Colin regarda le rayon avec attention.

— Quoi ? demanda Nevin.

— Je me demandais si deux pouvaient entrer dans ma voiture.

— Un suffira pour une petite maison comme ça.

— Je sais. Mais le climatiseur de chez moi est en panne, et personne n'est disponible pour réparer. C'est difficile de dormir.

Il prit sa décision et attrapa un autre carton.

— Je crois qu'il ira sur le siège arrière.

— Deux de ces trucs, ça va faire presque mille dollars.

Colin regarda le prix et hocha la tête.

— Presque.

— Ça doit être agréable de pouvoir dépenser n'importe comment comme ça.

Fatigué par les remarques acerbes de Nevin, Colin le fusilla du regard.

— Oui, j'ai de l'argent. Et alors ? Je ne le dépense pas n'importe comment, non pas que ça vous regarde. Je le dépense sur des choses utiles. Un environnement de travail agréable pour Manuel et des nuits de sommeil décentes pour moi, ce n'est pas rien.

Une femme leur adressa un regard inquiet et se colla de l'autre côté de l'allée pour les dépasser. Elle se demandait probablement pourquoi deux hommes en mini-short se disputaient dans la section électroménager du *Freddy*. Nevin, cependant, ne semblait pas du tout gêné. Colin se demanda s'il était capable de se sentir embarrassé.

— Vous êtes mignon quand vous vous metez en colère, dit Nevin.

— Oh, bon sang !

Cela ne fit que le faire sourire davantage. Mais il aida Colin à mettre le deuxième carton dans le chariot et siffla joyeusement alors qu'ils allaient vers les caisses.

Après avoir rentré les deux cartons dans la BMW, Colin et Nevin restèrent assis dans la voiture avec le moteur et la climatisation en marche, sans rien dire. Colin s'apprêtait à lui rappeler que tout le monde à *Meilleur Espoir* attendait son repas, mais Nevin parla le premier, d'une voix anormalement douce.

— Roger Grey est mort.

Le ventre de Colin se serra.

— Vous… l'avez retrouvé ?

— Non. Mais s'il était en vie, nous l'aurions déjà retrouvé.

— Je, euh, suis le dernier à l'avoir vu.

Colin s'agita sur son siège.

— En fait, non. Et au cas où vous vous poseriez la question, vous n'êtes pas un suspect.

En fait, l'idée ne lui avait pas traversé l'esprit. Maintenant que Nevin en parlait, même pour le nier, Colin se sentit un peu étourdi.

— Pourquoi je voudrais faire du mal à Roger ?

Nevin soupira.

— Je ne sais pas. Les gens trouvent tout un tas de raisons pour faire du mal aux autres. L'avidité. La colère. La vengeance. La jalousie. Ou juste la méchanceté gratuite.

Il appuya son crâne à l'appui-tête, les yeux fermés, et Colin se demanda quelles choses horribles il avait pu voir durant sa carrière.

— Les gens font aussi de bonnes choses pour les autres, insista Colin.

— Merci, Miss Molly l'Optimiste.

Nevin n'ouvrit même pas les yeux.

— C'est vrai. Pas tout le monde et pas tout le temps. Mais regardez Manuel, par exemple. Il pourrait faire tout un tas d'autres choses de sa vie, des choses qui paient mieux et n'exigeraient pas qu'il vive à Beaverton, mais voilà ce qu'il fait.

Quand Nevin ne répondit pas, Colin adoucit sa voix.

— Et il y a vous. À transporter des meubles durant votre jour de repos.

Cette fois, Nevin le regarda, l'expression insondable. Après un long moment, il dit :

— J'ai putain de faim.

Il dirigea Colin vers le centre commercial le plus proche où ils faisaient des sandwiches vietnamiens. Ils prirent tout un assortiment de banh mi ainsi que des jus de fruits et des thés gazeux et, parce qu'elles avaient l'air bonnes, quelques pâtisseries. Colin sortit son portefeuille pour payer, mais Nevin le poussa du milieu et donna sa carte de crédit au gamin derrière le comptoir.

Lorsqu'ils retournèrent à *Meilleur Espoir*, les autres bénévoles les accueillirent comme des héros de guerre et se jetèrent avec voracité sur la nourriture.

— C'est super bon, lança Harry après avoir avalé son troisième sandwich. Peut-être que Beaverton n'est pas un trou perdu après tout.

Manuel leva les yeux au ciel.

— Beaverton n'est pas un trou perdu, mon cœur. C'est une banlieue.

Il semblait résigné, comme s'ils avaient eu cette conversation auparavant.

— C'est du pareil au même. Mais au moins, je t'ai dissuadé de prendre cet appartement à Vancouver.

— Le loyer était génial.

— Parce que c'était à *Vancouver*. J'aurais démissionné si tu avais essayé de me traîner là-bas.

Manuel tendit la main pour lui pincer la joue.

— Tu ne peux pas démissionner, darling. Tu es mon esclave, tu te souviens ?

— Oui, oui, oui. Je me crève le cul et personne ne me paie ce que je mérite.

— Mais tu as un beau cul, dit Manuel avec un clin d'œil.

Après le déjeuner, Colin et Nevin menèrent l'un des climatiseurs dans la maison. Manuel semblait dangereusement au bord des larmes.

— Vous êtes les meilleurs, dit-il en reniflant avant de les prendre dans ses bras.

Nevin se dégagea de l'étreinte.

— *Colin* est le meilleur. C'était son idée et son argent.

— Et vous m'avez indiqué le chemin, vous avez porté des choses, et vous avez payé le déjeuner, fit remarquer Colin, ce à quoi Nevin répondit en le fusillant du regard.

Quand tout le monde eut mis les meubles en place, défait les cartons et tout rangé, il était l'heure de dîner et l'équipe avait à nouveau faim. Ils commandèrent des pizzas cette fois, Manuel paya, et ils mangèrent dans la plus grande pièce de la maison. Grâce au climatiseur, la température était agréablement fraîche.

— Je suis d'humeur à faire la fête, quand je me serai débarrassé de ces vêtements couverts de sueur, dit Manuel en essuyant ses mains sur une serviette. Et si nous nous rejoignions au *JayJay* dans deux heures ? La première tournée est pour mon mari, parce qu'il n'a pas pu nous aider aujourd'hui.

Normalement, Colin aimait bien le *JayJay*, et il aurait apprécié une soirée avec tout le monde. Mais il se sentait tout à coup fatigué et au milieu de trop de monde.

— Je vais vous laisser pour ce soir. J'ai du travail, mentit-il.

Manuel fit claquer sa langue et Kayla sembla triste, mais Colin fit un signe de la main, enlaça encore une fois Manuel, et partit vers sa voiture. Avant qu'il puisse démarrer, Nevin apparut. Colin baissa sa vitre.

— Oui ?

— Vous n'avez pas de travail à faire ce soir.

Colin leva les yeux au ciel.

— Merci, inspecteur. Vous prévoyez de me mettre sous surveillance ?

Si c'était le cas, Nevin allait être déçu, parce que Colin prévoyait de passer la soirée à caresser Legolas et à regarder de vieux films. Il était d'humeur Cary Grant.

— Vous avez des muscles à la maison ?

— Hum, non.

Nevin pensait qu'il avait besoin d'un garde du corps ?

— Alors comment comptez-vous porter votre climatiseur ?

Oh. Colin n'y avait pas pensé. Le carton était trop lourd pour une personne, surtout qu'il aurait à le porter depuis le parking, traverser la rue, passer par le hall de son immeuble, puis le long du couloir jusqu'à l'ascenseur.

— Je trouverai quelqu'un pour m'aider.

Nevin lui adressa à nouveau ce regard, celui qui disait que Colin était l'être humain le plus idiot qu'il ait rencontré.

— C'est quoi votre adresse ?

— Pourquoi ?

— Parce que c'est plus facile de vous le demander que de faire une recherche sur votre plaque d'immatriculation, crétin.

— Mais pourquoi voulez-vous mon adresse ?

— Pour que je puisse vous y retrouver et vous aider avec ce putain de climatiseur.

Nevin secoua la tête.

— J'ai votre adresse dans mon carnet depuis notre discussion chez Mme Ruskin. Je peux la récupérer de là.

Colin était tenté de refuser de la lui donner, parce que Nevin était très agaçant. Mais, eh bien, il avait vraiment besoin d'aide. Et il était presque certain que s'il ne la donnait pas, Nevin la retrouverait par ses propres moyens.

— Très bien, dit Colin avant de lui donner les informations.

BIEN QUE Colin soit parti en tête, lorsqu'il arriva à son immeuble, la GTO violette était déjà là. Sur la voie d'accès des pompiers. Colin avait plutôt bien respecté les limitations de vitesse, alors il soupçonnait que ce n'avait pas été le cas de Nevin. Il s'arrêta à côté de la voiture et baissa la vitre côté passager.

— Vous ne pouvez pas vous garer là, dit-il d'une voix forte.

Nevin était au volant, à battre nerveusement des doigts.

— Il n'y a nulle part où se garer dans votre putain de quartier. Pas pour le petit peuple, en tout cas.

Il fit un signe de la tête vers l'entrée fermée du parking de Colin pour souligner ses paroles.

— Mais c'est interdit.

— Et tous les gorilles en bleu du coin connaissent Julie. Je n'aurai pas de PV.

OK, donc être flic venait avec ses privilèges.

— Et s'il y avait un incendie ?

— Alors votre immeuble brûlera, des centaines de gens mourront, et vous pourrez me le mettre sur le dos. Content ?

Colin n'avait jamais autant eu envie d'étrangler quelqu'un. C'était une chance qu'il ne puisse pas atteindre Nevin à cet instant.

— Bien. Retrouvez-moi à ma voiture.

Il s'éloigna ensuite pour aller dans le parking.

Sans échanger plus que quelques grognements, ils se battirent avec le grand carton lourd à travers la rue et jusqu'à l'appartement de Colin. Ils durent le poser le temps que Colin sorte ses clés et ouvre la porte.

— Ne laissez pas sortir Legolas, l'avertit-il en tournant la poignée.

— Qui ?

— Mon chat.

Ils firent entrer le carton et Nevin ferma la porte d'un coup de pied.

— C'est quoi comme nom, Legolas ?

— Vous savez, l'elfe.

Ils reposèrent le climatiseur par terre.

— De Tolkien. Orlando Bloom était l'un de mes premiers béguins.

Nevin n'avait clairement aucune idée de ce dont il parlait.

— *Le Seigneur des Anneaux*, expliqua Colin.

— Jamais vu.

— Vous devriez. Cela ne fera pas de mal à votre virilité. Ce n'est pas un Disney, il n'y a pas de chanson ni de princesse.

Il se tut et réfléchit un instant.

— Enfin, il y en a une aussi. C'est une elfe. Mais il y a surtout beaucoup de combats. Des combats virils.

Il décida de ne pas parler de la connotation homoérotique dans la relation entre Frodon et Sam.

— Je ne regarde pas ces conneries.

— Qu'est-ce que vous regardez ? Des poursuites en voiture et des explosions ?

Nevin haussa les épaules. Puis, au lieu de partir, il ouvrit les pans du carton.

— Donnez-moi un coup de main.

Ils savaient, après l'avoir fait à *Meilleur Espoir*, que sortir l'appareil du carton pouvait être un peu périlleux. Mais ils réussirent et rapidement, les protections plastiques et morceaux d'emballage étaient étalés sur le sol alors que le climatiseur faisait de son mieux pour combattre la chaleur oppressante. Mais Nevin ne partait toujours pas, et Colin se sentit malpoli et ingrat.

— Vous voulez boire quelque chose de frais ? proposa-t-il.

— Oh que oui.

Nevin le suivit jusqu'à la cuisine américaine et attendit pendant que Colin faisait l'inventaire de son frigo.

— De l'eau ? De la bière ? Un Coca light ? Du thé glacé ?

— Vous avez tout un supermarché là-dedans ? dit Nevin en secouant la tête. Du thé glacé.

Colin lui tendit une bouteille et en prit une autre pour lui. Il ouvrit le bouchon et prit quelques longues gorgées tout en regardant Nevin qui faisait la visite du loft. L'inspecteur lança un regard à la télé et à la sono, puis regarda brièvement vers le coin que Colin utilisait comme bureau, mais il semblait surtout intéressé par les étagères.

— Vous avez beaucoup de livres. Et de DVD.

— Je suppose.

Colin collectionnait les livres et les films depuis qu'il était gamin, et il arrivait rarement à se résoudre à s'en débarrasser. Parfois, il se mettait à les réorganiser, même s'il n'arrêtait pas de changer d'avis sur quel type de rangement serait le mieux. Par genre ? Par chronologie ? Par réalisateur ? Par titre ? Et parfois, il les mettait juste en pile jusqu'à ce que Leg menace de tout faire tomber.

Nevin regardait, mais il tirait parfois un livre ou un film de l'étagère pour en lire le dos avant de le remettre à sa place. Il n'était de toute évidence pas pressé. Colin aimait sa manière de se mouvoir, ses gestes étaient élégants tout en restant précis, il débordait de confiance en lui. Et bon sang, comme il était beau. Si bien fait. Mais il y avait aussi une certaine tension dans ses épaules que Colin pensa reconnaître. Nevin se sentait-il seul ?

— Vous allez aller au *JayJay* ? lança finalement Colin.

Quand Nevin le regarda avec surprise, les mots continuèrent à sortir de la bouche de Colin comme s'il avait accidentellement ouvert un robinet.

— Parce que vous y allez peut-être, ou peut-être que vous avez des plans. C'est samedi soir après tout. Mais, vous savez, vous pourriez rester si vous vouliez. Nous pourrions regarder un film ou un truc comme ça. J'allais mettre *Indiscrétions*, mais nous ne sommes pas obligés. Nous pouvons regarder autre chose. Comme *Un américain à Paris*. Ou *West Side Story*. Si vous voulez. Et je ne vous attaquerai pas ni rien, parce que je ne suis pas du genre à perdre la tête pour un hétéro.

Il pressa les lèvres avant de continuer à trop en dire.

À sa surprise, Nevin ne se moqua pas de lui et ne refusa pas. Au lieu de ça, il le dévisagea. Puis un petit sourire étira ses lèvres.

— Qui a dit que j'étais hétéro ?

— Vous avez dit que vous aviez couché avec Kayla.

— Je couche avec beaucoup de femmes. Et beaucoup d'hommes. Je n'ai jamais vu de bonne raison de limiter mes possibilités.

Colin en resta bouche bée. Puis il plissa les yeux.

— Vous vous foutez de moi ?

— Vous voulez quoi ? Un témoignage écrit des gens avec qui je baise ?

Nevin leva la main droite, faisant mine de jurer.

— Je jure sur la discographie de Corbin Fisher que j'aime autant les queues que les chattes, et qu'en ce qui concerne les culs, je donne sa chance à tout le monde.

Il semblait sincère, en tout cas de ce que Colin pouvait en dire, et il ne voyait aucune raison pour laquelle il mentirait.

— OK. Vous auriez pu le dire quand je vous ai accusé d'être homophobe.

— Mais cela aurait gâché tout le plaisir.

— Manuel le sait ?

— Ouaip.

Eh bien, cela expliquait pourquoi Manuel était si amusé ce matin. Il aurait pu dire quelque chose, mais peut-être qu'il s'était dit que c'était à Nevin de le révéler au cas où, pour quelque raison que ce soit, Nevin voulait garder sa bisexualité pour lui. Colin soupira.

— Vous voulez rester regarder un film alors ?

— C'est moi qui choisis.

Et désormais, une nouvelle émotion monta en Colin : l'excitation. Mince. Il *voulait* que Nevin reste.

— Prenez votre temps. Je me sens un peu crasseux, alors je vais prendre une douche rapide, d'accord ?

Nevin se regarda à son tour.

— Moi aussi.

Il leva les yeux au ciel.

— Quand vous aurez *fini*, Nœud Pap'. Ce n'est pas parce que nous jouons dans la même équipe que ça veut dire que je vous trouve attirant.

Il fit un petit sourire ironique, de toute évidence ravi de pouvoir renvoyer les accusations de Colin à sa figure.

Décidant d'être un gentleman avec cette histoire, Colin fit un signe de la main vers la salle de bain.

—Après vous.

La zone nuit et douche du loft était séparée de la pièce principale par une demi-cloison qui était loin d'arriver jusqu'au plafond. Un petit placard offrait à la zone toilettes une complète intimité, mais le lavabo et l'énorme cabine de douche étaient ouverts sur la chambre. C'était un arrangement qui convenait parfaitement à Colin, parce qu'il vivait seul. Cela n'avait jamais été un gros problème quand Trent venait non plus. Mais c'était un peu gênant avec Nevin.

Colin prit une serviette et un gant dans le placard et les lui tendit.

— Hum, tout le reste est là, dit-il avec un geste vers la douche.

— Je parie que vous avez du gel douche plutôt qu'une savonnette. Et une demi-douzaine de produits capillaires.

OK, donc Nevin ne se moquait pas de lui parce qu'il était gay, il se moquait de lui parce que c'était un petit con. Non. Non, pas un con. Mais… moqueur ? Peut-être qu'il traitait même ses amis proches ainsi. Colin fit un doux sourire.

— Seulement trois, mais ne vous gênez pas pour tous les essayer.

Puis il s'éloigna.

Grâce à l'acoustique dans le loft et l'absence de murs intérieurs, il put entendre la douche alors même qu'il était dans la cuisine à nourrir Leg. Le son lui fit penser à Nevin *sous* la douche. Nu, à passer ses mains savonneuses sur son corps mouillé. Savoir que Nevin aimait les hommes rendait Colin un peu moins coupable d'avoir de telles pensées. Mais cela devrait rester dans son imagination. Bien sûr, Nevin l'appréciait assez pour vouloir passer quelques heures avec lui. Et d'après ce que Nevin disait lui-même, cela voulait dire qu'il serait d'accord pour coucher avec Colin. Mais ce ne serait qu'une affaire d'une nuit, et Colin ne faisait pas cela.

Pas vrai ?

— Hé ! Collie !

Le cri de Nevin porta bien, surtout quand l'eau était arrêtée. Mais… *Collie* ?

— Quoi ?

— Venez ici !

Nevin parlait d'un ton si urgent que Colin faillit courir, mais il s'arrêta brusquement quand il vit Nevin debout au milieu de sa chambre, sans un vêtement sur lui.

— Euh, dit Colin.

L'ignorant, Nevin sécha ses cheveux mouillés avec sa serviette, retourna près de la douche et pendit la serviette sur un crochet. Puis il donna un coup de pied dans ses vêtements empilés sur le sol.

— Ces machins puent. Je peux vous emprunter quelque chose ?

Comme la langue de Colin semblait avoir décidé de ne plus fonctionner, il hocha simplement la tête. Ce fut un soulagement de se retourner pour fouiller dans son placard. Il sortit des affaires un peu au hasard : un tee-shirt Han Solo, un caleçon et un pantalon de jogging gris fin. Mais lorsqu'il se retourna, Nevin était toujours nu, toujours *là*, avec des gouttes d'eau qui glissaient sur sa peau brune. Son corps était fin et presque imberbe, chaque centimètre de sa peau était si parfait que Colin en avait la bouche sèche.

— Tenez, dit-il en lui tendant les vêtements. Ils, euh, devraient aller.

Visiblement amusé, Nevin les prit. Mais au lieu de les mettre, il les porta contre son torse et se dirigea vers la sortie de la chambre. Il s'arrêta à l'entrée.

— Je vais me prendre un autre thé glacé, ça vous va ?

— Euh, servez-vous.

Nevin s'éloigna. Les mains de Colin tremblaient légèrement quand il se déshabilla à son tour et alluma l'eau. Mais quand il fut sous le jet, il avait pris sa décision.

VII

QUAND NEVIN ouvrit la porte du réfrigérateur, il surprit le chat qui le regardait. C'était un bel animal, avec la tête triangulaire du siamois, des yeux bleus presque violets, et une pointe d'orangé au bout de ses poils.

— Salut, Legolas.

Le chat semblait aussi scandalisé par sa nudité que l'avait été Colin.

Il n'avait pas vraiment eu l'intention de le choquer ou de le provoquer. Après tout, il était habitué à être nu autour d'hommes qu'il n'avait aucune intention de se faire. Gay, hétéro ou autre, aucun des types de la salle de sport ne pensait vraiment à sa nudité. OK, ce n'était pas tout à fait vrai. Parfois, certains reluquaient les autres. Mais aucun n'était aussi ahuri que Colin l'avait été.

— Ton maître ne s'envoie pas souvent en l'air, pas vrai ? lança-t-il au chat.

Et comme le chat avait toujours l'air désapprobateur, Nevin posa la bouteille sur le comptoir et enfila le caleçon et le tee-shirt. Il ne se fatigua pas à mettre le pantalon, parce qu'il faisait trop chaud, et de toute façon, le caleçon masquait autant que le short qu'il avait porté toute la journée. Cela devrait suffire à calmer Colin.

Alors qu'il se déplaçait vers les bibliothèques, il se demanda ce qu'il était en train de faire. Bien sûr, Colin était mignon et apparemment, il avait une personnalité plus riche qu'il l'aurait pensé. Si Nevin s'était attendu à un gamin de riches pourri gâté, Colin avait travaillé aussi dur que tout le monde aujourd'hui, pas une fois il ne s'était plaint de la chaleur ou du travail. Il n'avait pas donné l'air de chercher l'attention ou la reconnaissance, merde, il n'avait même pas demandé à Manuel un reçu pour le don du climatiseur. Contre toute attente, cela avait été amusant de travailler avec lui. Et il était gentil, ce qui était une raison de plus pour que Nevin ne reste pas ici. Colin ne voulait pas ce qu'il avait à offrir, et il méritait probablement bien plus.

Et pourtant. Nevin était là, dans les sous-vêtements de Colin, à tenter de choisir entre *Là-haut* et *Le roi lion*.

Merde.

— Hakuna Matata.

Nevin sursauta si violemment qu'il manqua lâcher le DVD.

— Qu'est-ce que vous foutez ?

Colin lui sourit. Il avait mis un tee-shirt, avec le dessin d'un super-héros que Nevin ne connaissait pas, et un short de sport propre. On aurait dit qu'il avait tenté de lisser ses cheveux avec une brosse, et ses boucles mouillées s'échappaient de la coiffure en formant des vagues. Il sentait bon, comme les épices exotiques.

— Ça veut dire « pas de souci », dit Colin.

— Hein ?

Colin s'approcha et tapota le boîtier du DVD.

— C'est dans le film.

— Vous êtes quoi, croisé avec un chat ? Vous m'avez surpris. Vous avez de la chance que je n'avais pas mon arme sur moi.

— Vous n'avez pas vraiment d'endroit où la porter à cet instant.

Il le regarda des pieds à la tête.

— Hum, je suis trop habillé ?

— Il fait trop chaud pour un pantalon.

Semblant satisfait de cette explication, Colin prit *Le roi lion*, traversa la pièce et mit le disque dans le lecteur. Puis il fit signe vers le canapé.

— Installez-vous. Je vous rejoins dans un instant.

Perplexe, Nevin obéit. C'était un canapé confortable, et Colin avait dirigé le souffle du climatiseur vers eux. Pendant que Nevin s'installait, Colin fouilla dans les placards, puis mit un sachet de pop-corn dans le micro-ondes. C'était amusant, plus tôt dans la journée, Nevin avait accusé Colin de reluquer ses fesses, et c'était désormais lui qui matait. Pour de bonnes raisons, parce que Colin avait vraiment un joli cul, rond et rebondi. Du genre qu'un homme ne pouvait qu'apprécier.

Sauf que Nevin n'allait pas l'apprécier, n'est-ce pas ?

Colin revint, posa le bol de pop-corn sur les jambes de Nevin, puis se laissa tomber sur le canapé près de lui. Plus près que Nevin s'y était attendu, en fait.

— Maintenant, dit Colin en prenant la télécommande, ne vous gênez pas pour chanter avec eux.

— Je ne connais pas les paroles.

— Aucune des chansons ?

— Je n'ai jamais vu ce film, admit Nevin.

— Jamais ?

Colin avait la même tête que si Nevin venait de lui dire ne pas avoir l'eau courante chez lui.

— Je veux dire, je comprends. Vous êtes un grand méchant flic maintenant. Mais quand vous étiez enfant ?

Nevin réussit à ne pas tressaillir.

— Je ne regardais pas la télé à cette époque.

Colin le regarda d'un air étrange, puis haussa les épaules et prit du pop-corn.

— Très bien. Je chanterai seul. Vous pourrez me rejoindre aux refrains.

Il appuya sur lecture.

Il chanta, et bien en plus. Et bien sûr, ce n'était qu'un film stupide pour enfants, mais Colin l'appréciait beaucoup et Nevin réalisa qu'il aimait bien être assis avec lui, à l'écouter rire. L'espace entre eux diminua petit à petit, jusqu'à ce qu'ils soient assis hanche contre hanche et que les poils fins sur les cuisses de Colin chatouillent Nevin. Il n'était pas du genre tactile, mais le contact ne le dérangeait pas.

Puis, alors que Simba parlait au fantôme de son père, le téléphone de Colin sonna sur la table près de lui. Il le regarda et fronça les sourcils.

— Merde. Désolé, je dois répondre.

Il prit le téléphone d'une main et mit le film en pause de l'autre.

— Salut, maman, dit-il au téléphone.

Il adressa un sourire d'excuse à Nevin et se leva pour aller dans la cuisine.

— Oui, je suis désolé. J'ai été occupé toute la journée. C'était beaucoup de travail… Mais je ne suis *pas* tombé raide mort. Maman, je ne vais pas te donner des nouvelles chaque fois que tu t'inquiètes. Ça serait, genre, tout le temps. Tu es enregistrée comme parent proche, si je fais un malaise tu seras la première au courant… Oui, oui, je suis désolé… Je suis occupé, là. J'ai un ami à la maison et nous regardons un film. Je t'appellerai demain, quand je ne serai toujours pas mort, d'accord ? … Je t'aime aussi. Bonne nuit.

Pendant que Colin était dans la cuisine, le chat sortit de nulle part et se mit devant Nevin, à le regarder dans l'expectative. Dès que Nevin eut repoussé le bol de pop-corn, Legolas monta directement sur ses jambes et s'installa dans une petite boule ronronnante. La fourrure derrière ses oreilles était exceptionnellement douce.

— Vous voulez quelque chose ? lança Colin.

— Ça ira.

Colin buvait dans une bouteille de bière quand il revint sur le canapé.

— Désolé pour l'interruption.

— Vous n'êtes pas un peu vieux pour que vos parents surveillent comment vous allez ?

Avec un bruit frustré, Colin s'installa et appuya sa tête sur le dossier du canapé.

— Beaucoup trop vieux. Ma mère est juste… surprotectrice, vous voyez ? C'est plus facile de lui faire plaisir que de protester.

— Dites-lui que vous êtes un grand garçon et qu'elle doit se détendre l'anus.

Colin se mit à rire.

— Je ne m'imagine vraiment pas lui parler comme ça.

Il tourna la tête vers Nevin.

— Vous diriez ça à votre mère ?

— Oui, répondit Nevin d'une voix tendue.

Il y avait peu de chances que cette garce soit encore en vie et s'il la croisait, il aurait beaucoup de choses à lui dire.

— Hum.

Colin prit la télécommande mais ne remit pas le film en marche. À la place, il désigna les jambes de Nevin du menton.

— Vous devriez vous sentir honoré. Leg n'aime pas grand monde en dehors de moi.

Comme pour montrer qu'il était d'accord avec ça, le chat fit un bruit bienheureux et tourna sur le dos pour montrer son ventre. Nevin n'avait jamais eu d'animal et pensait rarement à eux, même s'il avait vu l'effet positif qu'ils pouvaient avoir sur les gens. Il avait vu plus d'une fois une victime en détresse être calmée par la présence d'un chien ou d'un chat.

Merde, il se sentait plutôt détendu lui-même, en ce moment, comme s'il pouvait enfin se relaxer un peu. Peut-être que c'était grâce à Legolas. Ou peut-être que c'était le loft de Colin, avec ses murs en briques apparentes et ses boiseries chaleureuses. C'était beaucoup mieux que tous ces appartements copiés-collés que Nevin avait eus. Sans doute que c'était aussi bien au-dessus de ses moyens, même si ce n'était pas aussi immense et huppé qu'il s'y était attendu. Les meubles, même s'ils étaient de toute évidence de qualité, étaient confortables et usés. Colin n'avait pas non plus envahi l'espace de bibelots à froufrous. Quelques posters de vieux films étaient accrochés au mur dans des tableaux.

Donc pour le moment, il appréciait l'environnement plaisant et le chat à caresser. Et la compagnie d'un homme gentil et séduisant.

Colin tendit la main pour caresser le menton de Legolas.

— C'était gentil de votre part d'aider, aujourd'hui, dit-il.

— Manny et moi nous connaissons depuis longtemps. Je l'ai aussi conseillé à quelques victimes. Parfois, quand je m'inquiète pour quelqu'un, quelqu'un comme Roger Grey, Manny va leur parler, pour leur faire savoir qu'il y a *Meilleur Espoir*.

— Logique.

Ils continuèrent à caresser le chat, et Legolas ronronnait avec assez de fureur pour que Nevin en sente les vibrations.

— Pourquoi avez-vous choisi de devenir flic ?

Parfois, Nevin donnait des réponses simples à cette question. Ça payait bien. C'était intéressant. Il n'était pas enchaîné à un bureau toute la journée. Ça pouvait être excitant. Il n'avait pas son superviseur qui regardait par-dessus son épaule en permanence. Il pouvait donner des ordres aux gens. Toutes ces choses étaient vraies. Mais étrangement, il se surprit à vouloir dire la vérité à Colin.

— Je voulais devenir meilleur que cette merde.

Colin ne rit pas et ne lui dit pas que c'était stupide. Il ne demanda même pas d'explication. Il le regarda longuement, de manière ouverte, et hocha finalement la tête.

— Bien pour vous, inspecteur Ng.

Un muscle tendu se décontracta dans le dos de Nevin, juste un peu. Il soupira.

— Il y a beaucoup de gens qui n'ont personne qui veille sur eux. Personne pour les protéger. Vous… vous avez votre mère qui surveille le moindre de vos gestes, ce qui craint assez, mais je parie que si vous aviez besoin d'aide, elle serait là en une fraction de seconde.

— Elle l'a été, confirma Colin, sans donner l'impression de vouloir préciser sa pensée.

— Elle se fiche que vous soyez gay ?

— Comme toute ma famille. Ce n'était pas un souci pour nous. Pas comme Roger, hein ?

— Il y a beaucoup de Roger. Et de Mme Ruskin. Les familles meurent ou vous tournent le dos pour des raisons de merde. Ou peut-être que les gens censés s'occuper d'eux ont tellement la tête enfoncée dans leur propre rectum qu'ils ne peuvent même pas prendre soin d'eux-mêmes.

Il se tut, épaté de voir comme il était facile de faire ce genre de confidence quand on caressait le même chat.

— Je ne peux pas tous les aider. Pas même la plupart d'entre eux. Mais je peux en aider *quelques-uns*. Alors je le fais.

Le sourire de Colin était si chaleureux et beau, Nevin dut détourner la tête.

— Pourquoi nous avez-vous aidés aujourd'hui ? demanda sèchement Nevin. Vous n'êtes pas censé aller jouer au golf ou des conneries du style durant vos jours de libres ?

— Je ne joue pas au golf, répondit Colin avec un rire. Mais mon père y joue. Beaucoup. Il a tenté de me convaincre plusieurs fois d'y aller avec lui, mais ça m'ennuie terriblement et les vêtements me font saigner des yeux. Bref, Crystal a appelé l'autre jour et a demandé si je pouvais aider.

— *Crystal* vous a appelé ?

— Oui. Pourquoi cela vous surprend-il ?

Nevin secoua la tête.

— Je crois qu'elle ne m'a jamais dit plus de trois mots. Elle me déteste.

La main de Colin se figea et il recula un peu.

— Vraiment ? Pourquoi ?

— Aucune idée. Je n'ai pas dit de gros mot devant elle, je ne l'ai pas draguée, je ne l'ai pas insultée.

— Je crois que vous utilisez vos armes avec prudence. Mais c'est bizarre. Elle est très gentille avec moi.

Il se frotta le visage, songeur.

— Peut-être qu'elle n'aime pas la police.

Nevin y réfléchit un instant. Beaucoup de personnes avaient une rancune contre la police, que ce soit à cause d'une mauvaise expérience ou juste pour le principe. Bien que beaucoup de ses collègues soient géniaux, Dieu savait combien pouvaient être de vrais cons qui leur faisaient une sale réputation.

— C'est possible, conclut-il.

— Eh bien, si c'est le cas, c'est dommage qu'elle ne voie pas plus loin que l'insigne. Tu es fantastique.

Et avant que Nevin puisse se remettre de sa surprise à cette annonce, Colin s'approcha pour l'embrasser.

Beaucoup de choses traversèrent la tête de Nevin. *Quoi que quoi ?* en faisait partie. Ainsi que *il a un goût de pop-corn et de bière*, et *il a vraiment des lèvres douces*, et également *il va écraser ce putain de chat*. La pensée qui dominait tout, cependant, restait *Oh, putain, oui !*, parce que Colin embrassait vraiment bien, fermement sans être envahissant, et une certaine partie de son corps chantait grâce à son contact.

Quelle partie ? Son sexe, assurément.

Nevin le repoussa doucement.

— Oh, non. Oh, mince, je suis désolé.

Colin commença à s'écarter, mais Nevin lui attrapa le bras pour le retenir.

— Tu n'as pas à t'excuser pour ce baiser, dit-il. Dix sur dix.

— J'avais promis de ne pas te sauter dessus.

— Je tabasse des types qui font deux fois ta taille et sont dix fois plus mauvais. Si je ne l'avais pas voulu, crois-moi, je te l'aurais fait savoir.

Même si Colin semblait un peu soulagé, il était loin d'être heureux.

— Mais tu m'as arrêté.

— Parce que je suis confus, pas par mécontentement. Pourquoi tu ne me dirais pas ce qui se passe dans ta jolie petite tête ?

— Je...

Colin se mordit la lèvre.

— Tu as dit que tu n'aimais pas flirter, et je ne suis pas très doué pour la, euh, séduction. Alors j'ai tenté d'y aller directement.

— OK. Mais ça ne m'explique pas pourquoi. Qu'est-ce qui t'a fait penser qu'enfoncer ta langue au fond de ma gorge était une bonne idée ?

Colin tira son bras pour se libérer de sa prise et se leva pour aller de l'autre côté de la pièce. Il se tourna ensuite pour le regarder.

— Je voulais coucher avec toi. Je m'étais dit que c'était un premier pas.

— Pourquoi voulais-tu coucher avec moi ?

Colin répondit avec la voix d'un instituteur de maternelle :

— Eh bien, quand deux hommes s'apprécient d'une manière très particulière, ils s'approchent l'un de l'autre et le sang se dirige vers le...

— Ce n'est pas ce que je veux dire.

Nevin chassa Legolas de ses jambes et traversa la pièce à son tour. Colin recula jusqu'à être contre le mur, mais Nevin continua jusqu'à ce qu'ils se touchent presque.

— Ce que je veux *dire*, c'est pourquoi veux-tu coucher avec *moi* ?

Même si Colin avait les yeux écarquillés, il n'était pas effrayé. Nevin avait souvent vu la peur dans sa vie, et ce n'était pas ça. Ce n'était pas non plus cette émotion qui faisait battre son cœur à toute allure.

82

— Je t'aime bien, dit Colin d'une voix ferme. Tu es amusant, intelligent et... réel. Et, mince, Nevin, tu es tellement...

— Si tu dis « exotique », je vais péter un câble.

Cet adjectif lui avait été lancé bien trop de fois, par des hommes comme des femmes.

Mais Colin secoua la tête en fronçant les sourcils.

— J'allais dire séduisant. Et... solide.

Il souffla quand Nevin haussa les sourcils.

— Je ne parlais pas de ta queue. Je parlais de ta personne. Je peux me regarder dans le miroir et trouver une centaine de choses que j'aimerais changer. Mes foutus cheveux. Ma peau, qui fait des taches de rousseur et brûle si j'essaie d'aller prendre le soleil. Mes bras sont maigres même si je fais beaucoup de musculation. Mes orteils ont une forme bizarre. Mais toi ! Tu es parfait en tout point.

— Je ne suis pas...

— Si j'étais le créateur qui avait dessiné mon corps, j'aurais encore beaucoup à modifier. Mais pour *toi*, le travail est déjà fini.

Il ouvrit les bras. Ses joues étaient un peu rougies, et pendant un instant, Nevin oublia pourquoi il était réticent. Cet homme était vraiment délicieux, il était juste là, et il suppliait presque Nevin de coucher avec lui. Et merde, sans complication, parce que Colin était célibataire et...

Et il y avait un hic.

— Nous ne pouvons pas faire ça, dit Nevin en reculant.

Colin fut immédiatement déçu.

— Parce que je suis un suspect ?

— Merde, non ! Si tu étais un suspect, est-ce que j'aurais passé les deux dernières heures assis sur ton canapé à regarder un putain de dessin animé avec toi ?

— Peut-être que tu... enquêtes sur moi.

— Bordel de merde ! Je m'accuserais moi-même du meurtre avant de penser à toi.

Et c'était vrai. Nevin prenait en général soin de ne pas bousiller les preuves et s'impliquer avec un témoin potentiel était un peu négligent de sa part. Mais il doutait que Colin ait beaucoup à offrir pour les affaires Ruskin et Grey, et de toute façon, l'affaire Ruskin n'était plus de son ressort.

— Si tu ne vas pas m'arrêter, pourquoi refuses-tu de coucher avec moi ?

— Tu veux savoir pourquoi ?

Nevin s'avança vivement et initia cette fois le baiser, profond et urgent, déversant tout son désir en lui. Il aurait pu jurer qu'il sentait des étincelles entre leurs peaux.

Ils se séparèrent au bout d'un moment, haletant.

— Ça... n'explique rien, dit Colin.

Il s'agrippait aux bras de Nevin, et ce dernier ne résista pas quand Colin les fit tourner et l'écrasa entre le mur et son corps.

— Succombe à ma sorcellerie pelvienne, souffla Colin à son oreille.

— Quoi ?

— Laisse tomber.

Colin se laissa un peu aller contre lui.

— Je ne te comprends pas, c'est tout.

Avec Colin en contact avec toutes ces parties de son corps, Nevin avait du mal à trouver ses mots. Il rassembla ses pensées autant qu'il le put.

— Tu l'as senti lorsque nous nous sommes embrassés, non ? Cette électricité.

— Merde, oui.

— Si nous baisions, nous verrions des feux d'artifice.

— Je ne...

— Et après ça, je partirais. Parce que je ne suis pas ton Prince Charmant.

Colin lécha le long de sa mâchoire et Nevin trembla.

— OK. Parfait.

— Je suis sérieux. Je ne serai pas ton petit ami. Je ne sortirai pas avec toi. Je ne ferai aucune putain de promesse.

Un autre petit coup de langue, puis Colin lui mordilla tendrement le lobe de l'oreille. Nevin sentait sa résistance l'abandonner. Il dut serrer les poings et les frotter contre la brique derrière lui pour s'empêcher de s'accrocher à son tee-shirt.

— Je ne veux rien de tout cela, susurra Colin. Je te veux encore nu, et cette fois je veux te toucher. Et te goûter.

Un troisième coup de langue lui coupa le souffle.

Nevin n'imaginait pas grand-chose au sujet de sa vie, c'était un homme pragmatique, et il n'aurait jamais songé à ce scénario. Ou prédit combien il aimerait ça quand Colin se montrerait autoritaire et direct. Merde, il aimait *beaucoup* ça. Mais il allait devoir se regarder dans une glace le lendemain, pas vrai ?

— Tu me l'as dit toi-même, Nœud Pap'. Tu ne joues pas.

— Je ne *jouais* pas.

Colin lui redressa le menton et ils se regardèrent dans les yeux.

— Tu sais quoi ? Toute ma vie, les gens m'ont dit qui j'étais et ce dont j'avais besoin. J'ai toujours suivi le mouvement. Je suis en général prudent. Pas ce soir, Nevin. Pas si tu me veux aussi. Je te promets, ce n'est que du sexe. Pas de lien, pas de promesse, pas d'attente. Juste ça.

Il enfouit son nez contre le cou de Nevin et pressa son entrejambe, montrant ainsi son sexe dur et protubérant.

Nevin n'était qu'un humain. Il prit ces fesses si tentatrices à deux mains et le pressa plus encore contre lui, puis il pencha la tête afin d'offrir à Colin un meilleur accès.

— Oui, souffla Nevin alors que Colin mordillait le tendon de son cou. Putain, oui.

Apparemment, Colin était vraiment sérieux sur cette histoire de nudité, parce que l'instant suivant il déchirait le haut de Nevin en deux.

— Tu as abîmé ton tee-shirt.

— M'en fous. J'ai toujours voulu faire ça.

Colin passa la main sur son torse et son ventre, s'arrêtant à la ceinture de son caleçon. Il n'avait pas les doigts calleux, mais sa paume éraflait sa peau, une ligne brûlante qui fit grogner Nevin et donner un coup de hanches. Prenant peut-être ça pour un encouragement – à juste titre – Colin commença à se baisser pour lui sucer un téton.

Si Nevin avait imaginé cette scène, il ne se serait pas vu haletant et en train de geindre sans pouvoir s'en empêcher pendant que Colin Westwood, l'homme avec des nœuds papillon et qui écoutait de la musique classique, serait en train de le ravir. Et cela aurait été du gâchis, parce qu'il ne se souvenait pas d'un moment où sa libido était allée aussi vite du zéro au cent. Son moteur était encore plus rapide que celui de Julie, et si les briques éraflaient son dos maintenant que Colin avait jeté le tee-shirt ruiné, il ne remarqua rien et s'en fichait.

Colin ne déchira pas son caleçon, mais le fit glisser sur ses chevilles, puis aida Nevin à garder l'équilibre pendant qu'il le lui enlevait complètement. Comme Colin était déjà à genoux, il profita de sa position pour lécher le ventre de Nevin, puis déposer des petites morsures légères le long de sa hanche. C'était franchement sexy, Nevin aussi nu que le jour de sa naissance et Colin encore habillé. Colin ignorait son sexe, ce qui était à la fois une frustration et un soulagement. Nevin était déjà tendu et prêt à éjaculer, et il ne voulait pas le faire trop vite.

En fait, cela lui fit penser à quelque chose.

— Lubrifiant ? haleta-t-il. Capotes ?

Il en avait normalement toujours sur lui, juste au cas où, mais il n'était pas préparé aujourd'hui. Il n'avait jamais été un boy-scout.

— Chambre, répondit Colin, qui avait apparemment lui aussi été réduit au stade du mot unique pour faire une phrase.

Ils allèrent du mieux qu'ils purent dans la chambre, tout en se touchant et s'embrassant en chemin, sans jamais se séparer. C'était un petit miracle qu'aucun des deux ne se blesse en route, et quand ils arrivèrent, Colin poussa doucement Nevin sur le matelas et tomba sur lui, continuant ses délicieuses tortures avec sa bouche et ses doigts.

Nevin passa les mains sous le short de Colin, découvrit qu'il n'avait pas de sous-vêtement et lui pinça les fesses. Mais les caresses ne suffisaient pas. Comme Colin, il voulait utiliser autant de sens que possible.

— Déshabille-toi, ordonna-t-il.

Après un instant d'hésitation, Colin se leva et retira son tee-shirt. Nevin aima ce qu'il vit, pas d'abdominaux en acier, mais une peau pâle sur des muscles fins. Des tétons roses pointés, entourés de poils fins, et une longue cicatrice, blanchie par le temps, mais légèrement rebondie, qui descendait jusqu'à son sternum. Une ligne de poils descendait sur son ventre et disparaissait sous la ceinture de son short. Qui, Nevin ne put s'empêcher de remarquer, était tendu de manière impressionnante.

— C'est un flingue ou tu es heureux de me voir, Col ?

— J'aurais dû savoir que tu ferais des blagues de ce genre.

Colin joua, incertain, avec l'élastique de son vêtement.

— J'arrête les blagues et je la ferme si tu te déshabilles et reviens ici.

Colin fit une petite grimace et retira son short. Il le jeta peut-être de côté, mais Nevin ne le remarqua pas.

— Putain de bordel de merde, souffla-t-il.

— Ce n'est qu'une queue.

— Et l'Everest n'est qu'un tas de cailloux.

— Je croyais que tu allais la fermer.

Nevin fit un large sourire et fit mine de fermer une fermeture Éclair sur ses lèvres. Puis il fit signe à Colin d'approcher. De son expérience, les hommes avec des membres aussi gros aimaient les utiliser. Au lieu de ça, Colin s'agenouilla sur le matelas entre ses jambes et commença à lécher le sexe de Nevin, plus petit, mais malgré tout d'une taille parfaitement respectable.

Au moment où Nevin allait lui dire d'arrêter, Colin remonta le long de son corps et l'embrassa, et il avait désormais plus un goût salé qu'un goût de bière.

— Qu'est-ce que tu veux ? demanda Colin quand sa bouche fut libre.

— Pour l'instant tu as parfaitement tout bien décidé par toi-même. Tu choisis.

Nevin acceptait toutes les positions et pratiques sexuelles, de la même manière qu'il acceptait tous les partenaires. Et honnêtement, il était convaincu que tout ce que Colin ferait serait bon. Merde, il aurait été heureux de simplement s'embrasser en se frottant ; rien que ça pourrait le faire jouir très rapidement.

Mais apparemment, Colin avait d'autres idées en tête. Il tendit la main vers la table de nuit, ouvrit le tiroir et fouilla à l'aveugle tout en léchant le cou de Nevin. Puis il poussa un petit cri de victoire et jeta quelque chose sur le torse de Nevin.

— Ouvre-le.

D'une main, Nevin ouvrit le bouchon de la bouteille de lubrifiant. Il tentait de décider ce qu'il allait faire ensuite, mais Colin le lui prit et en versa une bonne dose sur les doigts de Nevin. Le liquide coula sur sa peau, froid contre sa propre chaleur. Colin lui prit le poignet et dirigea sa main vers ses fesses.

— Ça fait longtemps. Vas-y doucement.

— Je ferai de mon mieux.

Mais ce n'était pas facile, parce que le corps de Colin s'ouvrit sur ses doigts glissants, l'attirant dans un antre chaud et serré, lui donnant envie de plus. Colin ondula sur lui, respirant rapidement chaque fois qu'il plongeait en lui, mais ondulant des hanches pour le forcer à aller plus profondément. Ses petits gémissements étaient une symphonie à l'oreille de Nevin, et les cheveux de Colin chatouillaient son épaule et sa joue.

— Ça fait *longtemps*, répéta Colin.

Cette fois, Nevin prit cela comme une demande d'aller plus vite plutôt qu'une raison d'être doux. Colin effleura rapidement ses lèvres avant d'attraper ses bras et rouler pour que Nevin soit au-dessus. Cela ne le dérangeait pas. Même s'il adorait les fesses de Colin, c'était encore mieux de regarder son visage rougi, ses cheveux sauvages et ses pupilles dilatées.

Colin passa la main entre eux et commença à caresser le sexe douloureux de Nevin. De son autre main, il effleura son échine jusqu'à la courbe de ses fesses, puis remonta pour l'installer dans le bas de son dos.

Cela ne faisait *pas* longtemps pour Nevin, il avait couché avec quelqu'un deux jours plus tôt. Mais cela n'avait aucune importance, parce que les caresses de Colin le brûlaient, tendaient son corps de désir. Quand il passa ses doigts lubrifiés sous les bourses de Colin, ce dernier ouvrit grand les cuisses et souleva les hanches.

— Oui, dit-il. S'il te plaît.

C'était bon, Nevin qui donnait des coups de hanches dans la main de Colin, pendant que ce dernier se frottait contre les doigts à l'intérieur de lui. Bon, mais cela pourrait être mieux. Nevin s'arrêta, trouva le préservatif sur la table de chevet et l'ouvrit avec ses doigts glissants qui tremblaient d'impatience. Alors qu'il le mettait, il réalisa qu'il devait être à la base prévu pour quelqu'un d'autre, parce que même s'il lui allait bien, il ne serait pas allé à Colin. Son ex-petit ami, sans doute. À cette pensée, Nevin ressentit un élan de jalousie. Il n'était *pas* jaloux. Ce n'était pas dans son répertoire.

Colin trembla et guida le sexe de Nevin vers son orifice.

— Vas-y.

Nevin sourit. Rien n'était meilleur qu'un passif exigeant. Il aurait pu le taquiner un peu plus longtemps, mais il était aussi empressé que Colin. Ils se repositionnèrent comme ils purent, Nevin glissa un coussin sous les fesses de Colin et ce dernier plia les genoux pour poser les chevilles sur les épaules de Nevin. Ainsi, avec plus de prudence qu'il s'en serait cru capable, Nevin entra.

Colin était prêt pour lui. Son visage ne montrait aucune trace d'inconfort. En fait, il gigota même un peu pour presser Nevin à aller plus profondément. Et merde, la sensation du corps de Colin qui l'accueillait, se pressait autour de lui, c'était presque suffisamment pour qu'il jouisse là.

— Tu vas bouger ? demanda Colin, la voix tendue, mais les lèvres étirées dans un sourire.

— Masturbe-toi. Je veux te voir faire.

Colin écarquilla légèrement les yeux, mais n'hésita pas et attrapa son sexe pour faire comme demandé. Nevin resta un moment immobile, regardant avec fascination le prépuce de Colin qui tour à tour masquait et dévoilait son gland rouge et brillant. Merde, qu'est-ce que ça ferait d'avoir ce monstre en lui, qui l'étirerait et réorganiserait probablement ses organes internes pour mieux s'imposer ? Le simple fait d'y penser lui contracta les bourses.

Il était temps de bouger.

Ses coups étaient puissants et profonds, et il grognait sous l'effort. Colin et lui étaient bruyants ensemble, des grognements, des halètements, la peau qui frappait la peau, le lit qui craquait, la tête de lit qui frappait le mur de briques. Le poignet de Colin voyageait à vive allure pendant que, de l'autre main, il s'accrochait aux draps. Sa peau rose se couvrait de sueur. Mais son regard restait sur Nevin, acéré et brillant comme une lame de couteau.

La chaleur monta en Nevin et son corps se sentit plein et lourd, sa peau trop serrée, ses poumons épuisés, sa tête détachée de son corps. Colin émit un long cri bas et se resserra autour de lui. Des perles de sperme tombèrent sur son torse. Nevin se laissa aller, et pendant un superbe instant, il fut perdu.

VIII

MÊME NEVIN n'avait pas le courage de faire la marche de la honte totalement nu. Quand il se mit à fouiller dans le noir à la recherche de ses vêtements, il réveilla Colin.

— Ils sont dans le sèche-linge, dit ce dernier en bâillant.

Nevin se tourna pour le regarder.

— Quoi ?

— Tes vêtements. Je les ai lavés hier soir, et maintenant ils sont dans le sèche-linge. Qui est caché dans le placard à côté du frigo.

— Oh.

Nevin passa une main dans ses cheveux.

— J'allais m'enfuir.

— Oui, j'avais compris.

— Tu n'es pas fâché ?

Soupirant, Colin s'assit et se frotta le visage.

— Je t'ai promis, sans attache, et je le pensais. Mince, j'ai même été agréablement surpris que tu t'endormes avec moi.

Il s'était attendu à ce que Nevin se lave, le remercie peut-être pour le sexe, puis s'enfuit dans la nuit. Quand il s'était endormi à côté de Colin à la place, le souffle de plus en plus profond, Colin était resté un moment réveillé à apprécier ce cadeau inattendu.

Nevin resta quelques secondes silencieux.

— C'est un peu un truc de connard, filer au beau milieu de la nuit.

— Alors reviens au lit quelques heures. Attends que ce soit une heure normale pour les humains et je te ferai même le petit-déjeuner avant que tu partes. J'ai une machine à espresso.

— Bien sûr que tu as une machine, grommela Nevin, mais il remonta dans le lit et tira les couvertures sur eux.

Aucun d'entre eux ne se rendormit. Ils respirèrent en chœur un moment, puis Legolas sortit de l'un de ses coins repos et monta sur le lit pour se coucher près de Nevin, ce qui fit sourire Colin. Nevin le caressa quelques minutes – Colin pouvait l'entendre ronronner – puis l'inspecteur roula sur le côté pour le regarder. Un lampadaire à l'extérieur offrait juste assez de lumière pour que Colin discerne une expression songeuse.

— Comment as-tu eu ça ? demanda-t-il en passant le doigt le long de sa cicatrice.

Colin détourna la tête.

— C'est vieux.

Après une pause, Nevin baissa un peu plus les doigts, les plongea brièvement dans son nombril, puis en bas de son abdomen encore couvert des activités de la veille, poussant la couverture sur son chemin. La caresse le fit trembler.

— Tu as froid ?

— Non.

Le loft était encore chaud.

Quand Nevin arriva à son sexe flasque, ses doigts continuèrent leur chemin, retraçant légèrement la longueur du membre. Puis il le prit dans sa main, comme s'il soupesait son poids. Comme le reste de Colin, son sexe commença à se réveiller.

— Tu pourrais être une star du porno avec ce truc, dit Nevin.

— C'est sympa de savoir que j'ai d'autres options que la promotion immobilière.

— Je te prenais pour un magnat de l'immobilier.

Colin pouffa.

— Nope, c'est mon père. Il achète tout. Ces derniers mois, il passe surtout du temps à jouer au golf, alors je m'occupe des opérations quotidiennes.

— Hum, dit Nevin en serrant légèrement le sexe de Colin. Eh bien, même si tu ne te feras pas une fortune avec ta queue, tu pourrais mettre quelques photos sur une application de rencontres. Les mecs se bousculeraient à ta porte.

— Génial.

Colin n'avait aucune intention de s'inscrire sur ce type d'application. Il était heureux d'avoir couché avec Nevin, le sexe avait été superbe, mais maintenant, il avait une petite douleur au cœur. Un autre éclat de frustration à être seul. La nuit avait valu la peine, mais il ne pensait pas pouvoir survivre à d'autres petits éclats de ce genre.

Ils arrêtèrent de parler quand les massages de Nevin se firent plus sérieux. Agacé par le mouvement et les gémissements, Legolas miaula, sauta du matelas et s'en alla. Colin ne sut d'abord pas quoi faire de ses mains, puis il enfonça les doigts dans les cheveux de Nevin, qui étaient raides, épais et si doux. Il n'y avait pas assez de lumière pour qu'il voie leur couleur brun foncé, alors il ferma les yeux et laissa ses autres sens prendre le dessus.

La nuit dernière, Colin avait soigneusement exploré le corps de Nevin. Ce matin, Nevin semblait avoir décidé qu'il était temps de lui rendre la pareille. Il chatouilla, massa, pinça, et parfois mordilla. Mais finalement, il concentra toute son attention sur le sexe et les bourses de Colin. Quand il glissa le gland entre ses lèvres, Colin aspira vivement l'air.

— Je peux…

Nevin libéra sa bouche pour l'interrompre.

— Tu restes couché et tu encaisses comme un homme, bébé.

Et il se remit au travail.

Colin n'avait pas eu beaucoup de partenaires sexuels, et aucun d'entre eux n'avait été capable de le prendre entièrement dans leur bouche. Nevin ne le pouvait pas non plus, même s'il faisait de son mieux et avait pris la base de son sexe dans son poing. De son autre main, il taquina ses bourses et frotta la peau tendre juste derrière elles, puis il inséra un doigt en lui, là où il était encore un peu glissant avec le lubrifiant de la nuit dernière.

Ce que Nevin avait dit, au sujet des feux d'artifice ? C'était vrai, parce que les couleurs éclatèrent sous les paupières de Colin. Pour la première fois depuis longtemps, il s'inquiéta pour son cœur. Mais Nevin fit alors quelque chose de particulier avec sa langue et Colin décida que s'il devait mourir, il n'y avait pas meilleur moment.

— Je… vais jouir, l'avertit-il.

Nevin redoubla ses efforts et glissa un second doigt, et ce fut suffisant. Colin rugit.

Et quand sa peau fut trop sensible pour être encore touchée, il regarda Nevin se mettre à genoux, se masturber vivement, puis jouir sur l'entrejambe et l'abdomen de Colin. C'était un peu cochon, un peu salace, et la chose la plus sexy que Colin avait vu de toute sa vie.

Nevin s'effondra près de lui avec un gros soupir.

— C'était un vrai challenge, Collie.

— Tu semblais à la hauteur.

— Peut-être qu'avec de l'entraînement, je…

Nevin se tut brutalement. Le soleil commençait à passer à travers les fenêtres, permettant à Colin de voir ses épais cils bruns contre sa peau, et une petite cicatrice sur un sourcil. Sa barbe repoussait sur son menton et sa lèvre supérieure, et quand Colin tendit la main pour caresser le papier de verre et la soie sur son visage, Nevin attira son pouce dans sa bouche et le suça légèrement.

— Ta bouche devrait être enregistrée comme arme, dit Colin.

— On me l'a déjà dit.

Colin voulait bien le croire. Ces lèvres. Cette langue taquine. Ces dents blanches.

Soupirant avec force, Colin lui tapota la joue.

— Une omelette ?

— Oui, bien sûr. Je peux me laver avant ?

— Bien sûr.

Colin fut le premier à sortir du lit. Il alla aux toilettes, se lava, puis rit quand Nevin le reluqua alors qu'il mettait un caleçon propre et un tee-shirt bleu. Il ondula un peu trop des hanches quand il quitta la chambre pour aller récupérer les vêtements de Nevin.

Pendant que ce dernier se lavait, Colin nourrit Legolas, mit quelques biscuits surgelés au four, puis coupa quelques herbes dans un pot en plastique posé sur une de ses fenêtres. Il ajouta les herbes à son mélange d'œufs, puis coupa quelques champignons et gratta un peu de fromage.

— Par tous les dieux du toast, mais que ça sent bon, lança Nevin en s'installant sur un des tabourets.

— Pas de toast. Des œufs et des biscuits.

Colin sourit et posa une assiette devant Nevin. Après avoir rejoint sa machine à espresso, il se tourna.

— Tu veux quoi ?

Nevin dévisagea la machine, grande et brillante, capable de produire presque n'importe quoi juste en appuyant sur quelques boutons.

— Double espresso, noir.

— Tout de suite.

Nevin but son café en deux gorgées, sans attendre qu'il refroidisse. Colin grimaça un peu en le voyant faire, tout en sirotant son propre cappuccino décaféiné. Il avait peur de lancer la conversation parce que tous les sujets auxquels il pensait étaient fous, ou faisaient allusion à un futur que Nevin et lui ne partageaient pas. C'était étrange de coucher avec quelqu'un, dormir avec lui, coucher à nouveau, puis manger des œufs ensemble tout en sachant qu'ils ne se reverraient probablement jamais.

— Je parie que tu ne voulais pas être promoteur immobilier quand tu étais petit, dit Nevin.

Il sortit le bout de sa langue et lécha une goutte de confiture au coin de sa bouche.

— Je n'y ai jamais trop réfléchi.

— Conneries. Tu avais un rêve caché quelque part.

Colin regarda à l'extérieur. Cela allait être une autre chaude journée, et déjà les joggeurs et les gens qui promenaient leurs chiens se précipitaient sur les trottoirs, tentant de terminer leur sport avant que la chaleur devienne insoutenable. La rue restait cependant calme comme tous les dimanches matin.

— Je voulais un peu être acteur, admit-il à voix basse.

Nevin rit sans méchanceté.

— J'aurais dû le deviner. Tu as joué dans des pièces à l'école ?

— Parfois.

Quand il était assez en forme pour ça.

— Tu chantes bien. Même si c'était juste une connerie dans un dessin animé sur des lions.

— Merci.

— Tu as tenté de faire quelque chose pour ce rêve ?

— Non.

— Pourquoi ça ?

Nevin insistait comme s'il interrogeait un suspect.

— C'est idiot. Irréaliste.

C'était ce que ses parents avaient dit la seule fois où il l'avait mentionné. Et ils avaient raison. Et puis, comme sa mère l'avait fait remarquer, le stress et la précarité d'une vie d'acteur seraient mauvais pour sa santé.

Nevin pointa sa fourchette vers lui.

— C'est pour ça qu'on appelle cela des rêves. Et alors quoi ? Tu es allé faire des études pour un diplôme dans un domaine ennuyeux à la place ?

— Sciences politiques.

C'était la suggestion de sa mère. Il grimaça.

— Puis j'ai eu un MBA.

L'idée de son père.

— Je n'arrive pas à t'imaginer bander devant des tableaux ou je ne sais pas quelles conneries ils t'apprennent en école de commerce.

Nevin descendit du tabouret, prit son assiette et celle de Colin, et les porta à l'évier. Il sembla un instant songer à les laver ou à les mettre dans la machine, mais finit par les laisser sur le comptoir. Il se pencha pour caresser Leg, qui avait trouvé un coin de soleil sur le sol, puis retourna vers Colin.

— Tu es un mec bien, dit Nevin, la tête légèrement penchée et le regard brillant. Et je sais reconnaître les bons des mauvais. Ce que nous avons fait, c'était génial, pas vrai ?

— Oui.

— Et c'est arrivé parce que tu t'es fait pousser une paire de couilles et as décidé de dire aux bien-penseurs d'aller se faire foutre. Tu devrais essayer ça plus souvent, Nœud Pap'.

Colin lui fit un petit sourire.

— Tu penses que je devrais quitter mon travail et fuir à Hollywood ?

— Je crois que Los Angeles te dévorerait tout cru.

Il resta là quelques secondes avant de retourner voir Leg pour le gratter encore derrière les oreilles.

— J'aime les chats. Ils font absolument tout ce qu'ils veulent.

— J'aime aussi les chats. Mais je pense que je suis plutôt un chien. Tu sais, un corniaud fidèle ?

Nevin pouffa et secoua la tête. Ses chaussures étaient près de la porte, où il les avait laissées la veille, ses chaussettes sales encore à l'intérieur. Il mit ses chaussures pieds nus et prit ses chaussettes dans une main. Puis il resta là. Colin n'avait pas bougé de son tabouret, comme si le moindre mouvement pouvait briser le sort. Le réfrigérateur vrombissait et quelque part, une voiture klaxonna.

— Nous avons couché deux fois ensemble, dit finalement Nevin sans le regarder dans les yeux. C'est ma limite.

— Tu me l'as dit.

Nevin lui lança un coup d'œil et hocha la tête.

— Ne t'attire pas d'ennuis, Nœud Pap'.

Et il partit.

IX

CETTE GARCE mentait comme un arracheur de dents, mais Nevin hochait la tête comme s'il gobait toutes ses paroles.

— Elle n'était pas censée s'approcher de la cuisinière, dit Molly Gillett. Elle le savait. Je lui ai dit des centaines de fois.

Elle prit une longue bouffée de sa cigarette avant de l'écraser dans un cendrier en verre que quelqu'un avait volé dans une suite d'un grand hôtel. La maison sentait la fumée, et Nevin se demanda s'il arriverait à chasser l'odeur de ses vêtements.

— Mais elle l'a quand même fait ? l'encouragea-t-il.

— J'imagine. Je suis allée aux toilettes, j'y étais depuis à peine une minute quand je l'ai entendue crier. Je me suis précipitée et elle était au sol, à se tenir le visage. Mais j'ai *déjà* raconté ça, monsieur l'agent. J'ai dit tout ça aux autres agents.

— Inspecteur. Et s'il vous plaît, racontez tout une nouvelle fois. Parfois, ils ne comprennent pas tous les détails.

Elle souffla avec impatience et chercha une autre cigarette dans son paquet. La plupart des mères, dans de telles circonstances, supplieraient d'aller à l'hôpital pour rester aux côtés de leur fille brûlée au troisième degré. Mais pas Molly Gillett, qui semblait impatiente de retourner regarder le talk-show qu'on entendait à la télévision dans la pièce d'à côté. Enfin, juste parce qu'une femme mettait un enfant au monde, cela ne voulait pas dire qu'elle était une mère. Nevin était bien placé pour le savoir.

— Que cuisiniez-vous ?

— J'allais lui faire des macaronis au fromage. C'est la seule chose qu'elle accepte de manger. Ça, les SpaghettiOs et les bananes. Donnez-lui autre chose pour son déjeuner et elle fera une grosse crise, à taper, et crier, sans s'arrêter. Alors je lui faisais ça.

C'était intéressant, parce qu'aucune boîte n'attendait sur le comptoir de la cuisine. Il était possible que Mme Gillett attendait que l'eau boue avant de sortir la boîte du placard, mais rien d'autre ne semblait prêt. Rien pour

96

égoutter les pâtes quand elles seraient prêtes, pas de cuillère, pas d'assiette pour mettre la nourriture. Juste une casserole par terre, dans une mare d'eau.

— Alors, que pensez-vous qu'il soit arrivé pendant que vous étiez aux toilettes, Mme Gillett ?

— Je pense que Jeanie a pris le manche de la casserole et s'est versé l'eau chaude sur elle. Même si elle n'était pas censée s'approcher de la cuisinière.

L'ambulance était depuis longtemps partie, ainsi que la plupart des gorilles en bleu. Nevin ignorait comment se portait Jeanie, bien que l'un des agents qui étaient intervenus ait dit qu'elle était gravement brûlée. Même si elle s'en remettait, elle ne pourrait pas leur dire grand-chose sur ce qui était arrivé dans la cuisine. Elle avait la vingtaine, mais un grave retard mental la rendait presque incapable de parler.

Il décida de changer légèrement sa technique.

— Elle fait ça souvent, désobéir aux règles ?

— Tout le temps. Elle prétend qu'elle est trop bête pour comprendre de quoi je parle, mais quand elle aime ce que je raconte, elle comprend parfaitement bien.

— Ce doit être épuisant de s'occuper d'elle.

Elle souffla un nuage de fumée.

— En effet. C'est comme avoir un bébé qui ne grandit pas. Sauf que ce bébé est aussi grand que moi, alors quand elle fait des bêtises, je ne peux pas lui mettre une fessée et la porter dans sa chambre.

Peut-être que Jeanie Gillett n'avait jamais eu grand espoir d'une bonne vie. Mais peut-être que si elle était née dans une famille différente, elle aurait été bien mentalement. Ou même si cela n'avait pas été le cas, elle aurait été aimée et choyée, on lui aurait offert toutes les chances de faire de son mieux, et quand ceux qui prenaient soin d'elle se sentaient dépassés, ils auraient pu trouver du renfort ailleurs. Mais elle vivait ici, où les murs et les rideaux étaient tachés de jaune, où il ne voyait aucun signe de bons jouets ou de livres, où sa mère, avec ses cheveux mal colorés et son regard mort, restait assise dans la cuisine à fumer. Le destin était un véritable enfoiré.

— Jeanie était particulièrement difficile aujourd'hui ? demanda-t-il, feignant l'empathie.

Mme Gillett secoua la tête.

— Vous n'imaginez même pas.

Quand Nevin quitta la maison des Gillett, il avait plusieurs pages de déclarations incriminantes de Molly Gillett, qu'il avait mise en état d'arrestation. Il avait demandé à un des agents de la conduire en prison avec sa voiture de fonction, pendant qu'un autre restait sur place pour surveiller l'équipe qui relevait les preuves et attendait l'arrivée de M. Gillett. Mais Nevin n'était pas vraiment satisfait. Même si le procureur lui portait de grosses accusations, cette criminelle plaiderait non coupable. Et Jeanie resterait avec l'agonie de brûlures au visage, en présumant qu'elle survivrait.

Une pointe de fraîcheur colorait l'air alors qu'il descendait le trottoir en direction de Julie. Elle était un peu poussiéreuse. Il devrait la laver dans le week-end. Pour le moment, en revanche, il voudrait de la caféine et une pause loin de tous les êtres diaboliques qui vivaient sur Terre. Mais il ne pouvait avoir aucun des deux, parce que d'autres heures de travail l'attendaient.

L'odeur des cigarettes sur ses vêtements écrasa ses sens quand il fut enfermé dans la voiture. Alors avant d'aller à l'hôpital, il s'arrêta chez lui pour se changer. Comme chaque fois qu'il entrait dans son appartement ces dernières semaines, il le compara mentalement au loft de Colin. Il n'y avait rien de mal avec cet endroit, mais à part ses stupides dessins, cela n'avait aucune personnalité ni chaleur. Peut-être qu'il devrait prendre un chat.

Il s'arrêta à l'hôpital, mais l'infirmière lui apprit que Jeanie était en chirurgie. Il faudrait un jour ou deux pour obtenir des informations de sa part.

— Probablement plus, dit l'infirmière d'un air sombre. Les brûlures sont très étendues.

— Merde.

Elle acquiesça pour confirmer l'idée.

Il était de mauvaise humeur quand il arriva à la prison, et cela empira lorsqu'il apprit que Mme Gillett avait déjà trouvé un avocat. C'était probablement une bonne chose qu'il ne soit pas dans la même pièce qu'elle à cet instant, mais il avait plus d'une façon de lui faire mettre les pieds dans le plat.

Il reçut un appel dès qu'il sortit de la prison, l'informant que M. Gillett avait été contacté et qu'il était en route pour aller à l'hôpital. Alors Nevin y retourna et passa presque deux heures à tenter d'obtenir une déposition cohérente d'un homme sur le point de s'effondrer. Décidant qu'il pourrait attendre le lendemain pour parler aux secouristes et à l'équipe médicale, Nevin alla chercher un burger dans un drive et le ramena au bureau.

Il était au milieu de son travail quand Frankl frappa à sa porte ouverte. L'homme semblait fatigué et vieux, ses yeux de cocker encore plus pendants que d'habitude.

— Dure journée ? dit l'homme.

Nevin le dévisagea.

— Une mère a versé de l'eau bouillante sur sa fille mentalement déficiente.

Il fallait beaucoup pour perturber un flic de la Criminelle, mais Frankl grimaça.

— La gamine ira bien ?

— Elle va peut-être survivre. Mais elle risque de perdre un œil, et il lui faudra des mois de greffes de peau et tout le bordel.

Sans parler de la douleur horrible sans être capable de comprendre pourquoi. Et qui allait la réconforter ? La garce qui lui avait fait du mal et était maintenant enfermée ? Ou le père qui semblait sur le point de tomber en dépression ?

— J'ai des nouvelles pour toi, mais ce n'est peut-être pas…

— Balance, tête de nœud.

— Nous avons retrouvé le corps de Roger Grey.

Nevin avait été certain qu'ils retrouveraient un corps, mais malgré tout, les mots de Frankl lui firent mal au cœur. Sa chaise grinça quand il s'y adossa.

— Où ?

— Près de Sandy. Des chasseurs l'ont trouvé au bord d'un champ.

Frankl secoua la tête avec ironie. Il était connu que les inspecteurs de la Criminelle étaient les meilleurs amis des chasseurs et de leurs chiens, qui réussissaient à trouver les corps balancés dans les endroits les plus reculés.

— Tu es certain que c'est lui ?

— Son corps était dans un sale état, les membres un peu éparpillés, mais il avait son portefeuille. Nous avons vérifié les empreintes dentaires, juste pour en être certain. La mandibule n'a pas été retrouvée, mais nous avons le reste du crâne.

— Cause du décès ?

— Aucune idée.

Nevin soupira. Après deux mois sous la chaleur, il ne devait pas rester plus que des os.

— Roger n'est certainement pas allé à pied à Sandy.

— Il n'était pas trop loin de la route, mais il n'avait pas de voiture, c'est ça ?

— Il ne conduisait pas.

— OK. Je te tiendrai au courant.

Nevin fit un signe de la main et reporta son attention sur l'affaire Gillett.

Un peu après vingt et une heures, son téléphone vibra. Il fit rouler ses épaules pour dénouer ses muscles et regarda l'écran.

On va boire. Maintenant.

Il envoya une réponse rapide à Ford.

Je travaille.

Les méchants seront toujours là demain.

Ford n'avait pas tort. Et puis, la vue de Nevin commençait à être brouillée et il était probablement en train d'écrire des trucs sans le moindre sens. Alors qu'il songeait à répondre, un autre message arriva.

Tu es dans le centre ? Je viens te chercher.

Bien sûr. Pourquoi pas.

Donne-moi 30 minutes.

Il termina le paragraphe qu'il était en train d'écrire, enregistra, puis éteignit son ordinateur. Il songea ensuite à ses vêtements, soit le costume qu'il portait, soit les vêtements de sport de rechange qu'il gardait au bureau. Aucun des deux n'était idéal, mais il choisit le costume, laissant sa cravate sur le dossier de sa chaise. Il aurait laissé la veste également, mais il avait besoin de quelque chose pour cacher le holster. Portland n'était plus assez Wild West pour accueillir un homme qui portait une arme dans un bar, même s'il était flic.

Ford sourit quand Nevin grimpa dans son pick-up.

— Mais quel chic ce soir.

— Estime-toi heureux que je ne pue pas le cendrier froid. Rien de punk ce soir, OK ?

Un début de migraine lui battait aux tempes.

— Nan, frangin. Nous allons faire du classe et du raffiné.

Ce qu'il y avait de bien chez Ford, c'était qu'il ne questionnait pas Nevin sur son travail. Il l'écoutait quand il avait envie d'en parler, mais sinon, il choisissait des sujets différents. Ce soir, il se plaignit d'un client.

— Cet idiot veut un jardin de cactus. J'essaie de lui dire qu'on est à Portland, pas à Phoenix, mais il n'écoute pas.

— Qu'est-ce que tu vas faire ?

— Je ne sais pas, mec.

— Jette-le. Si tu manques d'argent, je peux…

Ford lui donna un petit coup dans l'épaule.

— Je paie mes factures à temps.

L'argent était un sujet un peu sensible entre eux. La paye de Nevin était plutôt généreuse, et en dehors du loyer, il n'avait pas grand-chose à acheter à part ses vêtements et l'entretien de Julie. Ford, en revanche, avait un salaire irrégulier, avec plus de travail qu'il pouvait en gérer durant le printemps et l'été, et presque rien durant les mois d'hiver. Mais il était également très fier de son entreprise, et il n'était pas du genre à faire des jardins qui ne tiendraient pas.

Deux pâtés de maisons plus loin, Ford se gara sur un parking d'hôtel. Puis Nevin et lui entrèrent dans le bar, qui s'avéra être bondé pour un jeudi soir. La plupart des hommes portaient un costume identique à celui de Nevin, mais Ford semblait à sa place avec son jean et son tee-shirt blanc qui montrait ses bras tatoués. Ils s'assirent côte à côte et commandèrent une bière pour Nevin et un Coca pour Ford.

Lorsqu'il sortait avec Ford, Nevin cherchait en général des femmes plutôt que des hommes. Ford s'en fichait, il avait même essayé quelques fois avec des hommes avant de décider qu'il s'amusait mieux avec des femmes, mais les clients dans les bars où ils allaient étaient en général hétéros. De plus, même s'il y avait des hommes potentiellement intéressés, Nevin ne devait pas titiller leur gaydar. Peut-être que son ethnie indéterminée brouillait les paramètres du gaydar, ou peut-être que c'était sa tête de flic. Quelle qu'en soit la raison, il finissait presque tout le temps avec une femme, ce qui lui convenait.

Mais ce soir, le barman soutint le regard de Nevin un peu trop longtemps pour un homme hétéro, et il semblait étrangement empressé de lui reremplir son verre. Quand Nevin en fut à sa troisième bière, Ford était en pleine conversation avec une femme assise près de lui et le barman s'était mis devant Nevin et prétendait nettoyer le bar.

— Vous êtes à l'hôtel ? demanda le type.

Sa plaque disait qu'il s'appelait Troy. Il n'était pas spécialement séduisant, même si ses yeux verts étaient saisissants, avec sa peau brun clair et ses cheveux sombres. Il avait aussi un beau sourire. Nevin lui donna environ vingt-cinq ans.

Il songea à lui répondre que oui, qu'il était un scientifique dans le nucléaire qui venait de Bismarck, mais il n'avait pas l'énergie de mentir.

— Non, je suis du coin. Je m'appelle Nevin.

— Salut, Nevin. Tu sors juste avec un ami ?

Le regard de Troy se porta rapidement vers Ford.

— Oui. Je décompresse après une dure journée de travail.

— Tu fais quoi ?

— Je suis flic.

Troy écarquilla les yeux et se pencha en avant.

— Vraiment ? Cool ! De la police montée ? Quand j'étais gamin, j'adorais les voir passer.

— Non, répondit Nevin en pouffant de rire.

Il n'était jamais monté à cheval et ne voulait pas essayer.

— Affaires familiales.

Troy ne savait visiblement pas ce que cela voulait dire – peu de personnes le savaient –, mais il hocha la tête.

— Ce doit être très stressant. Je veux dire, travailler ici peut être intense également. Les week-ends sont chargés et tout le monde veut son verre en même temps. Ou quelqu'un est soûl et agit comme un connard. Mais ce n'est pas dangereux.

— Je ne suis pas non plus à fuir les balles en général.

— Bien sûr.

Troy donna encore quelques coups de chiffon au bar propre.

— Enfin, euh, j'habite pas très loin d'ici.

Il se lécha doucement les lèvres.

— Tu n'as pas à travailler ? s'enquit Nevin.

— Nous sommes en sureffectif. Je peux partir tôt.

Il devait savoir qu'il avait un beau sourire, parce qu'il y allait à plein régime.

— J'ai aussi de la bière chez moi, et tu peux y boire gratuitement.

— Oui, d'accord.

Nevin mit suffisamment d'argent sur le comptoir pour payer ses commandes plus un pourboire. S'il restait tard chez Troy, il pourrait toujours aller directement au bureau de là. Aucune raison de retourner chez lui, personne ne l'y attendait, et il pourrait se doucher dans les vestiaires. Il avait même des sous-vêtements propres au bureau, sauf qu'il devrait porter la même chemise qu'aujourd'hui. Sauf s'il portait son tee-shirt de sport avec son costume. Oui, ça pouvait marcher. Il pourrait prétendre qu'il se la jouait *Miami Vice : Deux flics à Miami*, les couleurs pastel en moins.

Troy lui fit un sourire éclatant en récupérant l'argent, jeta la serviette de côté et eut une rapide conversation avec un collègue. Pendant ce temps, Nevin descendit du tabouret et donna un petit coup dans le dos de Ford.

Son frère se détourna de la jolie femme avec qui il parlait.

— Le barman ?

— Oui. Ça ira ?

— Je crois que je vais faire une folie et rester ici ce soir. Je me suis toujours demandé à quoi les chambres ressemblaient.

Il se pencha vers Nevin et chuchota :

— Ou peut-être que je partagerai une chambre avec quelqu'un.

Il ne posa pas de questions sur les plans de Nevin, mais ils savaient tous les deux que s'il voulait rentrer, il pourrait toujours prendre le métro ou un taxi.

Quelques minutes plus tard, Troy rejoignit Nevin près de la porte. Après que le barman eut salué un collègue, ils sortirent. Il y avait une pointe de fraîcheur qui s'était installée dans la nuit. Nevin aurait eu froid sans sa veste. Quelques autres piétons marchaient sur les trottoirs, et la circulation était légère, mais les lampadaires et les panneaux gardaient la rue bien éclairée.

Troy passa un bras autour de celui de Nevin. Il était petit, bien qu'un peu plus grand que Nevin, et plutôt bien foutu, avec une démarche légère qui rappelait celle d'un enfant.

— Ah, comme j'aime vivre dans le centre, dit Troy. C'est génial de pouvoir aller partout à pied. Je n'ai même pas de voiture.

Nevin songea à Julie, garée dans le garage au travail.

— Je suppose que les transports en commun ne sont pas mal.

— Bien sûr, et j'ai un vélo. J'aime en faire durant mes jours de libres. Et toi ?

— Je préfère les quatre-roues.

— C'est cool.

Ils ne dirent rien de plus pendant les deux pâtés de maisons restants. Qu'y avait-il à dire ? Ils n'avaient probablement rien en commun et ne se reverraient jamais. Ils savaient tous les deux ce que voulait l'autre. La conversation était inutile. Surfaite. C'était comme passer deux heures assis sur un canapé à regarder des lions et des hyènes chanter, alors que tout ce que les deux personnes voulaient était un orgasme ou deux.

Comme ça.

103

Troy vivait dans un studio qui sentait la tisane. Il dormait apparemment sur un canapé clic-clac. Son vélo et sa grande télé, ainsi que plusieurs consoles de jeux, prenaient l'espace restant.

— Tu veux une bière ? demanda Troy en désignant le mini-frigo.

Nevin n'avait pas soif et ne voulait plus boire. Il secoua la tête, prit le bras de Troy et le tira à lui pour un baiser.

Troy portait un parfum agréable, masculin et épicé, et ses joues étaient douces. Il avait un goût de menthe – des Tic-Tac ou du chewing-gum, devina Nevin. Il n'avait pas à lever la tête ou tirer Troy à lui. Et ce dernier se laissa magnifiquement aller dans le baiser, lèvres ouvertes, bras autour de sa taille. C'était un baiser agréable.

Avec un profond soupir, Nevin s'écarta.

— C'était une erreur.

— Qu'est-ce que j'ai fait ?

— Rien.

Nevin lui caressa doucement la joue.

— Tu es gentil, enjoué et trop adorable. Et tu embrasses bien.

— Tu n'aimes pas les hommes ?

Troy semblait bouleversé, malgré les paroles pour le réconforter.

— J'aime les hommes. Je suis désolé de t'avoir fait quitter le travail plus tôt. Je suis désolé de te décevoir. Je suis… je dois y aller.

— Je sais que cet appartement est minable. Nous pouvons aller chez toi si tu veux. Ou nous pouvons…

— Ce n'est pas minable. Crois-moi, j'ai vécu dans pire.

Ce qui était vrai, mais le reste était un peu exagéré :

— Je dois rentrer chez moi, mon grand. La journée a été difficile et je me lève tôt.

Cette fois, il lui tapota la joue.

— Mais merci de m'avoir invité. Peut-être une autre fois.

Déçu, mais non dévasté, Troy le raccompagna pour le court chemin vers la porte.

— Eh bien, tu sais où je travaille. Du mercredi au dimanche. Alors quand tu seras d'humeur…

— Tu penses bien. Merci.

Se sentant comme un gros enfoiré, Nevin s'éloigna sur la route.

Son bureau était à presque deux kilomètres de là, alors il eut le temps de penser sur le chemin. Pourquoi avait-il planté ce pauvre Troy ? Il était plutôt séduisant et n'avait rien fait de mal. C'était exactement le genre de personne avec qui Nevin adorait avoir un coup rapide. Cela aurait apaisé cette journée difficile, et cela faisait plus d'une semaine qu'il n'avait couché avec personne. Mais Nevin n'était pas intéressé. Et pourquoi ? Qu'est-ce qui n'allait pas chez lui ?

Il n'avait aucune réponse quand il entra dans Julie et traversa le fleuve pour rentrer chez lui.

Il s'endormit dès que sa tête toucha l'oreiller. Mais il n'arrêtait pas de se réveiller de rêves troublants, la plupart dont il ne se souvenait pas. Mais l'un d'entre eux… celui-là le tira d'un coup du sommeil et le laissa assis sur le lit, le cœur battant à toute allure et les draps collants de sueur.

Il avait rêvé de Becka, la fille avec qui il avait partagé une famille d'accueil vingt ans plus tôt. Une gentille fille avec les dents tordues, qui aimait les couleurs et les Barbie, et qui suppliait Nevin de lui brosser ses cheveux blonds frisés parce qu'il était le seul à pouvoir le faire sans trop les tirer. Il ne l'avait jamais revue après avoir été embarqué par l'agent Pender et retiré de Pignouf, et pour ce qu'il en savait, Pignouf n'avait jamais été accusé d'abus sexuels sur Becka. Mais l'agent Pender était venue voir Nevin quelques mois plus tard dans sa nouvelle famille d'accueil – qui était bien mieux – et lui avait assuré que Becka n'était plus chez Pignouf et était en sécurité.

Mais dans son rêve, Becka était dans la cuisine des Gillett, ses cheveux emmêlés dans tous les sens. Elle tenait ses paumes devant son visage. Quand Nevin avait tenté de les repousser, il n'avait rien vu de plus qu'un crâne grimaçant.

— Nevin a fait ça ! hurla Becka de ses lèvres décharnées. Nevin a brûlé mon visage !

De retour au présent, il regarda son téléphone, puis sortit du lit. Quatre heures trente. Pas trop tôt pour aller courir.

X

JEREMY BERÇAIT son énorme tasse de café entre ses mains tout en regardant fixement Nevin.

— Tu n'es pas au meilleur de ta forme.

— Je courais lentement pour rester à ton niveau, vieux schnock.

— Oui, bien sûr. Et tu m'as à peine insulté aujourd'hui.

— Va te faire foutre, enfoiré. Qu'est-ce que tu dis de ça ?

La tasse d'espresso de Nevin était vide, mais il lui restait un verre de jus d'orange fraîchement pressé et une pâtisserie aux amandes. Il picora sa nourriture. Il avait passé la semaine plongé jusqu'au cou dans l'affaire Gillett et n'avait pas bien mangé, mais il n'avait pas faim. Pas même après un long footing avec Jeremy ce samedi matin.

Jeremy lui souriait.

— Ça manque de style et d'originalité. Tu peux faire mieux que ça, mon ami.

Nevin lui fit un doigt d'honneur, ce qui le fit éclater de rire.

Le *P-Town* Café était bondé ce matin, presque toutes les tables étaient occupées et les serveurs couraient dans tous les sens. Ptolemy devait être d'humeur grunge ce matin-là, avec son bonnet en laine, son jean baggy avec un tee-shirt, et sa chemise écossaise nouée à sa taille. Beaucoup de clients étaient sur téléphone, tablette ou ordinateur, pendant que les autres discutaient, lisaient un livre ou le journal. Nevin reconnut un couple assis quelques tables plus loin : le blond jouait de la guitare au café de temps en temps, et le brun avec le cache-œil était de toute évidence son petit ami. Ils s'adressaient des regards énamourés à en vomir. Il dirigea sa chaise de manière à ne plus les voir.

— Je vais à Cape Lookout demain, dit Jeremy. Tu veux venir ? Ce sera une minuscule randonnée. Même toi, tu devrais arriver à suivre.

Cette fois Nevin lui fit deux doigts d'honneur, avec les deux mains, mais le cœur n'y était pas.

— J'ai des projets. Je vais passer toute la journée de demain au lit, à regarder du porno et à me masturber.

— Merci pour le visuel.

— Le plaisir est pour moi.

C'était bon de voir Jeremy sourire. Il n'était pas non plus au meilleur de sa forme ces derniers temps. Même si Nevin n'arrivait pas à mettre le doigt dessus, il sentait la mélancolie. La solitude avait beaucoup à voir avec ça. Les coups rapides ne semblaient pas beaucoup aider ceux qui étaient du genre à se poser. Le premier petit ami de Jeremy n'était pas resté après l'université, et le second avait été un désastre total. Heureusement que ce type ne faisait plus partie du tableau depuis cinq ou six ans maintenant, mais Jeremy n'avait pas retrouvé l'amour depuis.

Pendant un rapide instant, Nevin songea à brancher Jeremy avec Colin Westwood. Ils étaient tous les deux des types qui voulaient s'engager dans une relation. Mais il repoussa immédiatement cette idée. Il réussit à se convaincre que c'était à cause de leurs quinze ans d'écart, mais ce n'était pas la vérité.

— Comment ça se passe aux espaces verts ? dit Nevin après quelques minutes. Je présume que tu cumules les êtres diaboliques qui ne nettoient pas les crottes de leurs chiens.

— C'est en effet diabolique et effectivement, oui. Mais j'ai aussi eu une ou deux autres tâches. On prévoit de faire un nouveau jardin communautaire au nord d'Albina. Le quartier aura d'abord besoin d'un gros nettoyage au printemps. Tu penses que ton frère nous ferait une offre ?

Jeremy eut un sourire engageant. Nevin n'avait jamais rencontré de personne aussi douée pour obtenir des services en flattant les gens. Pas même Manuel.

— Je lui demanderai. Il sera probablement d'accord si tu lui promets un billet pour le match des Blazers.

— Je verrai ce que je peux faire. Et j'ai parlé aux gens de chez *Patty's Place* pour un programme d'été pour l'année prochaine. Je pense que si nous pouvons faire sortir ces gamins dans les parcs, ce sera une bonne chose.

— Comme ça ils pourront nettoyer les crottes de chien à ta place ?

— Ce serait un bon début.

Nevin avait visité *Patty's Place* quelques fois et il aimait bien. C'était une sorte de foyer pour des gamins en fugue ou orphelins, mais il y avait aussi un programme pour les enfants qui n'y résidaient pas. Presque tous les gamins de chez Patty étaient LGBT+ et beaucoup d'entre eux avaient été virés de chez eux par des parents qui ne pouvaient pas accepter le genre ou l'orientation de leur enfant. Patty avait sauvé beaucoup de vies, et, Nevin l'espérait, aidait à s'assurer que ces gamins n'aient jamais à affronter le destin de Roger : finir seuls.

Comme s'il lisait dans ses pensées, Jeremy reprit :

— Comment ça se passe au boulot ?

— Comme pour toi, beaucoup de merdes.

Nevin secoua la tête.

— J'ai une fille à l'hôpital avec brûlures graves et sa mère en prison.

— Merde.

— Tu sais qu'ils ont retrouvé le corps de Roger Grey ? dit doucement Nevin.

Le visage de Jeremy se fit grave.

— Le vieux qui avait disparu ?

— Il s'est fait assassiner, en fait. Ils ont trouvé son corps à trente kilomètres de chez lui.

— Tu as des pistes ?

— Aucune. Je pense que quelqu'un le faisait chanter pour avoir de l'argent. Mais qui et pourquoi, je n'en ai aucune idée. Cela pourrait être toi, pour ce que j'en sais. Et ce n'est pas comme s'il avait beaucoup d'argent. Qui irait faire ça à un vieux type pauvre, à part un véritable connard ?

Réalisant qu'il avait haussé le ton, il ferma la bouche et se massa la tempe.

Jeremy se leva et prit la tasse à espresso de Nevin.

— Tu veux une autre pâtisserie innocente à agresser ?

Nevin regarda ce qui restait de son petit-déjeuner.

— Nan. Juste de la caféine.

La file d'attente allait du comptoir presque jusqu'à la porte, mais bien sûr Jeremy attendit sagement, engageant la conversation avec une femme d'une cinquantaine d'années devant lui. Alors que Nevin étudiait la salle, il ne put s'empêcher de remarquer ce couple si agaçant non loin. L'homme avec le cache-œil racontait une histoire, ses mains s'agitant si vivement qu'il manqua renverser sa tasse de café. Son partenaire ne semblait pas dire un mot, mais il rit et écarta la tasse à une distance de sécurité raisonnable.

C'était douloureux de les regarder. Une douleur physique qui naissait dans la poitrine de Nevin et lui donnait envie de fuir. Mais il n'en fit rien. Le blond fit une sorte de signe, que Nevin ne vit pas bien, et le brun s'esclaffa, puis tendit le bras par-dessus la table pour caresser la joue de son compagnon. Personne ne regarderait Nevin de la manière dont le blond regardait son partenaire : comme s'il était la créature la plus incroyable qui vive sur Terre.

Oui, cette dévotion était géniale. Qu'en serait-il quand Cache-œil irait s'envoyer un type rencontré au boulot, ou quand le blond se réveillerait dans la nuit et réaliserait que le type qui ronflait à côté de lui le rendait dingue ? Ils auraient le cœur brisé, voilà ce qui se passerait. La misère. Il valait mieux ne pas en arriver là. Mieux valait des relations courtes, agréables et qui ne signifiaient rien.

C'était mieux.

Nevin sortit son portable et regarda sa liste de contacts, puis fit défiler jusqu'au W. Il avait enregistré le numéro de Colin après l'avoir rencontré chez Mme Ruskin, au cas où il aurait eu besoin d'un témoin. Mais il n'en aurait pas besoin, parce que la Criminelle n'avait pas du tout avancé dans cette affaire. Le numéro de Colin était pourtant toujours là. Peut-être qu'un jour, il aurait besoin de lui pour l'affaire Grey.

Nevin regarda l'écran jusqu'à ce qu'il devienne noir.

Quand Jeremy revint à table, portant du café chaud pour eux deux, il était accompagné de Rhoda, la propriétaire du *P-Town*. Ses cheveux étaient colorés dans un rouge peu naturel et elle portait des vêtements qui donnaient l'impression qu'un arc-en-ciel lui avait explosé dessus. Aujourd'hui, elle était vêtue d'un chemisier violet étincelant avec des leggings vert chartreuse et un sweater assorti.

— Nevin, mon cœur ! Où te cachais-tu ?

— Je ne me cache jamais de toi.

Elle rit et lui frappa l'épaule. Il lui avait une fois fait des avances. Pourquoi pas ? Elle était amusante, veuve, et elle avait une belle poitrine. Elle avait éclaté d'un rire hystérique quand elle avait compris qu'il était sérieux, puis lui avait dit que les vingt ans qui les séparaient étaient une bonne raison pour refuser.

— Ça ne me dérange pas, avait-il dit avec honnêteté. Et puis, ce n'est pas à la mode d'être une cougar ?

— Mon cœur, je ne suis pas une cougar, et j'aime mes hommes un peu plus âgés. Mais merci d'avoir pensé à moi.

En y repensant, c'était probablement mieux qu'elle ait refusé. Le *P-Town* était le café préféré de Jeremy, et cela aurait été gênant pour Nevin de se joindre à lui après avoir sauté Rhoda. Parfois, elle lui pinçait la joue et lui faisait un clin d'œil, laissant Nevin savoir qu'elle n'avait pas oublié. Là, elle tira une chaise et s'assit entre lui et Jeremy, bloquant la vue du couple nauséabond.

— Il n'était pas bon ? demanda-t-elle en désignant la pâtisserie en miettes.

— Si. Mais je n'avais pas faim.

— Ce ne serait pas génial si on pouvait transférer la faim d'une personne à l'autre ? Ou peut-être juste les calories ?

— Je suis certain que les meilleurs scientifiques y travaillent, dit-il.

— Bien. Alors, les garçons, vous avez bien couru ?

— Nevin était lent, dit Jeremy, comme un frère qui cafardait.

— Je te l'ai dit. J'attendais ton énorme carcasse.

Rhoda ignora leurs chamailleries, comme toujours.

— La dernière fois que j'ai eu un contrôle médical, j'ai dit au docteur que je contrôlais le nombre de pas que je faisais avec mon Fitbit, et je lui ai demandé si je ne devrais pas courir à la place. Elle m'a demandé si je le voulais, et j'ai dit que non, certainement pas. Elle a répondu qu'alors, non. Je n'ai jamais compris l'intérêt, vraiment.

— C'est pratique parfois dans notre domaine professionnel, fit remarquer Jeremy.

— Je suppose.

La conversation dériva sur le fils de Rhoda, Parker, qui vivait à Seattle mais qui parlait de revenir à Portland.

— Et son travail ? demanda Jeremy.

Elle soupira.

— Il change plus souvent de boulot que je change de soutif. C'est un garçon intelligent, mais il ne sait pas ce qu'il fait. Il n'a aucune idée de ce qu'il veut faire. Pour le moment, il travaille dans un café, ce qui est bête parce qu'après toutes les heures passées ici, il a juré de ne jamais y remettre les pieds.

Elle grimaça.

— Et il bosse dans un Starbucks.

Nevin hoqueta de surprise et porta la main à sa poitrine.

—Non ! Pas ça !

Elle le frappa à nouveau et le regarda.

— S'il revient ici, tu pourras lui montrer un club ou deux ?

— Tu veux que je sorte avec ton fils ?

— Bon Dieu, non ! Mais fais-le sortir un peu de chez lui, montre-lui où s'amuser. Je demanderais bien à Jeremy, mais il ne s'amuse jamais.

— Hé ! protesta l'intéressé, sans grande énergie parce qu'il savait que c'était totalement vrai.

Il passait bien plus de temps à se promener dans les montagnes ou trouver de nouveaux manteaux pour l'hiver pour les sans-abris qu'à faire le tour des bars.

— J'en serais heureux, dit Nevin. Tu pourras te joindre à nous, si tu veux.

Elle rit.

— Bien sûr. Parce que tous les jeunes hommes veulent que leur mère les accompagne quand ils essaient de draguer. Il finirait en thérapie pour des années !

En fait, Nevin pouvait l'imaginer dans un club, à arranger avec soin le coup pour Parker avec l'homme le plus séduisant de la pièce. S'il était hésitant, elle pouvait l'avoir en promettant du café et des pâtisseries gratuits. Et cela fit penser à Nevin qu'il pourrait peut-être demander à Rhoda de lui arranger le coup avec quelqu'un, mais il se souvint alors qu'il ne voulait pas être en couple.

— Débile, marmonna-t-il.

— Pardon ? dit Rhoda, les sourcils dressés.

— Rien. Je me rappelle juste à quel point je suis idiot.

Quelques minutes plus tard, Rhoda les laissa pour aller aider ses serveurs. Cela dégagea la vue de Nevin sur le couple quelques tables plus loin. Au début, il fut soulagé de les voir occupés : le blond lisait un livre et le brun regardait quelque chose sur son téléphone. Mais Nevin réalisa alors qu'ils souriaient tous deux légèrement en se faisant du pied sous la table, ce qui était beaucoup trop.

— Je file, dit-il en se levant rapidement.

— Tu veux tes affaires de sport ?

Nevin les avait laissées chez Jeremy avant qu'ils aillent au *P-Town*.

— Une autre fois. Je dois… partir.

Un peu troublé, Jeremy hocha la tête.

— OK. Si tu changes d'avis pour la randonnée de demain, tu me le dis.

Nevin ne changerait pas d'avis, ils le savaient tous les deux. Il lui fit un signe de la main, lança un dernier regard noir aux amoureux, et fila vers la porte.

IL N'ALLAIT en général pas au bureau les week-ends, sauf si quelque chose de nouveau était arrivé. Mais peu après être rentré chez lui, il remonta dans Julie et partit en centre-ville. Il passa en revue les piles de documents et fixa son écran d'ordinateur jusqu'à ce que ses yeux lui fassent mal, mais rien ne lui vint. Il ne savait même pas pourquoi il essayait, vu que l'affaire Grey était maintenant à la Criminelle. Mais il ne parvenait pas à se débarrasser de l'impression qu'il passait à côté de *quelque chose*, une petite preuve qui aurait permis que tout le puzzle se remette en place et lui permettrait de coincer quelqu'un pour le meurtre.

Il ne réalisa que vers vingt heures qu'il n'avait pas déjeuné. En fait, à part quelques morceaux de pâtisserie et un verre de jus de fruits, il n'avait rien avalé de la journée, sauf du café. Il devait se trouver de quoi dîner, mais rien ne lui faisait envie. Peut-être qu'il allait rentrer chez lui et fouiller son freezer.

Mais quand il sortit du garage, il se surprit à se diriger vers le nord-ouest au lieu du nord-est.

— Il n'y a pas de place où se garer dans ce putain de quartier, dit-il, même s'il ne voulait *pas* se garer ici.

Il ne devrait pas se garer ici. Il devrait rentrer chez lui.

Il laissa Julie sur une zone de livraison, entra dans le hall de l'immeuble, et sonna à l'interphone au nom de Westwood. Personne ne répondit et Nevin se maudit. Colin était probablement avec des amis. Peut-être même avec un nouveau petit ami. Ou peut-être…

— Oui ?

— C'est l'inspec… Nevin.

La porte qui menait à l'ascenseur se déverrouilla en un clic.

Quand Nevin arriva en haut, Colin était pieds nus dans son entrée, Legolas dans ses bras. Il portait un jean usé, un tee-shirt avec un dessin de plante, et un gilet à capuche.

Ils se regardèrent un moment avec hésitation.

— Tu ne viens pas m'arrêter, hein ? demanda finalement Colin en souriant.

— J'ai laissé les menottes chez moi.

Colin s'écarta.

— Entre.

Une fois la porte fermée, il reprit :

— Tu veux boire quelque chose ?

— Un thé glacé ?

Nevin avait assez bu de café pour la journée.

— Tout de suite.

Colin lui passa le chat, ce qui surprit Nevin, mais pas Leg. L'animal sembla heureux du changement de bras et s'enfonça dans ceux de Nevin en ronronnant. Quand Colin revint avec une bouteille de thé, Nevin posa Legolas par terre. Le chat tourna plusieurs fois autour de ses jambes avant de s'écarter.

Après avoir ouvert sa bouteille et pris une gorgée, Nevin regarda autour de lui.

— Je ne, euh, te dérange pas ?

— Ça en a l'air ? Je ne faisais rien.

Colin fit un signe vers la télé, figée sur l'image en noir et blanc d'un homme qui portait un Fedora.

— C'est qui ?

Colin le regarda, incrédule.

— Bogart. Bon sang, ne me dis pas que tu ne connais pas Humphrey Bogart.

— J'en ai entendu parler. Je n'ai jamais…

— Ce n'est pas un dessin animé et ça ne chante pas. Mince, Bogart y joue même un inspecteur. Enfin, un détective privé, mais quand même.

Nevin haussa les épaules.

— Tu as été élevé par des loups ?

— C'était une erreur. Désolé.

Nevin posa la bouteille sur la table et se dirigea vers la porte, mais Colin se précipita pour l'empêcher de sortir.

— Hé, hé. Attends. Tu ne m'as même pas encore dit ce que tu faisais ici. Pourquoi tu es venu ?

Nevin aurait facilement pu le repousser. Au lieu de cela, il haussa les épaules une seconde fois.

— J'étais dans le quartier. J'ai pensé que tu voudrais dîner. C'était stupide, d'accord ? Je vais juste…

Colin lui attrapa le bras.

— Donne-moi cinq minutes.

Il fit un large sourire, les yeux pétillants. Alors Nevin but son thé glacé et regarda Humphrey Bogart pendant que Colin faisait des bruits précipités derrière le mur de la chambre. Il lui fallut plutôt dix minutes, mais quand il revint, avec ses cheveux maîtrisés dans des vagues soignées, il portait un jean skinny lie-de-vin et un tee-shirt noir. Il éteignit la télévision et enfila des tennis noires.

— Je suis bien habillé ? demanda-t-il en écartant les bras.

— Je suppose. Je n'avais pas d'endroit précis en tête.

Nevin portait sa tenue habituelle du samedi, un pantalon de toile, un tee-shirt à manches longues et une veste légère.

Colin prit une veste en cuir marron sur la patère près de la porte et l'enfila.

— Je peux choisir, du coup ?

— Je suppose.

Quand ils furent dehors, Colin fit claquer sa langue en voyant Julie et continua à marcher.

— Zone de livraison, dit-il.

— Et combien de livraisons il y aura un samedi soir ?

— Je n'attends rien, mais parfois il y a des surprises.

Ils allèrent dans une microbrasserie, ce qui n'aurait pas dû être une surprise parce que la moitié des immeubles du quartier semblaient en abriter une. C'était bondé, mais l'hôtesse les installa immédiatement à une table dans un coin. C'était si bruyant, avec les voix qui résonnaient contre les murs, qu'ils regardèrent le menu sans s'adresser la parole. Le groupe d'à côté flattait avec enthousiasme une nouvelle bière sans gluten, et Nevin dut faire des efforts herculéens pour ne pas leur dire que c'était qu'une bande de pauvres cons.

Quand le serveur apparut, Colin commanda une bière et des macaronis au fromage de luxe, ce qui rappela Jeanie Gillett à Nevin. Lui opta pour un sandwich au saumon et encore du thé glacé.

— Pas de bière ? demanda Colin après le départ du serveur.

— Je dois conduire pour rentrer.

Colin semblait-il déçu ? C'était difficile à dire. Après plusieurs minutes de silence, l'homme se pencha sur son siège.

— C'est quoi comme nom, Nevin ?

La question était sortie de nulle part.

— Hein ?

— Je n'ai jamais rencontré de Nevin auparavant. C'est ton véritable nom ou un diminutif ?

Nevin tenta de trouver de quel nom cela pourrait être le diminutif et ne trouva rien.

114

— C'est mon vrai nom. Nevin Ng. Pas de second prénom.

— Mon second prénom est Oscar, du coup mes initiales sont COW, comme la vache. Mes parents n'y ont pas beaucoup réfléchi. Et ils m'ont appelé Colin parce que c'était le nom du grand-oncle de mon père. Un truc de famille, je suppose. Ça veut même dire chiot, donc quand tu m'as appelé Collie, tu n'étais pas loin.

Il grimaça légèrement et sembla embarrassé, comme s'il en avait dit plus qu'il n'en avait eu l'intention.

— Je ne sais pas ce que Nevin veut dire. C'est juste un nom.

Il avait cherché une fois et avait découvert que c'était irlandais, mais il doutait que sa mère le sache. Il avait toujours soupçonné qu'elle avait eu l'intention de l'appeler Kevin ou Devin, mais était trop soûle ou idiote pour l'écrire correctement. Mais Colin baissa alors les yeux et Nevin se sentit coupable de son ton sec, il baissa alors la voix.

— Tu es toujours à *Meilleur Espoir* ?

— Oui. J'ai des habitués. Les mardis, je vois une dame du nom d'Harriet. Enfin, elle préfère Harry. C'était une éducatrice en artillerie dans les Marines durant la Seconde Guerre mondiale. Elle est en maison de retraite maintenant, alors je vais juste lui rendre visite. Elle a de super histoires à raconter. Et les jeudis, j'ai Bob et Ivan, ils sont ensemble depuis 1963 et ont le même nom de famille. Mais Ivan dit qu'ils ne sont pas mariés légalement parce qu'il ne veut pas se sentir piégé.

Colin pouffa.

— Ils ont une maison dans le nord-ouest qui coûterait une fortune si elle n'était pas sur le point de s'écrouler. Elle est trop grande pour eux et ils ne peuvent pas monter l'escalier. J'ai dit une fois qu'ils devraient peut-être prendre un appartement, mais ils ont refusé. Bob dit qu'il veut mourir dans cette maison.

Nevin ne pouvait pas s'imaginer s'attacher comme ça. Ce n'était que quatre murs et un toit, pas vrai ? Il n'avait jamais été propriétaire, juste locataire. C'était plus facile pour faire ses valises et quitter le quartier quand il le voulait.

Quand Nevin ne dit rien, Colin dut se sentir obligé d'entretenir la conversation.

— J'ai entendu pour Roger, dit-il avec sérieux.

— Manny te l'a dit ?

— Oui. Je suis désolé, Nevin.

— Comment ça, tu es désolé ? Je ne le connaissais même pas.

— Je sais.

Colin prit la fourchette et regarda les dents, puis la reposa.

— Mais tu espérais une fin meilleure. Je le sais bien.

— Il n'y a pas de fin heureuse dans mon travail.

Colin pencha la tête.

— Vraiment ? Il n'y a pas les gens que tu soutiens ? Ceux qui peuvent se tourner vers toi quand ils n'ont personne d'autre ?

Nevin haussa les épaules tout en se tortillant. Il avait raison, ces personnes existaient. Il y en avait même beaucoup. Mais parfois, il était facile de les oublier quand Roger Grey et Jeanie Gillett envahissaient son esprit.

Leur nourriture et boisson arrivèrent rapidement. Tandis qu'ils mangeaient, Colin parlait des projets de développement de son père, et de comment beaucoup de personnes étaient contre parce qu'ils perdraient une maison qui avait toute une histoire. Non pas qu'il n'y en ait pas des centaines d'autres en ville, mais les gens y tenaient. Puis Colin parla de sa sœur, qui venait de se séparer de son mari, ce qui avait causé un grand bouleversement dans la famille. Nevin ne savait même pas qu'il avait une sœur.

— Et toi ? demanda Colin. Tu as des frères et sœurs ?

Pour ce que Nevin en savait, sa mère n'avait donné naissance à personne d'autre. Mais peut-être que si. Et qui savait qui était son père et s'il avait d'autres enfants. Et comment expliquer pour Ford sans entrer dans les détails ?

— J'ai un frère. Mais nous ne sommes pas liés par le sang.

Colin cligna des yeux, puis sembla accepter.

— J'ai toujours voulu un frère. Je harcelais sans arrêt mes parents quand j'étais petit. J'en ai même demandé un pour Noël quand j'avais six ans.

La nourriture de Nevin avait disparu et son ventre était agréablement rempli. Il s'essuya les lèvres sur une serviette et s'adossa à sa chaise.

— Le Lapin de Pâques ne t'en a pas non plus amené un ?

— Je crois que mes parents avaient peur d'essayer encore après moi. J'ai, euh, eu des ennuis de santé.

Se souvenant de la cicatrice sur le torse de Colin, Nevin hocha la tête.

Ils commandèrent un dessert, un gâteau au chocolat à partager. Quand leurs fourchettes se heurtèrent sur l'assiette, Colin lui lança un regard perçant.

— Est-ce que c'est un rendez-vous, Nevin ?

Merde.

— Je suppose.

— Bien, répondit Colin en souriant. Mais pourquoi ?

Nevin reposa sa fourchette et souhaita avoir commandé de l'alcool.

— Une attaque de folie ? Je ne sais pas. Je me disais… peut-être que nous n'avons baisé qu'une seule fois. Parce que les deux fois sont arrivées en moins de vingt-quatre heures.

— Ah. Je ne savais pas qu'il y avait un temps imparti.

— Et puis, je t'ai sucé, mais tu ne m'as même pas touché la deuxième fois. Donc ça ne fait qu'une fois et demie, max.

Après une pause, le temps d'avaler un gros bout de gâteau, puis de lécher le chocolat aux coins de ses lèvres, Colin hocha doucement la tête.

— Alors je te dois une demi-baise. Avec les intérêts, ça fait une nuit complète, c'est ça ?

— C'est toi qui as un MBA, à toi de me le dire.

Colin sortit la langue pour nettoyer sa fourchette avec soin, exprès pour taquiner Nevin. Tout comme il l'avait sans nul doute prévu, Nevin se souvint de ce que cette langue pouvait lui faire. Il s'agita sur sa chaise et regretta d'avoir mis un pantalon aussi serré.

Alors que Colin le regardait, quelque chose attira l'attention des clients près de l'entrée du restaurant. Les gens se précipitaient pour regarder par les fenêtres, et avec un soupir, Nevin se leva.

— Je reviens.

Usant de sa taille avec une grande expérience, il se faufila à travers la foule jusqu'aux baies vitrées et regarda dehors.

— Oh, putain.

Un type était à genoux sur le trottoir, le jean baissé, la main qui s'activait sur son sexe. Nevin ne comprenait pas ce qu'il criait, mais pensa que ça avait un lien avec des ninjas et des bus. Trois types avec un chignon et une barbe se tenaient à côté, à se moquer de l'homme pendant qu'il s'astiquait le manche.

Alors que Nevin allait vers la porte, il sortit son téléphone et appela le 911.

— Inspecteur Nevin Ng. Envoyez une voiture.

Il donna l'adresse à l'opérateur.

— Exhibitionnisme. Je ne sais pas si ce type est bourré, drogué ou s'il n'a pas pris ses calmants, mais en tout cas il se donne en spectacle sur Pearl District.

Quand il raccrocha, ignorant l'exhibitionniste, il se dirigea vers les hipsters sur le trottoir.

— Vous. Dégagez.

— Qui vous a déclaré chef ? demanda un roux avec un ventre à bière.

Nevin sortit sa carte et la leur montra.

— Police de Portland, connard. Maintenant dégagez.

Le roux sembla vouloir rétorquer, mais Nevin lui adressa un de ses regards noirs autoritaires et les amis du type le prirent par le bras pour l'écarter de là. Plusieurs voyeurs restaient, sans compter toute la foule à l'intérieur de la microbrasserie, mais ils n'étaient pas le souci de Nevin. Il se tourna vers l'homme à genoux.

— Tu veux bien rentrer ça ? lui demanda-t-il avec calme.

— Ils utilisent les satellites pour contrôler notre esprit ! Les conducteurs entendent tout à travers leurs radios !

— OK. Nous pourrons parler de ce que nous devons faire pour ça. Mais tu dois d'abord remettre ton pantalon.

L'homme baissa les yeux et sembla surpris de voir son sexe dans sa main.

— Ils ne nous entendent pas quand on se nettoie le tuyau. Il faut nettoyer les tuyaux.

Il avait arrêté de crier et semblait presque raisonnable, comme s'il parlait vraiment de plomberie.

— Bien sûr. Ça me paraît sensé. J'aime garder mes tuyaux propres également. Mais je pense que ce sera plus efficace avec un toit au-dessus de la tête. Les satellites peuvent te voir d'ici.

L'homme leva les yeux vers le ciel. Il avait la vingtaine et semblait être en bonne forme. Un peu en surpoids et sans trace d'usage de méthamphétamines ou autre dopant. Des vêtements plutôt décents, de ce que Nevin voyait. Ils semblaient propres. Problème mental plutôt que problème de drogue, conclut-il. Pauvre gamin.

Alors qu'une sirène se rapprochait, Nevin s'approcha lentement de lui, main tendue.

— Habille-toi, mon pote. Mes amis seront bientôt là, et ils te conduiront dans un endroit agréable, avec un toit.

Même s'il sembla incertain, le type se releva et remonta son jean.

— Le FBI le sait depuis des années, dit-il. Et la CIA.

— J'en suis certain. Je n'ai jamais fait confiance aux fédéraux.

Quand une voiture de police se gara sur le trottoir un instant plus tard, Nevin tendit son insigne et fit signe aux gorilles de rester calmes.

— Mon ami a peur des satellites qui lisent dans les pensées, les informa-t-il pendant qu'ils sortaient de la voiture. Et les fédéraux sont dans le coup. Vous pouvez le conduire quelque part où il pourra faire une déposition ?

L'homme semblait enthousiasmé par l'idée.

— Je ferai une déposition ! Mais il faudra cacher mon nom. Je suis au programme de protection des témoins depuis que j'ai fait inculper Kitzhaber, le gouverneur, pour fracturation hydraulique. C'est pour ça qu'il a démissionné.

— On s'assurera que Kitzhaber n'en sache rien, dit doucement l'une des gorilles.

Nevin avait déjà parlé avec elle auparavant. Il ne se souvenait pas de son nom, mais il n'avait pas eu l'impression qu'elle était stupide, ce qui était une bonne chose.

Accroché à son jean en marmonnant au sujet d'espions, le type monta dans la voiture de patrouille. L'agent réussit à coups de cajoleries de le convaincre de mettre les menottes, suggérant que ça le protégerait peut-être des satellites espions.

Nevin attira l'agent à l'écart.

— Allez-y doucement avec lui. Il est malade, ce n'est pas un criminel.

— Oui, bien sûr.

Elle regarda autour d'eux.

— Tout le reste est sous contrôle ?

— Bien sûr. Je suis là.

La voiture de police partit, lumières et sirènes éteintes. Nevin retourna dans le restaurant et trouva Colin appuyé contre le mur près de la porte, qui tenait sa veste.

— C'était impressionnant, dit-il en lui tendant le vêtement.

— Tu croyais que j'allais tirer sur ce pauvre type ?

Colin leva les yeux au ciel.

— Non, pas vraiment. Mais ça aurait pu devenir moche, et tu as calmé tout le monde.

— Ce n'est pas la faute de ce gamin. Il a trop de mauvaises hormones dans le cerveau ou un truc comme ça. Des mauvais gènes, sans doute.

119

— On n'y peut rien quand on perd à la loterie génétique.

Un silence gênant tomba, mais Colin le rompit en s'éclaircissant la gorge.

— J'ai déjà payé. Tu veux y aller ?

— C'est moi qui t'ai invité. J'étais censé payer.

Il fit glisser un pied sur le bitume.

— Écoute, je vais…

— J'ai un plan.

— Quoi ?

— Le sexe que je te dois ? Nous n'en sommes pas encore à une relation sexuelle complète, mais nous nous en approcherons vers la fin de la soirée. Il faut faire monter l'intérêt, tu sais.

Colin était tellement adorable que Nevin ne put que sourire.

— Oui ? Alors tu sais comment nous occuper jusqu'à ce que tu me rembourses ce que tu me dois ?

Après un moment à se mordiller la lèvre inférieure, Colin opina.

— Mais tu vas devoir conduire.

— Tu veux juste l'occasion de monter dans Julie.

Colin sourit et ils traversèrent les quelques pâtés de maisons jusqu'à son immeuble.

Nevin aimait être dans sa voiture avec Colin. C'était intime, comme partager un lit.

— Où allons-nous ? demanda-t-il en s'engageant dans la circulation.

— Humm. Tu préfères Burnside Bridge ou Hawthorne ?

— Burnside.

— Alors allons-y, mon brave homme.

Arrêté à un feu rouge, Nevin lui lança un regard en coin.

— Tu as l'habitude d'avoir un chauffeur ?

Colin pouffa.

— Non, pas vraiment. Nous ne sommes pas *si* riches.

— Mais des voitures de luxe, oui.

— Je parie que Julie vaut plus que ma BM.

Nevin fronça les sourcils, parce que Colin marquait un point.

— Tu étais dans des écoles privées, contre-attaqua-t-il.

— Hum, oui. Mais j'ai obtenu mon MBA à Portland State.

Ce qui était aussi où Nevin avait eu son diplôme, alors il ne poussa pas plus loin.

— Un manoir à West Hills.

— Je ne pense pas que ce soit un manoir…

Le feu passa au vert et Nevin appuya plus fort que nécessaire sur l'accélérateur.

— Combien de mètres carrés ?

Colin hésita avant de répondre à voix basse :

— Deux cents.

Satisfait de sa victoire, Nevin pouffa.

— Je parie que je pourrais perdre mon appartement dans un de tes placards.

— Peut-être, sauf que je n'y vis pas, tu te rappelles ? Plus depuis la fin de mes études. Je veux dire… oui, mes parents ont de l'argent. Mais mes revenus sont ceux de la classe moyenne.

— Et ce loft ?

— Il appartient à la compagnie de mon père. C'est un investissement.

— Ça doit être sympa.

— Écoute, dit Colin, si tu veux faire ton connard à ce sujet, arrête la voiture et je rentre. Mais c'est stupide. Si je me fiche de combien ma famille est riche, je ne vois pas pourquoi tu t'en préoccupes.

Nevin s'engagea près d'un arrêt de bus et s'arrêta. Mais quand Colin fit mine d'attraper la poignée de la portière, il lui attrapa le bras.

— Tu t'en fiches parce que ce n'est pas un problème. Tu n'as jamais eu faim parce qu'il n'y avait plus à manger dans la maison, tu n'es jamais resté debout toute la nuit à t'inquiéter de savoir comment tu allais payer tes factures. Tu n'as jamais regardé les cafards ramper sur tes murs en t'estimant heureux d'avoir un endroit où dormir.

Merde. Il n'avait pas eu l'intention de faire un discours. Il se reprit en parlant encore plus.

— Tu n'es jamais allé à l'école gêné parce que tes chaussures tombaient en ruine, en portant des vêtements de récup qu'un autre avait tachés avant toi. Quand tu étais à l'université, tu n'avais pas à choisir entre acheter tes livres ou payer la facture de chauffage. Tu n'avais pas à marcher trois kilomètres parce que les horaires de bus étaient minables. Tu n'as pas lutté pour rester éveillé en cours parce que tu travaillais toute la nuit pour un boulot de merde. Je parie que tu passais tes vacances en croisières et séjours au ski et autres balades à travers l'Europe.

La main toujours sur la poignée de la porte, Colin le regardait, yeux écarquillés.

— Je n'ai jamais beaucoup voyagé, dit-il finalement à voix basse.

Nevin souffla, le relâcha et se laissa aller contre son siège.

— Je ne sais pas à quoi je pense. Nous n'avons rien en commun.

— Tu veux que je parte ?

— Oui. Non. Je... merde.

Fantastique. Il allait s'effondrer ici et maintenant, et pour quoi ? Il avait travaillé trop dur. Il devait faire plus de sport. Peut-être rejoindre Jeremy à une plantation d'arbres ou une autre connerie que les gardes forestiers faisaient.

Au lieu de partir, Colin se pencha vers lui et posa une main sur son épaule.

— Trent, mon ex, et moi ? Nous nous ressemblions beaucoup. De belles maisons, de bonnes écoles, tout ça. Il faisait vraiment des séjours au ski. Sa famille avait un chalet à Bend. Mais je trouve que tu es bien plus intéressant que lui.

Nevin lui lança un coup d'œil.

— Même quand je pique une crise ?

— Trent était l'une de ces personnes qui deviennent silencieuses quand elles sont mécontentes, à te forcer à jouer aux Vingt Questions pour tenter de savoir ce qui ne va pas. Quand il m'a dit qu'il voulait rompre, cela m'a totalement pris par surprise, parce que je n'avais aucune idée de *pourquoi* il me jetait.

— Parce que c'était un gros con.

Colin gloussa.

— En fait, il était plutôt... petit.

Il montra son pouce et son index avec un centimètre d'écart entre les deux.

— Bref, écoute. Ça ? C'est juste un rendez-vous. C'est tout. Je crois que nous pouvons y survivre malgré nos différences socio-économiques.

Une fois qu'ils furent à nouveau en route et traversant le pont, Colin dirigea Nevin vers MLK Boulevard, puis à l'est sur Division. Quand ils furent sur la 26ème, Colin sourit.

— Tu crois que tu peux trouver une place de parking légale dans ce quartier ?

— La légalité, c'est pour les tapettes.

Mais Nevin en trouva une, et quand ils sortirent de la voiture, Colin lui prit la main et la fit tourner.

— Il n'est que vingt-trois heures. Allons boire un verre d'abord.

— D'abord ?

122

Colin rit et le conduisit au bar, où il commanda un cocktail ridicule avec du gin et du jus de betterave, pendant que Nevin prenait sa foutue bière. Il désigna la boisson de Colin.

— Je crois que les barmans inventent ces merdes juste pour voir s'ils peuvent trouver des pigeons pour en boire.

— C'est vraiment bon, répondit Colin avec douceur.

— C'est une compétition. Chaque semaine, le mec qui a pigeonné le client avec la boisson la plus ridicule gagne un prix.

— Il y a quelques mois, j'en ai pris un avec raifort, jalapeño et blanc d'œuf battu.

Nevin fit une grimace.

— Je parie que ce barman a gagné cette semaine-là.

À vingt-trois heures trente, Colin décida qu'il était temps de partir. Nevin paya l'addition et ils marchèrent main dans la main sur quelques pâtés de maisons. Mais Nevin s'arrêta quand il réalisa dans quelle direction ils allaient.

— Tu te fous de moi, dit-il.

— Nope. Tu y es déjà allé ?

— Pourquoi je voudrais aller…

— Je voulais y aller quand j'étais au lycée, mais ma mère ne me laissait pas sortir tard. Alors j'y suis allé quand j'étais à l'université à la place. Parfois, je me déguise en Transylvanien. *Tu* ferais un fantastique Frank-N-Furter. Dommage que nous n'ayons pas le temps pour des costumes.

Colin semblait si enthousiaste que Nevin n'eut pas le cœur de le lui refuser, surtout après sa petite performance dans la voiture. Avec une grande appréhension, et peut-être un petit peu d'excitation partagée avec lui, Nevin se laissa traîner dans le *Rocky Horror Picture Show*.

XI

Durant tout le trajet pour rentrer, Colin chanta à tue-tête des chansons du *Rocky Horror* pendant que Nevin conduisait. Même s'il semblait horrifié et fit ses remarques ironiques habituelles, un sourire ne cessait de se dessiner sur le visage de Nevin. Il avait aussi souri durant le film, et avait même jeté quelques cartes qu'il partageait avec la fille assise à côté de lui. Et il s'était appuyé contre l'épaule de Colin, ce qui avait été incroyablement agréable.

Il se gara même sur un emplacement autorisé quand ils furent de retour à l'immeuble de Colin.

Legolas se jeta sur eux deux dès qu'ils furent à l'intérieur, expliquant avec quelques gros miaulements qu'il méritait un bon extra pour le dîner, même si le vétérinaire avait dit qu'il devenait trop grassouillet. Colin le lui refusa cependant, alors Leg se consola avec des grattouilles sous le menton de la part de Nevin.

Colin accrocha leurs vestes près de la porte.

— Tu veux quelque chose ? demanda-t-il en faisant un signe vers la cuisine.

— Seulement toi, dit Nevin en le reluquant.

Mince, il était si beau, si… plein de vie.

— Je t'en dois une. Avec les intérêts.

Pour la première fois cette nuit, ils s'embrassèrent. C'était étrange, parce que même s'ils n'avaient passé qu'une nuit ensemble, ce baiser semblait familier. Pas d'une manière routinière, mais comme un jean préféré qui allait à la perfection et faisait des fesses fantastiques. Nevin fondit contre lui et s'agrippa fermement à ses cheveux.

— Le lit, dit Nevin quand ils s'écartèrent pour respirer.

Il souffla doucement contre l'oreille de Colin et ils frissonnèrent tous les deux.

Dans la chambre, ils s'embrassèrent après s'être mutuellement déshabillés. Colin découvrit qu'il avait encore plus envie de le goûter que la première fois.

— Tu es un brownie avec crème glacée et sauce caramel, dit-il, ce qui fit rire Nevin contre son cou.

Pendant que Nevin allait aux toilettes avant de se laver, Colin sortit les préservatifs – des deux tailles – et le lubrifiant. Il était déjà en érection, juste avec des baisers et la vision du corps nu de Nevin.

Ce dernier monta dans le lit et lui sourit.

— Je reviens tout de suite ! promit Colin.

Il alla aux toilettes, puis se lava et se brossa les dents. Il hésita à se préparer un peu plus, mais décida que non. Il retourna au lit.

— Hé, Nev…

Celui-ci était couché sous les couvertures, Legolas couché contre son torse. Ils étaient tous les deux profondément endormis, et Nevin semblait presque étrangement jeune et innocent.

Sur la pointe des pieds, Colin éteignit la lumière et monta dans le lit avec prudence. Il s'endormit avec les cheveux de Nevin qui lui chatouillaient le visage.

LE LENDEMAIN matin, Nevin l'observait d'un air outré, à quelques centimètres de lui.

— Ce n'était pas ce que j'avais prévu.

Legolas était maintenant derrière sa tête sur l'oreiller, une patte étirée avec délicatesse dans l'air pendant qu'il se léchait les parties.

— C'est mal ?

Nevin secoua légèrement la tête.

— Non. C'était… nous n'avons pas baisé.

— Les gens font ça parfois. Ils sortent et dorment même ensemble sans sexe.

— Pas moi.

Colin leva la main pour lui caresser la pommette.

— Eh bien, maintenant, tu l'as fait. Au moins une fois.

Le regard de Nevin était si acéré qu'on aurait dit qu'il lisait dans ses pensées. C'était peut-être comme ça qu'il obtenait des aveux des méchants : il regardait droit dans leur âme. Étrangement, ce regard scrutateur ne mettait pas Colin mal à l'aise. En général, les gens l'examinaient uniquement pour juger de son état de santé, mais là, c'était bien mieux. Oui, ça lui donnait l'impression d'être mis à nu, mais d'un autre côté, il *était* nu, alors tout allait bien. Et Nevin était nu aussi, avec sa vulnérabilité visible dans ses yeux bruns.

Colin ne savait pas ce qui arriverait ensuite. Mais Leg miaula, Colin le regarda, et il vit alors l'heure derrière lui.

— Oh, merde ! s'exclama-t-il en s'asseyant d'un coup.

— Quoi ?

— Le brunch du dimanche avec ma famille. Je dois y être dans moins d'une heure.

Nevin s'étira, laissant peut-être délibérément les couvertures glisser pour l'exposer un peu plus.

— Laisse-les pour aujourd'hui.

— Je ne peux pas. Pas ce mois-ci. Ma sœur est en plein divorce, alors les choses sont… tendues.

Il eut alors une idée.

— Viens avec moi.

L'expression d'horreur qui traversa le visage de Nevin aurait parfaitement eu sa place dans un film de slasher. Il se précipita si vite hors du lit que Leg cria et partit en courant, puis il manqua trébucher sur ses propres pieds.

— Certainement pas.

— C'est seulement un brunch, pas une séance de torture. Ce mois-ci, nous allons dans ce restaurant que mon père aime. C'est chiant parce que c'est vers l'aéroport, mais il aime la vue. Et la nourriture y est très bonne.

Mais Nevin était déjà à courir partout, à récupérer frénétiquement ses vêtements. C'était la première fois que Colin le voyait aussi ébranlé et maladroit.

Il se leva, perplexe, les mains sur les hanches.

— Tu fais une aversion au mimosa ?

Nevin manqua tomber alors qu'il mettait son caleçon, et il fit une étrange petite danse pour mettre son pantalon. Il trouva une chaussette près du lit et chercha la seconde frénétiquement autour de lui. Colin décida de ne pas lui dire qu'elle était à l'extérieur de la chambre, probablement près du canapé, et Nevin sembla renoncer. Il jeta sa chaussette solitaire et enfila sa chemise, la boutonnant tout en se précipitant vers la porte.

Mais Colin y arriva le premier et vola les chaussures de Nevin pour les lever bien au-dessus de sa tête.

— Rends-moi mes putains de chaussures, grogna Nevin.

— Seulement si tu me dis ce qui se passe.

Nevin serra la mâchoire.

— Un brunch, grogna-t-il tout en attachant son holster à son épaule.

— Oui ?

— Avec tes parents.

Ah. Ahh !

— Ce ne sont pas d'horribles personnes. Ils sont même très gentils. Je veux dire, oui, ma mère est autoritaire et surprotectrice et mon père n'est pas très créatif, mais ils sont amusants et ont une bonne conversation. Ils t'apprécieraient beaucoup.

— Je ne rencontre pas les parents.

Colin aurait ri si Nevin n'avait pas eu l'air aussi sincèrement bouleversé.

— Ce n'est pas un brunch de fiançailles, Nevin. Cela n'implique aucun avenir. Ce sont seulement... des œufs. Peut-être des côtelettes de qualité.

— Je ne peux pas.

Radouci, Colin lui donna ses chaussures. Il prit même sa veste sur la patère pour la lui rendre. Il voulait demander s'ils pourraient se revoir, et il tenta de trouver une manière désinvolte et amusante de dire les mots, pour ne pas le faire fuir. Mais Nevin le surprit en prenant son visage entre ses mains.

— Je suis désolé, Collie. Je ne suis pas comme ça.

— Ça ne fait rien.

Quelque chose sembla s'adoucir et se détendre sur le visage de Nevin.

— Tu le penses, pas vrai ? Tu n'es pas fâché contre moi.

— Je comprends. Ce n'est rien. Je suis simplement désolé de devoir partir.

Hochant la tête lentement, Nevin fit un petit « hum » songeur.

— Je verrai si j'ai le cran de te rappeler bientôt pour un autre rendez-vous.

— Ce serait super, dit Colin, rayonnant. Ou passe, simplement. Ça ne me dérange pas.

Nevin l'embrassa avec force, puis partit sans autre mot. Colin regarda la porte close pendant quelques secondes avant de se traîner à la salle de bain pour se préparer.

COLIN N'AURAIT pas dû être heureux que sa sœur se sépare. Mais tout le brunch était centré sur Miranda, ce qu'elle allait faire maintenant, et comment elle pourrait aider sa fille, Hannah, à traverser cette crise. Hannah n'était pas là, elle était en voyage avec la chorale de l'école, ce qui était tout aussi bien. Miranda était dans un sale état. Colin se concentra sur sa nourriture, offrant de temps en temps une phrase compatissante dans la conversation.

Mais, finalement, sa mère reporta son attention sur lui.

— Il y a beaucoup de cholestérol et de gras dans une omelette, dit-elle en désignant son assiette. Tu sais, tu peux demander qu'ils la fassent uniquement au blanc d'œuf.

— Je peux, mais c'est dégoûtant.

— Colin…

— Maman, je vais bien. J'ai vu le médecin il y a deux semaines et il a dit que je me portais à merveille, tu te souviens ?

Pour changer, Miranda intervint pour le sauver temporairement.

— J'ai des tickets pour aller voir *The Book of Mormon* en janvier. Maintenant que Russel n'ira pas, veux-tu venir avec moi ?

— Merci, Miranda, j'adorerais.

Mais Colin ne pensait qu'à Nevin et se demanda ce qu'il penserait de cette comédie musicale. Il l'aimerait probablement, le nom d'un des personnages se traduisait par Général Cul Nu. Il aimerait même les chansons.

— Tu as l'air à des années-lumière d'ici, dit sa mère.

Il pouvait rarement lui cacher des choses.

— Je suis peut-être un peu fatigué. Je suis allé voir le *Rocky Horror* hier soir.

— Ça faisait des années. Tu t'es déguisé ?

— Non. C'était une idée de dernière minute.

Elle pencha la tête.

— Qui est venu avec toi ?

Oh oh. Il tenta de trouver un moyen de détourner la conversation.

— Hé, Miranda, penses-tu que Hannah aimerait venir le voir ?

— Elle est trop jeune. Donne-lui deux ou trois ans. Quoique Dieu sait quelles merdes son père la laisse regarder sur YouTube, cela peut être dix fois pire.

Partagée entre son envie de questionner Colin et celle de donner des conseils parentaux à Miranda, sa mère hésita. Et ce fut juste assez long pour que son père se mêle de la conversation.

— C'est le film qui passe au Clinton Street Theater, c'est ça ?

— Oui, depuis une trentaine d'années.

128

— Il y a quelques maisons que j'aimerais acheter dans ce quartier. Elles sont en ruine, mais nous pouvons y faire entrer au moins six maisons de ville. J'aimerais que tu viennes y jeter un œil avec moi cette semaine. Mardi ?

— Bien sûr.

Puis Colin se souvint d'une chose que Nevin lui avait dite quand ils s'étaient rencontrés.

— Tu sais, papa, beaucoup de maisons dans ce quartier ont du caractère. Une histoire.

Son père le regarda par-dessus sa tasse de café.

— Et alors ?

— Alors, c'est triste de les remplacer par... des trucs modernes et ennuyeux.

À en juger par son expression, Harold Westwood soupçonnait sérieusement que son fils avait été remplacé par un extra-terrestre. Il regarda sa femme, mais elle sourit d'un air suffisant. Harold et elle avaient discuté de la valeur des vieux quartiers par le passé, jusqu'à ce que les conversations soient finalement si houleuses qu'ils avaient décidé d'un commun accord de ne plus en parler. Elle ne critiquait pas ses plans de reconstructions, et il ne se plaignait pas quand son bureau d'avocats représentait les clients qui se battaient contre des promoteurs comme lui.

— Nous dirigeons une affaire, Colin. Nous pourrions verser beaucoup d'argent dans ces deux maisons et, au mieux, en faire deux duplex qui auront toujours les bizarreries des vieilles maisons. Ou pour le même investissement, nous pouvons les démolir et en faire de jolies maisons. Des maisons à deux étages qui rapporteront bien plus que ces vieux tas de briques.

— Mais nous avons déjà beaucoup d'argent, papa.

— Tu deviens communiste ? Ou tu entres dans un monastère ?

— Laisse tomber, marmonna Colin.

DE RETOUR chez lui, Colin s'occupa de quelques corvées ménagères. Il sourit quand il trouva la chaussette perdue de Nevin, et la jeta avec sa jumelle dans le panier à linge. Mélanger le linge de Nevin avec le sien le rendait heureux, même s'il savait que ce n'était que parce que Nevin avait fait une grosse crise de panique à cause d'un brunch.

Colin pouvait comprendre qu'il prenne peur à l'idée de rencontrer les parents d'un autre. Même s'il lui disait le contraire, ça restait une perspective effrayante, et pas simplement parce que ça sous-entendait une relation qui n'existait pas. Nevin n'avait que peu parlé de son passé, mais il était clair qu'il avait été bien moins privilégié que Colin. Il n'était clairement plus pauvre maintenant, ses vêtements étaient chers, et sa voiture devait valoir une petite fortune, mais ça ne voulait pas dire que la pauvreté ne l'affectait pas toujours.

Quand Colin s'assit sur le canapé pour y réfléchir, Leg sauta sur ses jambes.

— Tu es vraiment à ses pieds, l'informa Colin en lui caressant le dos. Mais je ne t'en veux pas. Il est incroyable.

Incroyable, mais aussi déconcertant.

Trent était un homme simple. Il donnait l'impression d'être un gamin de riche un peu pourri gâté, le genre à soutenir les arts mais à penser que si les gens souffrent de difficultés économiques, c'est de leur faute. Et quand on apprenait à mieux le connaître, on découvrait que cette première impression était la bonne. Il n'était pas cruel, il n'était même pas un enfoiré. Il aimait parler de muscu, de mode, de si les fromages de la région qu'ils servaient dans son restaurant préféré étaient meilleurs que ceux qu'on importait. Il s'achetait une nouvelle voiture de sport décapotable tous les deux ans, même s'il ouvrait rarement le toit. Il avait engagé un décorateur pour son appartement de luxe en centre-ville, et les murs avaient fini avec des peintures immondes que Trent n'aimait même pas, mais les artistes étaient promis à une grande carrière. Et au final, Trent n'avait pas eu la patience pour un petit ami qui avait bien trop de rendez-vous médicaux et pas assez d'ambition.

Mais Nevin, d'un autre côté… plus Colin apprenait à le connaître, plus il s'avérait compliqué. Il était bien plus que le simple flic séduisant, arrogant et grossier que Colin avait rencontré à la base.

— Ce n'est pas un oignon, Leg. C'est un cristal. Mets-le sous la lumière et tu verras un arc-en-ciel.

Mais comme un arc-en-ciel, l'éclat de Nevin restait intangible. Colin ne pouvait se saisir d'aucun des deux.

Qu'est-ce que ça ferait de devoir survivre de la même manière que Nevin avait dû survivre à une époque ? Colin ne pouvait pas le concevoir. Il ne pensait pas qu'il avait été un enfant très demandeur, il n'avait jamais exigé de choses à ses parents comme ses camarades de classe le faisaient.

Mais quand il avait besoin de quelque chose, il l'obtenait. Il ne s'était jamais pensé riche, et pourtant il n'avait jamais eu à s'inquiéter pour payer les choses. L'argent était simplement là, comme l'oxygène. Merde, dans son cas, l'argent était parfois même plus accessible que l'oxygène.

D'accord. Donc Nevin n'avait jamais eu de filet de sécurité quand il était plus jeune. Même s'il avait de l'argent maintenant, et qu'il avait plutôt bien réussi sa carrière, il était difficile de se débarrasser de ses peurs d'enfance. Mince, Colin comprenait bien ça. Même maintenant, il pouvait rester tranquillement allongé sur le dos, à sentir son cœur battre dans un rythme régulier, et s'attendre quand même à l'entendre faiblir aux battements suivants.

Alors que ses doigts traçaient des motifs dans la fourrure de Leg, Colin réalisa que les problèmes de Nevin n'impliquaient pas que l'argent. Ils impliquaient aussi la famille.

Le truc, c'était que même s'ils étaient parfois de vrais emmerdeurs, Colin aimait sa famille. Et il n'avait jamais douté de leur amour pour lui. Ils avaient tous fait des sacrifices pour lui, avaient abandonné leurs buts et leurs plans pour passer quelques heures à le conduire aux rendez-vous médicaux ou, pire, assis sur son lit d'hôpital. Dans un de ses souvenirs les plus lointains, il serrait la peluche licorne de Miranda, une qu'il n'avait normalement pas le droit de toucher, tout en chantant avec sa mère devant *Le Magicien d'Oz*. Son père avait branché le magnétoscope un peu plus tôt dans la journée, ce qui était contre les règles de l'hôpital. Les infirmières prétendaient ne pas remarquer cette violation, parce que Colin allait encore se faire opérer le lendemain matin et qu'il avait peur.

Nevin avait brièvement parlé de son frère qui n'était pas lié par le sang. Un demi-frère ? Il y avait ça. Peut-être que Nevin avait grandi sans famille pour le soutenir, une absence encore plus dure à vivre que la pauvreté. Un enfant pauvre pouvait grandir et trouver comment gagner de l'argent, mais il ne pouvait pas fabriquer des parents aimants.

Plongé dans ses pensées, Colin serra Legolas trop fort et le chat protesta avant de lui lancer un regard noir.

— Désolé, Leg.

Si Colin n'avait pas eu son argent et sa famille, où en serait-il aujourd'hui ? C'était facile, il serait mort. Mais même s'il avait réussi à survivre, il ne serait rien. Un physique passable, pas de don particulier. Peut-être qu'il aurait eu un boulot minable et un appartement déprimant, comme celui de Roger Grey, mais il n'aurait même pas eu les vieux souvenirs agréables de Roger pour se réconforter.

Mais Nevin, il avait fait quelque chose de sa vie, malgré ce qui ressemblait à un mauvais départ. Il avait une carrière importante où il aidait les gens, une voiture cool, une superbe garde-robe, un esprit affûté. Bon sang, même Legolas était fan de lui. Nevin devait être parti de rien, et il s'était battu comme un lion pour en arriver où il était.

— Voilà pourquoi il m'en veut.

Peut-être lui en vouloir n'était pas le bon terme, mais Colin n'en trouvait pas de meilleur. Il était conscient du gouffre qui les séparait. À part le fait qu'ils étaient deux hommes queer et célibataires qui vivaient dans la même ville, ils avaient peu en commun. Enfin, du bon sexe. Du très bon sexe. Et Colin appréciait sa compagnie, et Nevin semblait également apprécier la sienne. Mais ils n'avaient aucun avenir, et si Colin ne faisait pas attention, il allait finir avec le cœur brisé. Son cœur était déjà assez faible comme ça, il ne devrait pas aggraver les choses.

XII

NEVIN N'ÉTAIT pas fier de sa fuite précipitée de chez Colin. Il n'était pas un lâche, loin de là. Mais il aurait préféré devoir traverser nu le territoire du gang Sureño avec le numéro 14 du gang de Norteños tatoué sur le cul plutôt que d'aller à un brunch avec les parents de Colin. Même plusieurs heures plus tard, après avoir lavé la sueur de son jogging, l'idée le faisait encore trembler.

Il avait mis un jogging propre et allait vers la cuisine à la recherche de quelque chose à manger quand son téléphone sonna.

— Salut, Chef, dit-il après un coup d'œil à l'écran.

— Chef, hein ? Pas de Germy Cox aujourd'hui ?

— Je n'ai pas l'énergie de te faire chier.

— On dirait que l'apocalypse est proche.

Il y avait beaucoup de bruits de fond du côté de Jeremy, mais sa voix profonde restait claire.

— Viens me retrouver au *P-Town*. Nous allons te donner assez de caféine pour retrouver ton potentiel d'emmerdeur.

— Je croyais que tu faisais une randonnée.

— C'est annulé.

— Je vais juste…

— Je vais te traîner ici moi-même si je le dois. Je viens te chercher et te fourre dans ma poche.

— Tu veux juste que je sois près de ta queue. Ou de ton cul.

Jeremy éclata de rire.

— C'est tout ce dont je rêve.

Avec un mélange de réticence et de soulagement, Nevin alla jusqu'au *P-Town*. La salle était pleine, ce qui était normal pour un dimanche après-midi, mais Jeremy avait pu trouver une bonne table près de la fenêtre. Il resta assis là, montagne de tranquillité, pendant que Nevin faisait la queue.

— Comment ça va, cette dissertation ? demanda Nevin à Ptolemy quand ce fut son tour.

— Argh. Je devrais peut-être laisser tomber et passer ma vie à faire du café.

— Tu es doué pour le café. Mais tu seras encore meilleur quand tu pourras mettre « docteur » devant ton nom à donner des ordres aux prolétaires comme moi.

Ptolemy se mit à rire et tendit son café à Nevin, avec une assiette contenant un cookie énorme.

— Je n'ai même pas encore déjeuné, protesta Nevin.

— C'est au raisin et flocon d'avoine, donc c'est parfait pour la santé.

Nevin paya son café, accepta le cookie gratuit avec un clin d'œil, puis alla retrouver Jeremy.

— Pourquoi ces menaces d'homme des cavernes ? demanda Nevin en s'installant. Nous nous sommes vus hier. Tu ne peux pas passer une minute sans moi ?

— Oui. J'étais en train de mourir ici.

Jeremy frappa son cœur d'une main. Il lui fit un de ses sourires séduisants et séducteurs et but son café.

— J'ai dû annuler la randonnée à cause d'une urgence au travail ce matin. Mais j'ai pu avoir des entrées pour le premier match des Blazers. Tu en veux pour Ford et toi ? Ils jouent contre les Pelicans.

Nevin songea brièvement à demander trois tickets pour inviter Colin, mais rejeta immédiatement cette idée. Le match était de toute façon dans un mois, et il aurait depuis longtemps quitté la vie de Colin à ce moment.

— Ce sont des premiers rangs, dit Jeremy, prenant probablement le silence de Nevin pour une hésitation.

— Qui as-tu dû sucer pour les avoir ?

— Certains d'entre nous, mon cher Nevin, peuvent accomplir des choses sans sexe en échange.

— Mais ça gâche le plaisir.

Nevin se souvint alors ce qu'il avait ressenti en se réveillant contre le corps de Colin, un homme qu'il ne s'était *pas* envoyé la nuit précédente, et un petit sourire se glissa malgré lui sur son visage.

— Je t'en prends deux, dit-il avant de se transformer en gros tas de gelée.

— Ils sont tout à toi. Tu en veux un autre pour inviter quelqu'un d'autre ?

Nevin secoua la tête.

— Juste Ford et moi.

— OK. Deux autres types du boulot se joindront à nous, plus Amy Lassiter. Tu la connais, pas vrai ?

134

— Bien sûr.

Elle travaillait au bureau du procureur et Nevin avait dû témoigner dans deux de ses affaires. Elle était douée.

— On dirait que tu as prévu une grosse fiesta.

Jeremy haussa les épaules.

— J'ai pas mal de tickets. J'ai demandé à Rhoda, mais elle a dit qu'elle ne supportait pas d'entendre le crissement des baskets sur le sol. Hum. Je me demande si Parker pourrait se joindre à nous depuis Seattle. Une petite pause serait bien pour lui.

Nevin pouffa. Bien sûr que Jeremy allait essayer de sauver quelqu'un d'autre. C'était une vraie fixation pour lui. Un jour, il comprendrait qu'il ne pouvait pas sauver le monde entier. Qu'il ne pouvait même pas sauver la plupart des gens.

Une des bonnes choses chez Jeremy, c'était qu'il pouvait rester silencieux. Non pas qu'il y ait quoi que ce soit de mal à sa conversation, c'était un type intelligent qui savait beaucoup de choses sur pas mal de sujets. Mais il était aussi parfaitement à l'aise avec l'idée de se taire, de rester assis avec quelqu'un à juste regarder les gens passer. Sa présence avait tendance à avoir un effet apaisant sur Nevin, comme si son grand corps dégageait une sorte de bouclier.

Ils restèrent assis et burent leur café. Nevin mangea son cookie, et ils laissèrent les conversations des autres les entourer. À un moment, ils se tendirent tous les deux quand il sembla que deux cyclistes à l'extérieur allaient se battre pour avoir manqué de se rentrer dedans. Mais quand l'un d'entre eux s'éloigna en soufflant, Nevin et Jeremy se détendirent.

— Crétins, marmonna Nevin.

— Ce sont juste des gens normaux. C'est facile de s'énerver, surtout quand l'adrénaline est déjà là.

— *Tu* ne t'énerves jamais.

Quand Jeremy avait été l'un des rares flics ouvertement gays au commissariat, sa capacité à garder son calme en toute circonstance lui avait permis d'avoir la paix avec ses collègues. Même le pire homophobe était reconnaissant d'avoir un géant serein comme renfort. Quand tout partait en couille, ce que son partenaire aimait faire avec sa queue devenait bien moins important que de savoir s'il risquait de vous faire tuer. Nevin avait aussi toujours été ouvert sur sa sexualité, mais dans son cas, personne ne l'emmerdait parce qu'il leur botterait le cul s'ils essayaient.

— Je m'énerve aussi, Nevin. J'essaie simplement de ne pas passer mes nerfs sur les autres.

Nevin fit mine de lui baisser son chapeau.

— Saint Jeremy.

— Et toi, tu es le petit démon à cornes assis sur l'épaule des gens ?

— Oh que oui.

Quand il y eut une accalmie dans la file d'attente, Jeremy alla leur rechercher du café.

— Tu as dormi hier soir ? demanda-t-il quelques minutes après s'être à nouveau assis.

Nevin pensa immédiatement au grand lit confortable de Colin, à la douce lumière qui filtrait à travers les fenêtres, à Leg qui ronronnait. Et à Colin, chaud et endormi contre lui.

— Oui, dit-il sur la défensive.

— Je me disais simplement qu'entre l'affaire Grey et de la fille brûlée...

Il laissa sa phrase en suspens et un petit sourire étira le coin de ses lèvres.

— Ah. Tu as couché avec quelqu'un.

— Oh que oui.

Jeremy n'avait pas besoin de savoir que ça avait impliqué un dîner, *Rocky Horror*, et une nuit de sommeil sans sexe. Il verrait trop de choses dans ce qui était clairement un coup de malchance.

— Si ça t'aide à dormir la nuit, chantonna Jeremy.

— C'est une vraie chanson ? Genre, d'Elton John ?

Jeremy secoua la tête, faussement désespéré. Mais il semblait aussi soulagé, et Nevin réalisa que ce *Kaffeeklatsch* [3] avait été une autre tentative de sauvetage de Jeremy, cette fois destinée à Nevin.

— Je n'ai pas besoin d'un foutu héros, Germy. Je peux prendre soin de moi.

Jeremy soupira.

— Comme toujours, pas vrai ?

EN TEMPS normal, Nevin n'aurait eu aucun mal à se concentrer sur son travail, où il devait encore mener quelques interrogatoires pour l'affaire

3 En Allemand dans le texte. Évoque ici le fait de se retrouver devant un café pour discuter.

Gillett, ainsi qu'une pile de paperasse. D'autres tâches s'accumulaient également à son emploi du temps, comme une discussion au centre pour personnes âgées au sujet des arnaques à éviter sur Internet, et quelques visites à des foyers pour des personnes avec un handicap mental. Mais Nevin passa la semaine à tenter de ne pas penser à Colin, dont l'image ne cessait de s'infiltrer dans son esprit quand il le fallait le moins. Il avait longuement couru tous les matins et était allé à la gym tous les soirs, mais s'il mangeait, c'était uniquement quand il pouvait prendre quelque chose sur le pouce.

Il ne se sentait pas bien. Peut-être qu'il avait attrapé froid.

Le vendredi soir, il travailla jusqu'à tard dans la soirée. Il monta dans Julie et faillit aller en direction de Pearl District, chez Colin, avant de changer de voie et sortir son téléphone.

— Retrouve-moi quelque part, aboya-t-il quand Ford décrocha.

— Où ?

— Je m'en fiche. Quelque part avec de l'alcool et des femmes.

Parce qu'il se disait que s'il couchait avec une femme, une voluptueuse, avec de gros seins et des hanches rondes, il sortirait Colin de sa tête.

Ford resta silencieux, puis s'éclaircit la gorge.

— Euh, et pourquoi pas dans un endroit plus calme ?

Merde. C'était de mauvais augure.

— Oui, d'accord.

Ils finirent à un café-restaurant près de chez Nevin. C'était un bon endroit pour deux raisons : il mangeait pour la première fois de la journée, et il était loin de chez Colin. Le Willamette n'était pas vraiment une grosse barrière, puisqu'il y avait beaucoup de ponts, mais ça offrait au moins une distance psychologique.

Nevin arriva le premier au restaurant et s'appropria un grand box en coin. Quand Ford arriva, Nevin avait déjà eu son café et étudiait le menu. Ford avait déjà mangé et commanda juste un Coca, mais Nevin prit un burger et des frites.

— Tu as une sale tête, fit remarquer Ford.

— Je t'emmerde.

— Je suis sérieux, mec. Tu as des valises sous les yeux, et je pourrais jurer que tu as perdu du poids depuis la dernière fois que je t'ai vu. Qu'est-ce qui ne va pas ?

— Rien. Je suis seulement débordé par le travail. C'est toi qui avais l'air franchement bizarre quand j'ai appelé. Qu'est-ce qui se passe ?

Ford s'agita, faisant craquer la banquette en vinyle, et dirigea son regard vers les tableaux plutôt basiques pendus aux murs. Il venait de se raser le crâne et arborait une toute nouvelle moustache. Ça lui allait bien. Il s'était également plutôt bien habillé, avec une chemise et un jean qui semblait neuf. Mais les doigts qu'il tapotait sur la table étaient ceux d'un paysagiste, les ongles abîmés, des taches indélébiles dues à son travail dans la terre.

Nevin se pencha vers lui.

— Si tu ne craches pas le morceau, je vais t'arracher la langue de ta putain de bouche.

Bizarrement, la menace sembla apaiser un peu Ford. Il lui fit un faible sourire.

— Je me suis fait faire un nouveau tatouage.

— C'est ça qui te fait te chier dessus ? À moins que ce soit ma tête sur ton cul, pourquoi cela me regarderait-il ?

Au lieu de répondre, Ford déboutonna sa manche gauche et la remonta méticuleusement. Ses bras étaient déjà chargés d'encre, mais il restait quelques zones de libres. Il désigna un endroit à l'intérieur de son avant-bras, entre un rosier couvert d'épines et un symbole tribal. Nevin regarda de près.

— C'est un cœur humain avec la lettre K au milieu, dit Nevin, même si Ford le savait déjà.

— Ouaip.

— Ce qui veut dire ?

— Euh… tu te souviens de Katie ?

Il s'en souvenait. L'ex-petite amie de Ford avec qui il couchait à nouveau ces derniers temps.

— C'est elle le K ?

— Oui, et… enfin, on est fiancés, en fait.

Après un moment resté bouche bée, Nevin cacha son visage dans ses mains.

— Tu l'as foutue en cloque. Pauvre con, nous parlons de rester couverts depuis que nous sommes gamins et toi tu vas…

— Elle n'est pas enceinte.

Ford semblait penaud quand Nevin le regarda.

— Nous avons bien eu une frayeur. Elle prend la pilule, mais nous avons cru… Enfin, bref, elle n'est pas enceinte. Mais nous avons cru pendant une journée qu'elle *pouvait* l'être, et cela nous a fait parler.

— De quoi ? De combien vous êtes cons ?

— Nous ne sommes pas cons !

Ford sembla aussitôt regretter sa réplique quand la serveuse arriva avec sa boisson et la nourriture de Nevin. Elle l'ignora avec soin et s'en alla. Il continua d'une voix plus calme :

— La frayeur nous a fait réfléchir, c'est tout. Et le truc, c'est que nous avons tous les deux décidé que se poser, même avoir un gamin, n'était pas une mauvaise chose.

Nevin versa du ketchup dans son burger avant de prendre une grosse bouchée, mâcher et avaler.

— Attraper froid n'est pas une mauvaise chose non plus. Cela ne veut pas dire que tu devrais aller choper la crève.

— Pourquoi es-tu aussi furieux ? Tu ne connais pas assez Katie pour la détester.

— Tu ne la connais pas si bien non plus. Vous avez rompu il y a des siècles, et maintenant vous vous voyez depuis quelques semaines, c'est ça ? Et vous parlez déjà de « jusqu'à ce que la mort nous sépare » ? Et de *bébés* ?

Il frissonna.

— Oui, de bébés, Nev. Je veux être père. Je veux dire, je n'ai jamais rien appris du sac à merde qui m'a servi de géniteur, mais je pense vraiment que je peux faire mieux.

La voix de Ford semblait épuisée et plaintive, et Nevin le scruta. Pour la première fois ce soir-là, Nevin réussit à se sortir la tête du cul et à penser à quelqu'un d'autre que lui-même. Ce qu'il vit, c'était que son frère semblait au bord des larmes, qu'il le suppliait en silence de comprendre. Nevin prit une profonde inspiration et la relâcha.

— Tu feras un père vraiment génial, dit-il, et il vit Ford se détendre. Mais tu es certain que tu veux cela maintenant, avec elle ? Ce n'est pas ton horloge biologique qui t'agite les couilles ?

Ford lui fit un petit sourire.

— Non. Katie… elle est incroyable. Elle travaille à *Target* maintenant, mais elle aime vraiment le jardinage et adorerait devenir ma partenaire de travail. Elle travaille dur, et elle est plus forte que tous ceux que je connais. Même toi. Mais elle est douce. Et quand je suis avec elle, je me fiche même que nous fassions des trucs stupides, comme regarder de la télé-réalité ou aller à l'épicerie, parce que je m'amuse. Je me sens chez moi avec elle.

Nevin ne put s'en empêcher, il se rappela être assis sur le canapé, à caresser le chat tout en écoutant Colin chanter qu'il voudrait déjà être roi.

Quelque chose de chaleureux et troublant gonfla en lui. Il l'écrasa. Mais il réussit malgré tout à sourire.

— J'ai intérêt à être ton témoin, trou du cul.

Ils se serrèrent la main avec force par-dessus la table jusqu'à ce que Nevin s'écarte et frappe Ford sur le bras. Ce dernier renversa alors son Coca sur la table et envoya des vagues de liquide froid et collant partout. La serveuse se précipita avec des serviettes dans la main et le regard assassin. Mais Ford n'arrivait pas à s'arrêter de rire, et Nevin non plus par conséquent.

NEVIN S'ÉTAIT à peine installé dans son bureau le lundi matin que Frankl apparut. L'inspecteur de la criminelle semblait plus animé qu'à son habitude, ses yeux de cocker étincelaient d'excitation.

— Nous avons une piste pour l'affaire Grey, annonça-t-il en se laissant tomber avec lourdeur sur le siège en face de Nevin.

Pendant une seconde, Nevin imagina Colin menotté, son doux et beau visage tordu dans une grimace de haine. Puis il se secoua.

— Oui ? demanda-t-il avec nonchalance.

— La semaine dernière, un type à Boring faisait du jardinage quand il a trouvé une mâchoire inférieure humaine au milieu d'un lit de fleurs.

— Ça a dû être une découverte désagréable.

— Nan. Ce vieux papy était si excité d'avoir trouvé quelque chose d'intéressant, on aurait dit qu'il avait découvert Jimmy Hoffa.

Nevin avait croisé plein de personnes comme ça.

— Et c'était donc celle de Grey ?

— En effet.

Pianotant sur son bureau, Nevin y réfléchit un moment. Il savait que des morceaux du corps de Grey avaient disparu, ce qui n'était pas si inhabituel pour un corps abandonné dans la nature depuis deux mois. Les animaux avaient tendance à déplacer des morceaux. Mais cette mandibule à Boring était à un peu plus de dix kilomètres de Sandy, où la plupart des morceaux avaient été retrouvés.

— J'en conclus que ce vieux n'est pas inculpé pour le meurtre de Grey, dit Nevin.

Frankl pouffa.

— Nah. Mais cet os ne s'est pas déplacé tout seul. La propriété est collée à trois autres, nous vérifions maintenant le voisinage. L'un d'entre eux a des antécédents, il a battu plusieurs fois son ex-femme et a touché aux méthamphétamines.

Même si Nevin hochait la tête, il ne partageait pas l'optimisme de Frankl. Beaucoup de personnes avaient des voisins douteux, mais celui-ci ne semblait pas avoir de lien logique avec Grey. Malgré tout, il devait y avoir une explication pour que cet os se soit trouvé à Boring, et c'était au moins quelque chose.

— Tu crois que tu vas trouver quelque chose à partir de là ?

— Je n'en sais rien. Mais il se trouve que notre vieux papy a des caméras de surveillance sur sa propriété – il dit que quelqu'un n'arrête pas d'entrer dans son abri de jardin – alors nous regardons les vidéos. Mais ça va prendre du temps. Cet os aurait pu arriver là n'importe quand depuis deux mois.

Nevin était vraiment heureux de ne pas être collé à regarder huit semaines d'enregistrements d'un jardin à Boring.

— Bonne chance avec ça, dit-il avec un sourire moqueur.

Frankl lui fit un doigt d'honneur.

— Je t'emmerde, Ng.

Cela le fit rire.

Mais longtemps après le départ de Frankl de son bureau, Nevin restait indifférent à son écran d'ordinateur et sa pile de papiers. Il allait accuser le fantôme de Roger Grey pour ça, mais il n'arrivait pas à se sortir Colin Westwood de la tête.

Au déjeuner, Nevin n'avait presque rien accompli et allait perdre la tête. En fait, peut-être qu'il l'avait déjà perdue, parce qu'il se surprit à chercher l'adresse de *Westwood Development*, qui s'avéra être à moins de deux kilomètres, près de la 10ème et Morrison.

— Pauvre enfoiré, grogna Nevin en attrapant sa veste.

Il ne pleuvait pas, mais le ciel avait la couleur d'un flanc d'éléphant et l'air sentait légèrement l'humidité. Les arbres de la ville se raccrochaient à leurs feuilles voyantes, attendant d'en être débarrassés par la première chute de pluie, et les piétons qui n'avaient pas encore abandonné leurs vêtements d'été se précipitaient à travers la fraîcheur.

Nevin marcha, ignorant les bruits de circulation et les odeurs des camions-snack, et tandis qu'il entrait dans l'immeuble, sa mâchoire était assez serrée pour lui faire mal. Après un coup d'œil aux panneaux, il prit l'ascenseur jusqu'au dix-neuvième étage. Il s'attendait à trouver une grande zone d'accueil, mais au lieu de ça il y avait juste une porte en verre avec le

141

logo élégant de *Westwood Development* et, de l'autre côté, une dame âgée assise à un bureau dans un box. Elle sembla surprise de le voir.

— Puis-je vous aider, monsieur ?

Il réalisa qu'ils ne devaient pas avoir souvent de visiteurs. Il afficha son meilleur masque de policier.

— Je viens voir Colin Westwood.

Elle pianota à son ordinateur et fronça les sourcils.

— Vous aviez rendez-vous ? Je ne trouve pas…

— Non, pas de rendez-vous. Dites-lui juste que l'inspecteur Ng est ici.

Elle écarquilla les yeux.

— Un inspecteur ! Tout va bien ?

Oh, bordel de merde.

— J'ai juste besoin de lui parler.

— Bien sûr.

Agitée, elle prit le téléphone et appuya sur un bouton.

— Colin ? Il y a un inspecteur Ng ici qui veut te voir.

Elle le tutoyait. Intéressant.

Nevin y réfléchissait toujours, et ignorait la nervosité de la femme, quand Colin arriva depuis un couloir. Il portait un pantalon de bureau, une chemise violette, et un nœud papillon jaune à poids, et putain, le cœur de Nevin fit un petit bond en le voyant. Bon sang.

— Nevin !

Colin s'arrêta brusquement, assez près de lui pour que Nevin puisse sentir son parfum épicé.

— J'ai besoin…

Nevin eut du mal à trouver la suite de sa phrase. Il ne savait pas ce dont il avait besoin, ni pourquoi il était ici. Il ne savait même pas ce qu'il voulait demander à Colin.

Au lieu de s'énerver ou de perdre patience, Colin sembla se calmer un peu. Le coin de sa bouche tressauta avant qu'il se tourne vers la femme.

— Nous avons un rendez-vous. S'il te plaît, assure-toi que personne ne nous interrompe.

Puis il regarda Nevin.

— Par ici, inspecteur.

Des photos d'immeubles étaient alignées sur les murs du couloir. Nevin reconnut celui où Colin vivait, ainsi que plusieurs autres qu'il avait vus en ville. La plupart devaient être des appartements ou des maisons de ville. Le bureau de Colin était près du bout du couloir. C'était un grand espace, avec des fenêtres qui offraient une vue partielle et obstruée sur le fleuve. Les meubles semblaient coûteux et guindés, pas vraiment le style de Colin, mais les cadres avec des posters de films le firent sourire.

Colin ferma la porte. Puis il se précipita en avant sans prévenir, poussant Nevin contre l'énorme bureau, et prit son visage entre ses mains.

— J'espère vraiment que tu n'es pas venu me mettre en état d'arrestation.

Avant que Nevin puisse répondre, ils s'embrassaient. Ni tendrement, ni doucement. Sans taquinerie. Avec férocité, comme des affamés, les lèvres pressées avec force, les langues entremêlées, le souffle court et par à-coups, des grondements animaux qui montaient de leur gorge. Ils finirent par se séparer, mais ils restèrent accrochés l'un à l'autre comme deux hommes sauvés de la noyade.

— Je travaille ici depuis que je suis adolescent, dit Colin, et je n'y avais jamais embrassé quelqu'un.

— Pas même Trent ?

— Jamais.

C'était stupide de se sentir triomphant, mais c'était le cas. Il s'accrocha un peu plus à lui.

Puis Colin se mit à rire.

— Dans trente secondes, nous allons coucher ensemble ici. Ça non plus, je ne l'ai jamais fait. Et malheureusement, c'est une très mauvaise idée.

— Pas de capotes ?

— Et les meubles ne sont pas confortables. Je suggérerais bien le sol, mais les murs sont fins et le bureau de mon père est juste à côté.

La bile monta à la gorge de Nevin et il s'écarta.

— Je dois…

Colin le rattrapa.

— Non. Pourquoi es-tu venu ici, Nevin ?

Peut-être que c'était le baiser qui avait fait quelque chose à ses lèvres. Quand Nevin chercha une réponse brusque et vulgaire, ce fut la vérité qui sortit à la place :

— Il va me quitter.

Sous le choc, Colin ouvrit la bouche et relâcha le bras de Nevin.

— Tu as un petit ami ? demanda-t-il d'une petite voix.

— Bordel, mais non !

Parfois, Nevin trouvait que l'anglais avait bien trop de mots et pas assez de significations. C'était une de ces fois.

— Je n'ai pas de petit ami. Je n'ai jamais eu de petit ami. Ni de petite amie, si tu veux aller au bout. Je suis… merde.

Il se frotta le visage.

— Jamais ? demanda Colin en se rapprochant, doucement contre l'oreille de Nevin. Pas même, genre, de béguin au lycée ?

Nevin sourit malgré la douleur.

— Tu en as eu beaucoup, pas vrai ?

— Mon premier vrai amour était Mark Oshiro, qui était assis à côté de moi en CE1. Il ne partageait pas mes sentiments. Mais notre au pair me faisait des déjeuners énormes parce que…

— Au pair ? Tu avais une putain d'au pair ?

— La ferme. Je partage un souvenir, là. Elle s'appelait Anna et était italienne. Et j'étais en sous-poids, alors elle m'envoyait à l'école avec assez de nourriture pour toute une armée. Les parents de Mark suivaient un régime macrobiotique ou un truc comme ça. Je le laissais se gaver de ma tranche de jambon et mon gâteau, et il me laissait dire à tout le monde que c'était mon petit ami.

— Mark Oshiro était facile, dit Nevin en pouffant.

— Ouaip. Et il m'a trompé. Pendant la récréation un jour, je l'ai surpris à faire un de ces trucs qui lisaient l'avenir avec Jennifer Blaylock. Il m'a brisé le cœur.

Colin posa dramatiquement une main sur sa poitrine, mais une vraie douleur traversa son regard.

— Je pourrais le chercher, proposa Nevin. Voir s'il n'aurait pas des mandats contre lui et ne devrait pas être en prison.

— Pas lui. À part la tromperie, c'était une bonne âme. Je parie qu'il ne traverse même pas en dehors des passages cloutés.

— Je pourrais le faire suivre par ceux de la circulation un moment. *Tout le monde* dans cette ville fait un truc qui mérite une contravention.

Colin sourit et lui embrassa tendrement la joue.

— Mais nous parlions de toi. Qui va te quitter ?

Nevin se sentait désormais stupide d'avoir tourné ça comme ça.

— Personne, marmonna-t-il.

— Tu sais, contrairement à toi, je ne suis pas doué pour le troisième degré. Alors je vais continuer avec cette question. Est-ce que ça fait de moi un mauvais flic ? Qui va te quitter, Nevin ?

Au lieu de répondre, Nevin se détacha de Colin et alla vers la fenêtre. Il pouvait apercevoir les reflets sur Willamette River, qui était accordé à la couleur du ciel aujourd'hui. Il regarda les bateaux qui remontaient le cours d'eau et la circulation de l'autre côté des ponts.

Colin vint derrière lui. Et même s'il ne dit rien, Nevin l'entendait respirer, sentait la chaleur de son corps derrière lui. Il avait l'impression que s'il se penchait un peu en arrière, Colin passerait les bras autour de lui et le serrerait avec force. Mais Nevin s'approcha un peu plus de la fenêtre froide à la place.

— Mon frère va se marier, dit-il à la ville de Portland. Ce n'est pas vraiment mon frère, mais c'est tout comme, et c'est la seule famille que j'ai. Il a toujours été là, tu vois ? Si j'avais besoin d'un endroit où dormir ou d'être raccompagné à la maison quand j'étais ivre. Si j'avais besoin d'un copilote pour draguer une fille. Mais maintenant, il a une fiancée et il est tout... fou amoureux. Bientôt, ils en seront aux prêts immobiliers et économies pour l'université, et je serai...

Il grogna.

— Merde. Je suis un vrai pleurnicheur.

C'était une situation de merde. D'un côté, et c'était un putain de *gros* côté, il était mortifié de pleurnicher autant, honteux de ne pas être en train de fêter les bonnes nouvelles de son frère, perplexe de voir qu'il racontait tout ça à un type qui portait un nœud papillon. Et pourtant, il y avait cet autre côté, et il n'était pas en reste. De ce côté-là, admettre la vérité sur ses émotions à Colin était... un soulagement. Comme s'il avait porté une montagne et que finalement, quelqu'un l'aidait à se décharger de ce poids, au moins pour une minute. Ou peut-être que cette personne l'aidait à porter ce fardeau.

— Quel con, marmonna Nevin, et il ne parlait même pas de sa réaction au mariage de Ford.

Colin posa une main sur son épaule.

— Viens avec moi, d'accord ?

Nevin n'aimait pas recevoir des ordres, un trait de caractère qui lui avait causé pas mal de soucis au commissariat, mais il suivit pourtant Colin avec obéissance vers la porte, et attendit pendant qu'il mettait un manteau.

C'était un manteau blanc en laine, et il allait à la perfection à Colin. Il devait probablement coûter un mois du loyer de Nevin.

Colin s'arrêta, la main sur la poignée. De sa main libre, il prit la joue de Nevin dans sa paume.

— Viens avec moi, répéta-t-il.

Et Nevin fit comme demandé.

XIII

COLIN CRUT que Nevin allait partir en courant. Il lui aurait tenu la main en marchant dans le couloir, mais Nevin était fort et aurait quand même pu se libérer. Mais quand son père sortit de son bureau, probablement pour aller chercher de quoi déjeuner, Colin se plaça au milieu du couloir pour empêcher toute fuite à Nevin. Le regard de ce dernier s'écarquilla et pendant un instant, Colin songea vraiment qu'il allait fuir. Ou, mince, qu'il allait peut-être même sortir son arme. Mais Nevin redressa les épaules et afficha un visage neutre.

— Salut, papa.

Colin aurait donné tout ce qu'il avait pour avoir la capacité de parler par télépathie à son père à cet instant. Il essaya, tentant avec force de projeter ses pensées : *Reste cool. Ne lui fais pas peur.*

Harold Westwood n'était pas médium, mais peut-être que le langage corporel de Colin suffirait à faire passer le message. Harold eut un petit sourire.

— Salut, Col. Tu sortais ?

— Oui. Papa, voici l'inspecteur Nevin Ng. Inspecteur, mon père, Harold Westwood.

Nevin lui lança un regard qui aurait pu être reconnaissant avant de serrer la main d'Harold.

— C'est au sujet du meurtre de M. Grey ? demanda son père.

Ce fut au tour de Nevin d'avoir recours à la conversation non verbale. Il semblait à la fois supplier Colin de mentir pour lui et s'excuser de tout ça. Colin hocha la tête pour ses deux compagnons.

— Oui. Il avait quelques questions. Je me suis dit que nous pourrions nous en occuper devant un café.

— Je comprends ça. J'espère que vous avez pu avancer avec cette affaire, inspecteur. C'est une horrible histoire.

— Merci, dit Nevin.

— Colin m'a dit que la famille ne voulait rien avoir affaire avec M. Grey parce qu'il était gay.

— Oui. Bande de sacs à merde.

147

Nevin sembla brièvement regretter ses mots, mais Harold acquiesça alors vigoureusement.

— Entièrement d'accord. Le devoir d'une famille est de s'aimer et de se soutenir. Je ne vois pas de travail plus important.

Merde. Colin allait pleurer s'il continuait comme ça.

— Eh bien, dit Colin, je pense que nous devrions…

— Et vous ? l'interrompit Nevin. Cela ne vous dérange-t-il pas que votre fils soit une grande princesse ?

Harold regarda longuement Colin, peut-être pour essayer de voir si ce dernier était furieux contre la question ou le terme utilisé. Mais quand Colin sourit, Harold haussa les épaules.

— Je crois qu'il serait plutôt l'elfe de l'histoire. Il a les oreilles un peu pointues.

— Papa !

Puis Harold regarda Nevin et sa voix devint plus sérieuse.

— J'aime mon fils. Sans condition. Je me soucie qu'il soit gay, mais uniquement parce que cela fait partie de lui, comme son don pour le chant ou son problème de co…

— Papa !

Harold soupira.

— Il est comme ça. C'est un gamin incroyable, non, un homme incroyable. Je n'aurais jamais souhaité qu'il soit différent.

Après une longue pause, et de multiples émotions indéterminées qui traversèrent son visage, Nevin hocha la tête d'un mouvement sec.

— Bien.

Le couloir était bien trop petit pour toutes ces émotions et Colin avait utilisé tout son stock de communication non verbale.

— À plus tard, papa ! annonça-t-il avant de se tourner pour s'éloigner.

Il fut heureux que Nevin le suive de près.

Ce dernier ne dit pas un mot alors qu'ils quittaient le bureau, et il resta silencieux dans l'ascenseur. Il ne protesta même pas quand Colin les dirigea vers la BMW.

— Je suis désolé, dit Colin en démarrant.

— Pour quoi ?

— Je, euh… mon père. Désolé que tu…

Enfin, il ne savait pas comment dire ça. Désolé que tu aies eu à rencontrer involontairement un parent ?

Nevin émit un petit grognement impatient.

— Je ne suis pas entré en combustion spontanée, Collie. Mais en tout cas, je l'aime bien. Ce n'est pas un connard.

Comprenant que c'était un grand compliment, Colin sourit et sortit de son emplacement.

LA PREMIÈRE chose que fit Colin fut de se diriger vers sa sandwicherie préférée au nord-ouest. Il avait faim, et même s'il ne savait pas si Nevin avait déjà mangé ou non, ce dernier avait l'air d'avoir besoin d'un bon repas. Mais après avoir fait plusieurs fois le tour du pâté de maisons, Nevin grogna à nouveau.

— Tu vas te garer, oui ?

— Il n'y a pas de place.

— Ici, désigna Nevin.

— Bouche d'incendie. Et ce n'est pas ta voiture, ils me colleraient un PV.

Nevin émit un autre bruit et Colin ravala un rire. Il aimait voir Nevin tout moqueur et agacé. C'était bien mieux que tout à l'heure, quand il avait donné l'impression que son monde s'effondrait. D'autres personnes pouvaient avoir cette tête, mais pas l'inspecteur Ng, l'homme qui était en général prêt à dominer le monde.

— Allons ailleurs, alors, râla Nevin. Avant que nous ayons le tournis à force de tourner en rond encore et encore.

— Nous n'allons pas manger à l'intérieur. Je veux simplement prendre à emporter.

— Alors gare ta putain de voiture dans une zone interdite. Je resterai ici et protégerai ta précieuse poubelle allemande des grands méchants de la fourrière.

Cette fois, Colin rit. Et il suivit également les ordres, même s'il avait l'impression qu'il allait être foudroyé sur place pour s'être mis sur une place entourée de rouge. Il laissa les clés sur le contact et ne demanda pas à Nevin ce qu'il voulait avant de sortir.

— Vous allez vous la faire enlever, dit l'homme à la barbe épaisse qui se tenait derrière le comptoir.

— Mon passager est policier et me jure que non.

Riant, l'homme prit la commande de Colin. Il tournait le dos à la fenêtre, alors si Nevin dut effectivement se battre contre quelqu'un, il ne vit rien. Quand il se précipita à l'extérieur avec le sac en papier, la voiture était toujours là. Nevin lui souriait depuis le siège passager.

— Où allons-nous ? demanda-t-il alors que Colin remontait dans la voiture et lui posait le sac sur les jambes.

— Pique-niquer.

— Il fait dix degrés dehors, Collie. Et il va pleuvoir.

— Pique-niquer dans la voiture, répondit Colin d'un ton joyeux.

Il aurait pu prendre une route plus directe, mais il remonta Vista, puis ils traversèrent Washington Park, avant de le contourner et aller en haut d'une colline. Nevin ne fit aucun commentaire jusqu'à ce que le moteur soit éteint.

— Au jardin des roses ?

— Ouaip.

— Il n'y a pas de fleurs à cette époque de l'année, la vue est nulle.

Il avait raison. Les rosiers étaient tristes, et il n'y avait pas grand-chose de plus à voir que les nuages, mais Colin s'en fichait. Merde, il préférait ça, même. Durant une belle journée de printemps ou d'été, les jardins auraient été bondés, mais ils avaient tout l'espace rien que pour eux. Non pas qu'il voulût mentionner cette intimité à Nevin. Il désigna le sac.

— Il y a un sandwich au bœuf grillé et l'autre à la dinde. Tu choisis.

Nevin fouilla un moment avant de tendre un sandwich à Colin et de garder l'autre pour lui. Il y avait aussi des chips, et des cornichons, ainsi que deux bouteilles de thé glacé.

— Il y a assez de viande dans ce truc pour étouffer un ours, dit-il en regardant son repas.

— Oui, ils font exprès. Ils font aussi eux-mêmes leur pain.

Colin se retrouva avec celui à la dinde, ce qui lui convenait. Mais, après quelques bouchées du sien, Nevin lui tendit la moitié de son sandwich.

— Tu n'aimes pas ? demanda Colin.

— Si, il est délicieux, répondit Nevin la bouche pleine. Mais je veux goûter le tien aussi.

Il regarda par la vitre.

— Je me demande si Germy va se pointer.

— Hein ?

— Un ami. Il est garde forestier en chef. Il a tendance à faire la tournée des endroits comme celui-ci pour se la jouer super-héros, ce pauvre con.

Il parlait d'une voix tendre. C'était la première fois qu'il parlait d'un ami, il n'avait mentionné personne en dehors de son frère.

— Ça a l'air d'être un boulot intéressant.

Nevin pouffa.

— Faire des câlins aux arbres, danser avec les papillons, se battre avec les alcoolos. Jeremy pense qu'il peut se mêler de tout avec sa pointure 48. Tu pourrais mettre une famille de quatre dans une de ses rangers. Et il croit pouvoir sauver le monde entier. Le crétin.

— Bien sûr. Parce que ça ne t'intéresse pas du tout de sauver les gens.

Nevin lui adressa un regard noir.

Après quelques minutes à mâcher et avaler, Colin demanda :

— Jeremy est un ami proche ?

— Je ne baise pas avec lui.

— Je ne cherchais pas à connaître les détails de ta vie sexuelle. Je me demandais simplement s'il était un ami proche.

— Oui. Je suppose. Nous faisons du sport ensemble, nous courons. Nous allons voir un match de temps en temps. Nous buvons un café. C'est quelqu'un de bien, de vraiment bien, tu sais ? Tu l'aimerais beaucoup.

Nevin se mit à rire.

— J'ai même pensé à vous brancher.

Colin se tourna sur son siège pour lui faire les yeux ronds.

— Sérieusement ? Pourquoi ?

Nevin ne le regarda pas.

— Je t'ai dit. C'est quelqu'un de bien. Merde, tu baverais sur lui si tu le voyais. Blond, la mâchoire carrée. Ses muscles ont des muscles. Il ressemble à Paul Bunyan.

— Il n'a pas l'air d'être mon type.

— Oh, il a un diplôme d'une université de luxe aussi. Et il est du genre à vouloir se poser. C'est ton style.

Colin froissa le papier vide et tendit la main vers le sac près du pied de Nevin, ce qui le porta à proximité immédiate de ce dernier.

— Je crois que je préfère mes hommes plus petits, ronronna-t-il. Et... plus agaçants.

Et il disait la vérité, parce que le bel étalon garde forestier que Nevin avait pour ami ne l'intéressait pas du tout. Nevin, en revanche... Nevin l'intéressait *beaucoup*.

Il se remit à sa place et regarda Nevin plier soigneusement son papier. Rectangle, carré, rectangle, carré, triangle. Puis Nevin mit le papier dans le sac et chassa des miettes de son costume sombre. Quand il se tourna vers Colin, son expression était obscure.

151

— Avec combien d'hommes as-tu couché ?

— Euh… quoi ?

— Dans ta vie. Avec combien de types as-tu couché ? Voyons large dans notre définition, OK ? On compte les pipes. Merde, on compte même les branlettes. Tout ceux qui ont touché ta queue et à qui tu as touché la leur.

— Pourquoi ?

Colin trouvait le cerveau de Nevin très sinueux et plein de détours, rempli de passages secrets et de ruelles masquées.

— Fais-moi plaisir.

Pendant qu'il réfléchissait, Colin regardait par le pare-brise en direction du feuillage vert et du ciel gris. Durant l'été, tout le monde en ville venait ici prendre des photos de mariage, mais personne ne voudrait ça aujourd'hui. Il se demanda où les gens allaient quand ils voulaient des photos de mariage en extérieur durant l'automne. Et il réfléchit également à la question de Nevin.

— Cela compte-t-il si nous nous sommes masturbés l'un devant l'autre sans se toucher ?

Nevin fit claquer sa langue, agacé.

— Si tu veux.

— OK. Alors… dix.

— Dix.

— Je pense. Deux types au lycée, quelques-uns à l'université, et quelques autres avant de rencontrer Trent.

Est-ce que c'était pathétique ? Il n'était plus vierge depuis longtemps, il n'avait simplement jamais été très joueur.

— Puis toi, ajouta-t-il en souriant.

— Ce sac à merde t'a jeté il y a trois mois. Tu n'as baisé personne d'autre que moi depuis ?

— Nope.

Nevin secoua la tête.

— OK, alors. Dix. En quoi ? Quinze ans ? Colin, je me tape en général une dizaine de personnes différentes chaque mois.

Colin n'était pas surpris par cette déclaration. Il avait des amis qui étaient aussi actifs sexuellement, et Colin ne les jugeait pas pour leur comportement, tant qu'ils se protégeaient et étaient honnêtes avec leurs partenaires. Malgré tout, les paroles de Nevin lui firent mal à la poitrine.

— Alors je n'ai pas assez d'expérience pour toi ? cracha-t-il.

Nevin le surprit en lui caressant la cuisse.

— Tu sais que ce n'est pas ce que je veux dire. Et puis, entre nous c'est franchement génial.

— Alors *où* veux-tu en venir ? Je suis perdu.

— Ce que je veux dire, c'est que je ne suis pas ton type.

Oh.

— Tu es en train de rompre avec moi ? Je ne pense pas que tu puisses faire ça, nous n'avons jamais vraiment été ensemble.

— Non.

Nevin ferma les yeux avec force, puis les rouvrit.

— Je t'aime bien. Je ne sais pas pourquoi, je n'ai même pas pu réellement jouer avec ton énorme queue, alors ce n'est pas ça. Tu sais quoi ? Je n'ai couché avec personne depuis que nous l'avons fait.

Cet aveu fit également mal à la poitrine de Colin, mais pour une raison totalement différente.

— Pourquoi ?

— Aucune idée. Mais voilà le truc. Je ne serai jamais ce que tu veux. Ce que tu mérites. Alors nous pouvons nous amuser un peu, mais...

— Et ce que *tu* veux et mérites ?

Nevin secoua vivement la tête.

Pendant qu'ils parlaient, la pluie commençait à tomber sur le pare-brise et le toit, et l'intérieur des vitres commençait à se couvrir de buée. Tout à coup, Colin aurait voulu être ailleurs. Il démarra le contact et attendit que le système de désembuage fasse son travail.

— Tu peux me laisser à mon bureau, dit Nevin avec lassitude.

— Non. Pas encore.

Il prit une route plus directe pour sortir du parc, se retrouvant sur Burnside en direction du centre-ville. Mais quand il continua à travers le pont et vers le sud, Nevin ne put apparemment pas supporter ce suspense plus longtemps.

— Où allons-nous ? demanda-t-il.

— Je veux te montrer quelque chose.

Alors qu'ils approchaient du Clinton Street Theater, Nevin fit un de ses petits bruits.

— Le *Rocky Horror* ne passe pas les lundis après-midi.

— Ce n'est pas où nous allons.

Colin continua le long de la rue sur quelques pâtés de maisons jusqu'à trouver une place libre devant une petite maison bleu pâle avec le toit presque effondré.

— Qu'est-ce que c'est ?

— Nous venons de l'acheter. Enfin, nous sommes toujours sous séquestre, mais elle est vide et je connais le code pour entrer. Viens voir.

Même si Nevin semblait incertain, il suivit Colin le long de l'allée entourée de mauvaise herbe jusqu'à un large porche. Les planches en bois craquaient de façon menaçante sous leurs pieds, mais rien ne céda avant qu'ils aient pu entrer. Colin avait déjà fait le tour du propriétaire avant que son père fasse une offre. Maintenant il se trouvait dans l'entrée, avec les couches de papier peint qui tombaient en lambeaux et où tout puait la pisse de chat.

— Visite.

Nevin leva les sourcils. Puis il haussa les épaules et commença à regarder. Colin resta sur place, observant ses mouvements au bruit de ses pas et aux jurons occasionnels. Il savait ce que Nevin voyait : des structures un peu usées, l'électricité et la plomberie à refaire, la cuisine restée bloquée dans les années 60, les salles de bains plus vieilles encore. Les dégâts des eaux sur les sols et les plafonds. Les fenêtres brisées. La poussière, la crasse et les crottes de souris...

Après avoir exploré l'étage, puis refusé à voix haute d'aller regarder le sous-sol, Nevin finit par le rejoindre dans l'entrée.

— J'ai vu des scènes de crimes en meilleur état. En fait, je suis certain de trouver quelques cadavres dans le sous-sol. Ou dans ce placard en haut de l'escalier.

— Oui, confirma tristement Colin. C'est en ruine. Il faut aussi une nouvelle toiture, et une nouvelle chaudière. Et toute la peinture est à refaire.

— Si tu essaies de me vendre cette maison, tu t'y prends comme un manche.

Nevin avait de la poussière sur la joue. Colin sourit et la lui enleva du pouce.

— Je n'essaie pas de te la vendre. Mais qu'en penses-tu ?

— Tu l'as dit toi-même. C'est une ruine. Bonne localisation, mais il faudra dépenser une fortune pour la rendre habitable.

Colin s'affaissa légèrement.

— Oui. Tu as entièrement raison.

Mais Nevin sourit alors.

— Mais putain, tu as vu cette cheminée ?

Il désigna le salon à côté.

154

— Magnifique, une fois qu'elle sera nettoyée et le manteau réparé. Et en haut, il n'y a que des fenêtres en vitrail, sans compter la baignoire à pieds qui est assez grande pour que même Germy y entre. Ou toi et moi, ajouta-t-il avec un regard lubrique.

— C'est une super baignoire.

— Le porche a une bonne taille, tant que personne ne passe à travers. Nous pourrions inviter tous les voisins à faire la fête sur ce porche.

Il tourna doucement dans la pièce, la tête penchée sur le côté.

— Oui, c'est un puits sans fond à fric, mais elle a du caractère. Elle serait belle une fois réparée.

Ravi, Colin passa les bras autour de Nevin, qui fut si surpris qu'il en poussa un couinement. Mais Colin le serra encore plus fort, marchant jusqu'à ce qu'il le coince entre lui et la porte d'entrée.

— Que... commença Nevin.

Colin le fit taire d'un baiser.

Qu'importe la surprise de Nevin, il s'adapta vite au programme, passant les mains sous le manteau de Colin pour lui attraper les fesses à pleines mains. Nevin embrassait bien. Même *très* bien. Trent n'aimait pas beaucoup embrasser, il était plus du type à faire un smack sur les lèvres. Mais Nevin y mettait toute son énergie, comme si embrasser était aussi important que le sexe, comme si Colin était le plat le plus délicieux auquel il ait pu goûter.

Puis Nevin lui mordilla le lobe, presque assez fort pour faire mal, et Colin grogna si fort que ça résonna dans toute la pièce.

— Qu'est-ce qui se passe ? demanda Nevin, à bout de souffle.

— Tu l'as vue.

— Vu quoi ?

— La valeur de la maison. Sa véritable valeur, je veux dire.

Colin se laissa aller contre Nevin.

— Mon père peut tout raser, avec la maison d'à côté qui est en aussi mauvais état, pour construire des maisons de ville. Ce sera de belles maisons. Il ne fait pas les choses à moitié. Mais elles ne seront pas... comme ça.

— Alors dis-lui de les garder. C'est ton affaire aussi, non ?

— En quelque sorte.

Son père était le propriétaire et le président de la compagnie, mais Colin était vice-président. Ce qui semblait plus important comme titre que ça l'était réellement. Et même si Harold lui laissait de plus en plus gérer

155

les tâches quotidiennes, il aimait toujours prendre les grosses décisions, comme quelle propriété acheter et que faire avec.

— Il ne va pas te renier pour t'être opposé à lui, Collie. Si c'est important pour toi… j'allais te dire d'avoir des couilles, mais merde, j'ai bien vu qu'elles étaient là. Utilise-les. Dis à ton père d'aller voir ailleurs !

Ce n'était pas si facile, mais Colin n'était pas d'humeur à le dire. Il serra Nevin contre lui à la place.

— Je suis heureux que tu voies la même chose que moi dans cette maison. Ce n'est pas qu'une histoire d'argent.

— L'argent n'est pas important quand tu en as beaucoup, répondit Nevin.

Mais il semblait fatigué et pas fâché, et Colin se souvint de combien il avait semblé perdu dans son bureau, à regarder la ville plongée sous un ciel gris sans la voir.

— Tu sais, cette conversation que nous avons eue au jardin des roses ? dit Colin. Eh bien, on s'en fout. On s'en fout de savoir avec combien de personnes nous avons couché, et de savoir si nous sommes le genre qui correspond à l'autre. Oublions demain. Je pourrais tomber…

Il faillit dire ce qu'il ne fallait pas.

— Je pourrais sortir d'ici et me faire écraser par un conducteur de bus. Tu es flic, je n'ai pas à te rappeler à quel point la mort peut tomber à n'importe quel moment.

— Donc ?

— Donc, nous ne nous soucions que de maintenant, de cet instant.

Avec ce baiser, la tête de Nevin frappa contre le mur, faisant tomber une petite pluie de papier peint et de poussière. Il ne sembla pourtant pas remarquer, et rapidement, Colin était concentré uniquement sur la manière dont Nevin emplissait tous ses sens. Le toucher, avec le contact de son corps musclé contre le sien, ses mains puissantes sur ses fesses, ses lèvres douces, sa langue. Et le goût, avec une pointe d'oignon du déjeuner, mais non moins délicieux malgré ça. L'odeur du savon de Nevin, rien de particulièrement cher, probablement une savonnette d'un supermarché. Et les bruits que Nevin faisait, des petits murmures, des gémissements profonds et sexy. Le corps de Colin vibrait comme un moteur en réponse. Il ouvrit même les yeux pour voir ce qu'il pouvait observer quand ils étaient aussi proches : la peau de velours et les épais cheveux sombres, couverts de petits morceaux de la maison qui tombait en ruine.

S'ils s'embrassaient assez longtemps, Colin finirait peut-être par comprendre cet homme fier et complexe.

Mais il devenait de plus en plus conscient de son pelvis qu'il frottait contre celui de Nevin, et ce dernier qui répondait avec autant de force, et ils allaient jouir dans leur pantalon. Ce qui était dommage, parce qu'il n'y aurait eu aucun contact peau contre peau.

Colin déplaça ses lèvres pour sucer le tendon à son cou, laissant Nevin libre de souffler des plaintes. C'était amusant. D'ordinaire, Nevin jurait plus qu'un film de Martin Scorsese. Mais quand Colin et lui avaient un rapport, les mots en « p » disparaissaient, remplacés par des petits hoquets pressants. Ces bruits le faisaient se sentir puissant.

Noyé dans les hormones et la malice, Colin recula, enleva sa veste et l'étendit sur le sol. Il se tourna ensuite vers Nevin.

— Déshabille-toi.

Nevin écarquilla les yeux. Il lança un regard vers les fenêtres, qui étaient masquées par des rideaux fins et usés. Il concluait peut-être que ce n'était pas le top de l'intimité, mais au moins la maison était à l'écart de la rue. Et l'entrée n'était que faiblement éclairée par la lumière tamisée de la pièce d'à côté.

— Nous allons abîmer ta veste, dit Nevin, mais il enlevait déjà la sienne.

— J'en achèterai une autre. Elle est de l'année dernière de toute façon.

Il conclut sa blague par un clin d'œil. Il fallut du temps à Nevin pour se déshabiller, en partie parce que ses mains tremblaient un peu. Finalement, il fut nu, le sexe fièrement dressé, respirant avec force. Il était parfait.

Colin fit un signe vers le manteau.

— Allonge-toi.

Nevin s'installa sur le dos, les jambes écartées de manière à l'inviter et dressé sur ses coudes.

— Seigneur, souffla Colin.

Quand il réalisa enfin la situation, il dut se retenir contre un mur. C'était le début de l'après-midi, et il était dans une maison en ruine dont il n'était pas encore véritablement le propriétaire, à baver devant un inspecteur de police nu.

Nevin lui sourit.

— Oui. On a souvent cette réaction devant moi.

Le rire brisa assez la tension de Colin pour qu'il se redresse. Il se déshabilla rapidement, jeta ses vêtements de côté, se fichant de les salir.

Mais quand il expédia une de ses chaussures, elle vola tel un missile et frappa une petite table abandonnée au coin de la pièce. La table tomba avec fracas, se désintégrant sous l'impact, et Colin se mit à glousser. Il pouffait toujours après avoir retiré son autre chaussure, avec plus de soin, et ses chaussettes, puis se coucha sur Nevin.

— Qu'est-ce qui est si drôle ? demanda Nevin en passant les doigts le long de la raie de Colin.

Ce dernier lui souffla à l'oreille avant de répondre :

— Buffy.

— Quoi ?

— La première fois qu'elle couche avec Spike, c'est dans une maison abandonnée, et le sexe est si... violent et passionné qu'ils détruisent la maison.

Nevin le regardait, les yeux plissés.

— Mais de quoi parles-tu ?

— *Buffy contre les vampires*. Tu sais, la série télé. Tu n'as jamais regardé ?

— Non.

Colin se promit de lui faire regarder l'épisode musical. Puis il oublia tout de Buffy, Spike et tout ce qui n'était pas Nevin quand ce dernier se mit à l'embrasser.

Ils n'avaient pas de préservatif ni de lubrifiant. Aucun problème, parce que Colin avait surtout envie de passer sa langue sur tout le corps de Nevin. Et c'est ce qu'il fit, prenant particulièrement soin de ses tétons pointés et des creux là où ses jambes rencontraient son bassin. Les résultats étaient incroyables. Nevin se tortillait, le suppliait, s'accrochait à Colin partout où il pouvait l'atteindre. Puis Colin passa doucement ses dents sur les bourses de Nevin avant de, doucement, lécher la peau délicate sous celles-ci. Mais quand il donna une petite pression, minuscule, sur l'entrée de Nevin tout en masturbant vivement son sexe, Nevin *hurla*. Quelques secondes plus tard, il jouissait dans sa main.

Le sexe de Colin était lourd entre ses cuisses, oublié et négligé, et pourtant son triomphe à voir Nevin perdre pied était presque aussi bon qu'un orgasme. Presque. Colin ne protesta pas quand Nevin le tira à lui, le forçant à remonter sur son corps. Utilisant le sperme de son amant comme lubrifiant, Colin frotta son entrejambe contre le creux de la hanche de celui-ci. Ça n'offrait pas beaucoup de friction, mais Nevin jouait à nouveau avec ses fesses, et Colin sentait le sexe collant et mou de Nevin contre sa hanche.

158

Ces choses, ainsi que les encouragements de Nevin, suffirent à le faire se tendre et rejoindre le sommet.

— C'est ça, bébé. Comme ça. C'est bon, soufflait Nevin.

Quelques instants plus tard, Colin avait joui et était couché contre lui, en partie sur le manteau et en partie sur le sol dur. Son corps chaud commençait à refroidir dans la pièce froide. Il se mit à rire encore.

— Toujours Buffy ? demanda Nevin en jouant avec ses cheveux.

— Je me disais simplement que c'est le sexe le plus salace que j'ai pu avoir.

— Et c'est mal ?

— Non. Pas du tout.

C'était même franchement génial.

XIV

ILS SE lavèrent avant de quitter la maison en ruine de Colin, mais l'effort était en majorité vain. La maison n'avait que l'eau froide, et ils n'avaient rien de plus que des serviettes en papier pour se sécher. Frissonnants et toujours plutôt sales, ils remirent leurs vêtements. Colin tenta de lisser ses cheveux avec les doigts, sans grand succès, et son manteau était fichu. Il ne tenta même pas de remettre son nœud papillon et le plongea dans sa poche.

Mais avec toutes ces agréables hormones post-coït dans le corps, Nevin ne voulait pas encore le laisser partir.

— Un café ? proposa-t-il alors qu'ils se dirigeaient vers la porte.

Colin n'arrêtait pas de sourire. Il avait l'air d'un lycéen qui venait de faire une bêtise.

— Bien sûr.

— Je connais un bon endroit à Belmont. Allons-y.

Durant le rapide trajet, Nevin commença à douter. Jeremy ne serait probablement pas au *P-Town* parce qu'il travaillait. Mais Rhoda y serait certainement, et Nevin n'était pas d'humeur à expliquer pour Colin. Surtout que Rhoda était assez intelligente pour comprendre à l'instant où elle les verrait ce qu'ils venaient de faire. Merde, la peau de Colin était toujours rougie, et les lèvres de Nevin lui semblaient encore gonflées par les baisers. Mais quand il décida de les conduire ailleurs, Colin se garait déjà devant le *P-Town*. Nevin ne trouvait pas de solution pour le faire partir sans passer pour un con, alors il se prépara au combat et ils entrèrent dans le café.

Il n'y avait pas beaucoup de clients, et aucun signe de la propriétaire. Nevin soupira de soulagement.

— Salut, Ptolemy, dit-il au serveur. Où est Rhoda ?

Ptolemy portait un riche maquillage à ses yeux qui rappela l'Ancienne Égypte à Nevin, mais son jean et chemise en flanelle rappelaient plutôt le style grunge des années 90.

— Parker a une crise existentielle. Encore. Rhoda est partie passer quelques jours avec lui.

— Je suis désolé de l'entendre.

Ce qui était vrai, malgré son soulagement de savoir qu'il n'aurait pas affaire à elle aujourd'hui.

— Comme d'habitude pour moi. Et ce qu'il voudra.

Les yeux Osiris s'écarquillèrent. Choqué que Nevin vienne avec quelqu'un qui n'était pas Jeremy ? Surpris par l'état de Colin qui criait clairement le sexe ? Ou par intérêt pour Colin lui-même, parce qu'on aurait pu le croquer ? Nevin ne saurait dire.

Colin regardait autour de lui, admirant l'atmosphère et le décor. À en juger par son sourire, le *P-Town* lui plaisait.

— Vous avez de la tisane ? demanda-t-il à Ptolemy.

— Bien sûr.

Ptolemy lui tendit la carte plastifiée et attendit patiemment que Colin la lise.

— La menthe poivrée est sans caféine ?

— Oui. Nevin boit suffisamment de café pour vous deux, hein ?

— Probablement.

Une fois que Nevin eut son double espresso et Colin sa théière en céramique, une grande tasse et un sachet de thé, ils choisirent une table en fond, près de la petite scène.

— Tu viens souvent ici ? demanda Colin en s'asseyant.

— Oui. Germy adore, et il ne vit qu'à deux pâtés de maisons, mais je viens souvent aussi.

S'il était honnête, le *P-Town* était « son endroit » à lui aussi. Le café était confortable et original, et Rhoda avait le don pour se faire une clientèle intéressante et... remplie de gens bien. Certains des habitués étaient LGBT+ et d'autres non. Il y avait des adolescents comme des personnes âgées. Certains semblaient avoir un compte en banque plus fourni que celui de Colin, d'autres semblaient vivre dans des chariots, et le reste était entre les deux. Beaucoup d'entre eux avaient la peau beaucoup plus sombre que celle de Nevin, ou les traits bien moins européens. Et deux d'entre eux, comme l'un des musiciens habituels, un bel homme avec de longs cheveux blonds, étaient vraiment... bizarres. Mais les habitués de Rhoda étaient tous des gens bien.

Et Colin y était à sa place.

— Les peintures sont vraiment intéressantes, dit Colin pendant qu'il attendait que son thé infuse. J'aime beaucoup celui-là.

Il montra la peinture d'une licorne, de Bigfoot, d'un loup et d'une sirène mâle qui jouaient aux cartes.

— C'est ton style, dit Nevin.

— Et le tien, c'est quoi ?

Nevin pensa aux mauvais dessins affichés sur ses murs à la maison, des châteaux, des maisonnettes, des voitures, et haussa les épaules.

— L'art n'est pas trop mon truc.

— Hum.

— Hum ? Ça veut dire quoi ?

— Rien. Sauf que je t'ai déjà vu dessiner dans le carnet que tu transportes. Et parfois, tu fais des formes avec ton doigt sur les tables.

Nevin serra ses mains traîtresses et les posa sur ses cuisses.

— Je ne fais pas…

— Bien sûr que si. Tu n'es pas le seul à remarquer les détails, inspecteur.

— Connard, marmonna Nevin, avant de le fusiller du regard quand Colin éclata de rire. Quoi ?

— Les insultes, c'est un peu comme des surnoms affectueux venant de toi.

Nevin faillit l'insulter à nouveau, mais se tut avec une gorgée de son espresso. L'air ravi, Colin sortit le sachet de thé de sa tasse, le posa dans la théière et prit une gorgée avec prudence.

— Hum.

— Pourquoi bois-tu… de la pelouse ?

— Menthe poivrée.

— Oui, mais pourquoi ?

Colin perdit son sourire.

— Je, euh, j'essaie d'éviter la caféine. Un café le matin, parfois du thé glacé, mais c'est tout.

— Pourquoi ?

Au lieu de répondre, Colin prit une autre gorgée. Puis son regard se porta à nouveau sur la salle, et il observa un instant deux hommes assis à quelques tables de là. L'un d'entre eux lisait le journal pendant que l'autre écrivait dans son carnet. Colin se pencha en avant et parla à voix basse.

— Ce type ressemble à Tab Hunter.

— Qui ?

— Tab Hunter. L'acteur.

— Jamais entendu parler.

Parfois, Colin le regardait comme si Nevin venait de débarquer d'une autre planète, mais à cet instant, il semblait seulement triste.

— C'était une grande star dans les années 50. Ma mère m'a dit que c'était son premier coup de cœur. Elle avait, quoi, huit ans. Nous devrions peut-être regarder un de ses films ensemble. *Damn Yankees*, je pense.

— Collie, nous ne pouvons pas…

Colin leva une main.

— Non. Je ne sais pas pourquoi tu ne peux pas te convaincre de tenter une relation, mais comme tu veux. Je ne m'attends à rien. Je ne te demande de faire aucune promesse. Couche ailleurs si tu veux, mais ne me le dis pas en revanche. Mais nous passons de bons moments ensemble, non ? Alors pourquoi ne pourrions-nous pas avoir ça ? Au moins pour un petit moment.

C'était une offre attirante. Il avait connu beaucoup de bons coups dans sa vie, mais personne ne le faisait se sentir comme Colin le faisait se sentir. Merde, il traînerait avec ce type même s'ils ne couchaient pas ensemble, même si putain, le sexe était bon. Mais plus ils passeraient de temps ensemble et plus ça serait difficile d'arrêter.

— Tu dois oublier ton Trent l'enflure et trouver ton Grand Amour.

— J'emmerde mon Grand Amour !

Colin cria assez fort pour que le type qui ressemblait à un acteur et son ami regardent. Mais il sembla s'en ficher.

— Je préfère avoir une aventure sauvage et irréfléchie. Ou, je ne sais pas. Peut-être un ami avec bénéfices. Je *t'apprécie*, Nevin.

Personne ne l'appréciait. OK, ce n'était pas vrai. Jeremy Cox l'appréciait, mais ce buffle aimait tout le monde. Ford aussi, mais à une époque où le monde était cruel et vide, ils étaient tout ce que l'autre avait. Ça laissait une marque assez importante pour tenir malgré le temps et les emmerdes. Il y avait quelques autres personnes qui pouvaient supporter sa compagnie pendant de courtes périodes. Mais voilà que Colin Westwood, avec ses nœuds papillon, son visage honnête et sa putain de BMW, voulait passer du temps avec lui.

Peut-être était-il fou.

Nevin avala le reste de son espresso et posa la tasse sur la table avec force.

— Ford ? Je l'ai rencontré parce que nous étions dans la même famille d'accueil.

— Oui ? répondit Colin avec prudence.

— C'était la dernière pour tous les deux, parce que nous allions avoir dix-huit ans. Ce n'était pas une mauvaise famille. Le lit et la nourriture

163

étaient décents, et les parents d'accueil nous foutaient la paix tant que nous faisions ce que nous étions censés faire.

Il serra la mâchoire, mais dut se décontracter pour dire la suite.

— C'était mon quinzième placement.

Il n'avait pas connu le chiffre précis jusqu'à quelques années plus tard, lorsqu'il avait utilisé ses relations pour obtenir ses vieux dossiers. Il avait passé le week-end à lire les dossiers et les notes de l'assistante sociale, et il avait tellement bu qu'il avait dû se faire porter pâle le lundi.

— Qu'est-il arrivé à tes parents ? demanda Colin.

— Mon père n'était rien de plus qu'un donneur de sperme. Ma mère… cette salope m'a laissé seul dans son appartement de merde quand j'avais trois ans. Probablement pour aller se droguer ou se prostituer. Elle a dû se perdre en chemin, parce qu'elle n'est jamais revenue.

Colin ne le prit pas dans ses bras pour une étreinte maladroite et ne lui dit pas qu'il était désolé. Il ne dit pas de phrase clichée, ne se fit pas larmoyant et ne posa pas de question stupide. Il ne fit que le regarder une seconde ou deux avant de dire :

— C'est dégueulasse.

Et étrangement, c'était la réponse parfaite. Nevin rejeta la tête en arrière et éclata de rire.

— Tu as raison, Nœud Pap'. Vraiment.

— Cela veut-il dire que nous pouvons avoir une passade ?

— J'imagine que oui.

Là en revanche, Colin se précipita hors de sa chaise pour le serrer avec force dans ses bras.

Nevin passa le mercredi matin dans un centre de soins pour adultes. En théorie, il était là pour parler avec l'équipe qui y travaillait, mais il connaissait bien cet établissement et les employés faisaient partie des meilleurs qu'il avait rencontrés. Ce qu'il fit vraiment pendant cette visite : jouer au Go Fish avec les patients atteints d'Alzheimer. Puis deux femmes avec des chiens de thérapie arrivèrent, et Nevin resta dans le coin pour regarder les patients caresser les golden retrievers. Il vit que même les gens les plus confus et ébranlés se détendaient en caressant la fourrure propre, et ça lui rappela Legolas. Les animaux étaient un peu magiques, à absorber la douleur pour la remplacer par du calme. Certaines personnes étaient aussi comme ça.

Il allait retourner à son bureau et peut-être s'arrêter pour déjeuner en chemin quand il reçut un appel pour une femme âgée en détresse. Il changea de route pour aller à l'adresse au nord-est, où il fut appelé à une porte sur le côté d'une maison modeste par une femme d'une trentaine d'années.

— C'est mamie, dit-elle, perturbée. Elle pense que quelqu'un lui vole des choses, mais c'est faux. Elle est confuse.

La femme portait un vieux jean et un sweat-shirt, et ses cheveux étaient attachés dans une queue de cheval désordonnée.

— J'aimerais lui parler, s'il vous plaît. Comment s'appelle-t-elle ?

— Shirley Gerhard. Mais elle ne sera pas très sensée.

Elle le conduisit à travers la cuisine jusqu'au salon, où un enfant regardait la télé, puis dans un couloir sombre. Les jouets étaient étalés sur le sol et les murs semblaient un peu crasseux, mais ce n'était pas inhabituel dans une maison avec au moins un enfant en bas âge. Nevin ne voyait rien qui serait une atteinte à la santé publique.

Mme Gerhard était assise dans un fauteuil rembourré dans la chambre parentale. Près d'elle, un plateau en plastique et métal contenait des bouteilles de médicaments, une télécommande, un verre d'eau, une paire de lunettes. Une petite télé était perchée sur la commode. Elle portait un peignoir bouffant et un foulard sur ses cheveux.

— Qui êtes-vous ? demanda-t-elle en ignorant totalement sa petite fille.

— Inspecteur Ng, police de Portland.

— Vous n'êtes pas policier.

Il avait déjà vécu cela auparavant. Il ne savait pas ce qu'il avait qui faisait douter les gens : son absence d'uniforme, sa taille, la couleur de sa peau. Quelle que soit la cause, il savait quoi faire. Il sortit son insigne et le lui tendit pour qu'elle puisse regarder.

— Je vous ai appelés il y a des heures.

— Je suis désolé, Mme Gerhard. Mais je suis là, maintenant. Vous pouvez me dire quelle est votre plainte ?

Pour montrer qu'il était sérieux, il sortit son carnet et un stylo.

Mme Gerhard fit un signe de la main à sa petite-fille avec impatience.

— Tu peux partir.

La jeune femme lança un regard douloureux à Nevin et quitta la pièce.

— Ça fait des mois que je lui dis, dit Mme Gerhard. Mais elle n'écoute pas. Elle croit qu'elle sait tout. Elle tient de son père, et il était con comme un manche et deux fois plus têtu.

Nevin hocha la tête, sans laisser voir la sympathie qu'il éprouvait pour la petite-fille. Cela ne devait pas être simple, de s'occuper d'un parent âgé en même temps qu'un jeune enfant. Beaucoup de personnes n'essayaient même pas.

— Quel est le problème, madame ?

— Quelqu'un vole mes affaires, voilà le problème !

Il finit par aller chercher une chaise dans la cuisine et écouta pendant presque deux heures tandis qu'elle lui racontait ses théories sur des gens qui prenaient ses bijoux et autres affaires. Elle accusait surtout les voisins et les amis de sa petite-fille. Elle donna son avis sur tous ces gens et leurs habitudes, déraillant parfois pour parler de son mari depuis longtemps décédé, qui était apparemment un véritable saint.

Quand elle fut assez épuisée pour ne plus avoir quoi que ce soit à dire, Nevin ferma son carnet de notes et se leva.

— Merci pour votre rapport aussi détaillé. Je vais faire tout mon possible pour vous aider.

Elle lui tapota le bras d'une main tremblante.

— Merci, inspecteur. Vous êtes un bon garçon. Je parie que votre mère est très fière de vous.

— En effet, madame, mentit-il.

Dans la cuisine, la petite-fille coupait des légumes pendant que le gamin jouait par terre avec des tasses en plastique.

— Personne ne vole ses bijoux, dit-elle avec lassitude. Ils ont été vendus il y a des années.

— Je comprends.

— Et mon grand-père ? C'était un alcoolique. Il les battait, ma mère et elle.

Elle jeta une poignée de carottes découpées dans une casserole.

— La mort et les années apaisent pas mal de défauts, compatit Nevin.

Elle pouffa.

— J'imagine. C'était une femme si forte et incroyable, vous savez ? Elle m'a pratiquement élevée. Et maintenant…

— Elle a un diagnostic de sénilité ?

— Non. Je veux dire, elle a beaucoup de problèmes de santé, mais c'est nouveau.

Nevin sortit plusieurs cartes de la collection qu'il conservait dans sa poche et les posa sur le comptoir, près de la planche à découper.

— Parlez immédiatement à son médecin. Cela pourrait être une réaction à certains médicaments, et s'ils les changent, vous pourriez voir de l'amélioration. Une de ces cartes est pour un groupe de soins à domicile. Ils auront peut-être un moyen pour vous soulager de temps en temps.

Elle ne s'arrêta pas de découper, une pomme de terre cette fois, mais lança un regard à Nevin et sourit avec reconnaissance.

— J'essaie de toutes mes forces.

— Je le vois. Vous prenez bien soin de votre famille. Mais vous devez aussi prendre soin de vous.

Elle renifla et hocha la tête.

— Une chose que ce groupe peut faire aussi, c'est envoyer quelqu'un pour tenir compagnie à votre grand-mère. Vous êtes très occupée, et elle se sent peut-être un peu seule. Parfois, les gens ont juste besoin de nouvelles personnes pour les écouter.

— Elle sort très rarement, dit-elle. Et tous ses amis sont morts.

Nevin songea brièvement à Roger Grey.

— Ce groupe peut aider. Je travaille beaucoup avec eux. Je vous ai aussi laissé ma carte, appelez-moi si vous avez besoin d'aide.

Elle reposa son couteau et s'essuya les mains sur une serviette.

— Merci, inspecteur. Je sais que vous avez beaucoup de choses importantes à vous occuper et...

— Votre grand-mère et vous *êtes* importantes. Vous aider est mon travail.

Elle le raccompagna à la porte et le surprit en le prenant dans ses bras.

— Merci, dit-elle après s'être écartée.

Elle s'essuya les yeux du revers de la main.

— Vraiment, merci beaucoup.

— Prenez soin de vous.

Assis dans Julie, il prit quelques notes rapides. De vraies notes, et non les voitures de sport qu'il avait dessinées pendant que Mme Gerhard parlait. Il aurait un peu de paperasse à faire pour cette affaire, peut-être qu'il appellerait la petite-fille dans une semaine pour voir comment ça se passait. Les appels comme celui-ci pouvaient être frustrants, mais ils l'aidaient à continuer. Pendant deux heures, une vieille dame avait eu une oreille compatissante, et peut-être que son esprit s'était un peu apaisé. Sa petite-fille l'était, en tout cas. Si le groupe d'aide pouvait prêter main-forte, toute la famille en tirerait avantage.

Mais cette histoire n'aurait pas de fin heureuse, qu'importe ce qu'il faisait. Mme Gerhard n'allait pas miraculeusement redevenir la femme forte et active qu'elle avait été. Sa petite-fille devrait toujours affronter le travail épuisant qu'était de prendre soin de sa famille tout en regardant une personne qu'elle aimait disparaître. Cet enfoiré de M. Gerhard pouvait reposer en paix dans son cercueil, dispensé d'efforts ou d'accusations grâce au bénéfice de la mort.

Puis une pensée qui n'était jamais permise s'infiltra dans la tête de Nevin, et cette fois il n'eut pas la force de la repousser. Que deviendrait-il quand il serait vieux ? Il refusait de pourrir en maison de retraite, il préférait encore se tirer une balle. Est-ce qu'il serait comme Roger Grey, à recevoir des visites de jeunes bénévoles, ou comme Mme Ruskin, assassinée pour allez savoir quelle raison ? Peut-être que Colin avait raison et que tout finirait bien plus tôt que ça, la cervelle de Nevin étalée sur le bitume.

Bordel de merde. Quel genre de vie pouvait-on vivre si la meilleure fin possible était de passer sous un bus ?

En grognant, Nevin sortit son téléphone et écrivit un message.

XV

DÎNER CE soir ?

Le téléphone ne lui indiquait pas qui était l'expéditeur, alors ce n'était pas quelqu'un dans ses contacts. Cela pouvait être une arnaque ou une erreur. Mais, alors que Colin s'installait dans son bureau en regardant l'écran, son cœur fit une petite danse.

Un dîner de passade ? répondit-il.

Un putain de steak et patates, Nœud Pap'. Ça te dit ?

Colin sourit si fort qu'il en eut mal au visage.

Quelques minutes plus tard, il frappait à la porte du bureau de son père.

— Papa ?

— Entre.

Son père était assis dans l'un des fauteuils en cuir, un magazine de golf sur les jambes.

— Qu'y a-t-il ?

Tentant avec force de ne pas s'agiter comme un écolier, Colin dit :

— Je pars plus tôt ce soir.

— Bien sûr. Je pensais à faire de même, mais je ne trouvais pas l'énergie. Tu as des projets ?

— Dîner. Enfin, avec quelqu'un.

Son père fronça légèrement les sourcils.

— Ta mère ne t'a pas organisé un autre rendez-vous arrangé, hein ?

— Crois-le ou non, je l'ai trouvé seul ce coup-ci. Tu te souviens de cet inspecteur ?

— Vraiment ?

Son père pouffa.

— Un interrogatoire de police. C'est un moyen de trouver l'amour auquel je n'aurais jamais pensé quand j'étais célibataire.

Se souvenant de « l'interrogatoire » du lundi, et de son manteau au pressing, Colin rougit.

— Oui. Nevin est… intéressant.

169

Enfin, c'était une manière ridicule de décrire un homme aussi beau et compliqué.

— Mais en fait, je ne suis pas venu parler de ma vie amoureuse.

Son père sembla soulagé. Quand Colin avait neuf ans et commençait à poser des questions, son père était celui qui lui avait parlé des oiseaux et des abeilles. Il y était allé avec courage, donnant les bases du sexe hétéro et gay à Colin, et Colin avait trouvé qu'il avait largement rempli ses devoirs de parent. Mais ces conversations avaient été gênantes, et quand Colin avait été assez grand pour sortir avec des garçons, son père avait surtout prétendu ne rien remarquer. Il avait fait de même avec Miranda, alors ça n'avait rien à voir avec l'orientation sexuelle de Colin. Ce n'était simplement pas un sujet qu'il voulait aborder.

Colin prit une profonde inspiration.

— Tu sais, ces maisons sur la 27ème ?

— Oui ?

— Je ne pense pas que nous devrions les raser.

— Nous avons déjà parlé…

— Pas vraiment.

Colin s'assit sur un fauteuil et se pencha en avant.

— J'en ai parlé, mais tu n'as pas écouté. Je sais que nous ferions de plus gros profits avec des maisons de ville. Mais, papa, il y a un coût. Nous tuons la personnalité du quartier.

Son père posa le magazine sur l'accoudoir, ce que Colin supposait être une bonne chose. Ça voulait dire qu'il l'écoutait.

— Deux maisons ne feront pas de différence, dit son père.

— Deux maisons ici, une autre là. Combien en avons-nous déjà démoli ? Et là, ce n'est que nous. Je sais que beaucoup d'autres compagnies font de même.

— Exactement ! Nous ne sommes qu'un grain de sable dans l'océan, et nous prenons des décisions difficiles pour les affaires.

— Pour les affaires.

Colin se leva, se dirigea vers la grande fenêtre et regarda dehors.

— Et pourquoi pas prendre des décisions émotionnelles ? Pourquoi ne ferions-nous pas ce qui est juste plutôt que ce qui fera gonfler notre compte en banque ?

Hum. Regarder par la fenêtre rendait cela plus facile à dire. Nevin tenait un truc avec ça.

— Colin…

170

Mais Colin se tourna pour le regarder.

— Vraiment, papa. De quoi avons-nous besoin que nous n'ayons pas déjà ? La plupart des gens ont bien moins d'argent que nous et s'en sortent très bien. Je n'ai pas besoin d'un plus grand appartement, d'une nouvelle voiture ou de plus… plus d'affaires.

Pendant un instant, son père fit travailler sa mâchoire en silence. Tout le monde disait que Colin lui ressemblait, et il se demandait si c'était ce à quoi *il* ressemblait quand il était fâché, avec une ligne entre les sourcils et des éclats de couleurs sur les joues. La voix de son père, resté immobile, était mesurée quand il reprit :

— Et quand je ne serai plus là, Colin ?

Colin cligna des yeux.

— Quoi ?

— J'ai soixante-huit ans. Et je suis en bonne santé, d'après le médecin. Je vivrai peut-être jusqu'à cent ans, ou peut-être que je me réveillerai un jour avec un cancer du pancréas.

Colin grimaça. Le meilleur ami de son père était mort du cancer du pancréas trois ans plus tôt.

— Je ne…

— Ce que je veux dire, c'est que je ne suis pas éternel. Ni ta mère, même si je ne suis pas certain qu'elle l'admettrait. Je veux simplement m'assurer que si quelque chose *devait* nous arriver, tu ne manquerais de rien.

Il était tentant de jurer comme Nevin, mais Colin secoua simplement la tête.

— Je peux prendre soin de moi.

— Pour le moment, oui. Mais si jamais… tu retombais malade ? L'assurance ne couvre pas tout, et Miranda doit déjà s'occuper d'elle et de sa fille.

— Je ne suis pas fragile ! Et même si j'étais…

Colin se mordilla la lèvre en tentant de trouver ses mots.

— Mme Ruskin est morte et elle n'a même pas eu de funérailles. Roger Grey… enfin, je ne sais pas ce qu'ils feront de son corps quand ils en auront fini avec l'enquête. Et ils sont morts et oubliés, c'est comme s'ils n'avaient jamais réellement vécu.

Son père se leva et s'approcha.

— Tu n'es pas comme eux, dit-il à voix basse. Nous t'aimons. *Beaucoup* de personnes t'aiment.

171

— Je sais. Mais ce n'est pas de ça que je parle. Dans cent ans, tu penses que quelqu'un regardera sa maison appartenant à *Westwood Development* en se disant « je suis heureux qu'ils aient construit cette maison » ? Quelqu'un va-t-il désigner nos maisons du doigt depuis leur voiture et dire « waouh, regarde cette beauté ! » ?

— Nous offrons un logement aux gens.

— Bien sûr. Mais il y a beaucoup de façons de le faire. J'étais dans l'une des vieilles maisons cette semaine, et je sais que c'est une ruine. Mais pendant un siècle, des gens ont vécu là. Ils y ont élevé leur famille.

Ils y ont fait l'amour.

— C'est comme si après tout cela, la maison avait… un petit bout de leur âme. Il n'y a pas d'âme dans les maisons que nous construisons. Mais cette maison en a une, et avec quelques réhabilitations, nous pourrions la révéler. La restaurer. La garder en vie.

Sa voix se brisa sur ce dernier mot.

Son père le regarda longuement avant de poser une main sur son épaule.

— Je ne savais pas que c'était si important pour toi.

Colin émit un rire sec.

— Moi non plus.

— Je crois que je comprends. Tu veux faire quelque chose d'important.

C'était ça, plus ou moins. Colin opina.

— Tu es déjà important, pour ta mère et moi, et pour Miranda et Hannah et tes amis.

— Je sais.

Ce fut à son père de hocher la tête.

— Mais tu veux quelque chose de… plus grand. De plus durable. Tu veux laisser ta trace dans le monde. Je comprends ça aussi.

Il souffla avec force.

— Écoute. Récolte des estimations pour ces maisons. Nous verrons si cela peut fonctionner.

Colin le prit dans ses bras.

— Ça fonctionnera, promit-il.

LEGOLAS AVAIT de toute évidence prévu une soirée de câlins sur le canapé, et il miaula de désapprobation quand Colin mit un pantalon de costume et une chemise en soie aux motifs floraux au lieu d'un jogging confortable.

— Désolé, mon pote. Les flics sexy surpassent les chats, au moins pour quelques heures. Allez, tu l'as rencontré. Tu m'en veux vraiment ?

Mais il mit un peu plus de croquettes dans la gamelle de Leg pour compenser.

Le restaurant choisi par Nevin était intéressant. Avec des voituriers, des serveurs en costume et un intérieur sombre en briques et en laine. Ils y servaient la meilleure viande de Portland depuis bien avant la naissance du père de Colin. Ça avait été un des préférés de son grand-père, un lieu où les familles allaient fêter leurs anniversaires et la fête des Pères. Colin n'aurait jamais deviné que Nevin le choisirait, mais ce dernier était plein de surprises.

Julie était dans le parking quand Colin arriva. Dans sa précipitation pour revoir Nevin, il jeta ses clés presque au visage du pauvre voiturier. Mais il s'avéra que sa précipitation en valait la peine, parce que Nevin était magnifique dans son costume noir, sa chemise bleu roi et sa cravate jaune.

— Waouh, dit-il, incapable de détourner le regard.

Nevin tenta sans succès de masquer un sourire ravi.

— Tu n'es pas si mal toi-même, dit-il pendant que Colin s'installait. Mais pas de nœud papillon.

— J'aime être imprévisible.

Ils regardèrent le menu en silence. Le serveur, qui devait être voyant, arriva à l'instant précis où ils étaient prêts à commander. Puis il disparut.

— C'est pour quelle occasion ? demanda Colin.

Sur la table, une bougie était allumée et envoyait une lumière chaude et des ombres sur le visage de Nevin.

— J'avais faim.

— Eh bien, j'ai quelque chose à célébrer.

— Oh ?

Colin prit une gorgée d'eau.

— Je me suis fait pousser des couilles aujourd'hui. Ou en tout cas, je les ai utilisées, comme tu me l'as conseillé. J'ai dit à mon père que nous devions rénover les vieilles maisons.

— Comment l'a-t-il pris ?

— Bien. Nous allons essayer.

Nevin leva son verre d'eau en signe de toast.

— Bien joué, Collie.

Ils frappèrent leur verre.

— Mais c'est plus que ça. Je pense que j'ai eu une vraie révélation aujourd'hui.

— Ça a fait mal ?

Mince, Colin ne se lasserait jamais de ces dents blanches.

— Un peu. Mais c'était une bonne douleur.

— Je connais ça, répondit Nevin en le reluquant soigneusement, au cas où le sous-entendu n'était pas clair.

Puis il se fit plus sérieux.

— Alors, quelle était cette révélation envoyée par les dieux ?

— Je sais ce que je veux faire quand je serai grand. Je veux trouver des maisons comme celle que nous avons visitée, et je veux les rénover. Préserver leur personnalité. Leur redonner vie.

Bon sang, oui. Quand il le disait à voix haute comme ça, il savait que c'était *exactement* ce qu'il voulait faire. Et, bien sûr, ce n'était peut-être pas ce dont il avait rêvé quand il était adolescent et voulait être sur scène et chanter la chanson d'*Oklahoma !*, mais ça ne faisait rien, parce qu'il n'était plus un enfant.

Il se pencha sur la table et baissa la voix.

— Je veux prendre ce qui n'avait de valeur aux yeux de personne et lui donner l'impression d'être aimé.

Colin s'attendait à ce que Nevin se moque de lui, ricane, jure et s'écarte. Au lieu de ça, le visage de l'inspecteur s'adoucit, ses traits durs se firent plus jeunes et son regard fut chargé d'admiration.

— Tu pourrais faire ça, pas vrai ?

— Je le peux.

Aucun d'entre eux ne parla quelques minutes après ça, mais ce n'était pas un silence gênant. Nevin continua à le regarder comme si Colin était une découverte merveilleuse, et Colin se sentait fort et entouré de chaleur.

Ils avaient commandé un verre de vin rouge, qui arriva en même temps que leurs beignets d'oignons. Le cardiologue de Colin aurait probablement un infarctus s'il savait ce qu'il avait commandé. Mais le vin rouge était censé être bon pour le cœur, non ?

— Merde, c'est encore meilleur que dans mes souvenirs, dit Nevin après avoir avalé deux beignets d'oignons.

— Alors… tu viens souvent ici ?

Nevin pouffa.

— Joli, Nœud Pap'. Et, non. Je n'y suis pas venu depuis des années.

Il avala deux autres beignets et poussa le reste en direction de Colin, puis s'essuya les mains sur une serviette.

— J'ai entendu parler de cet endroit, ici et là. Mais quand j'étais gamin, c'était déjà un festin si j'allais au Mickey D. Jamais je ne serais venu ici. Je parie que toi si.

Colin haussa les épaules.

— Parfois.

— Je le savais. Je me disais « quand je pourrai entrer ici et commander leur plus gros steak, alors je saurai que j'ai réussi ma vie ». Mais je ne m'étais jamais attendu à ce que ça arrive. C'était un rêve, tu vois ?

— Comme se faire sauver de sa tour d'ivoire par le Prince Charmant, répondit Colin en souriant.

— Oui. Donc, je venais d'avoir vingt et un ans, et Ford et moi nous partagions un appartement minable sur Powell. Nous n'y étions pas souvent, nous nous cassions le cul dans des boulots de merde, et j'étais à l'université. J'ai eu un diplôme de premier cycle, mais c'était... Je ne suis pas allé à la cérémonie parce que Ford devait travailler, et ce n'était pas comme si quelqu'un d'autre s'en préoccupait. Je m'apitoyais sur mon sort, Collie, et ce n'était pas beau à voir.

— Je ne te crois pas. Je suis certain que même quand tu t'apitoies sur ton sort, tu es séduisant.

Détendre un peu l'atmosphère était une bonne idée, parce qu'au lieu de se renfermer, Nevin secoua la tête, déconcerté. Mais il continua son histoire.

— Le jour de la remise du diplôme, je nettoyais les machineries dans une usine de pommes de terre. J'ai pris le bus pour rentrer, je suis passé au *Safeway*, et j'ai acheté un pack de Coors parce que c'était en solde. Je voulais me soûler.

Il leva son verre à vin et but.

— Et ? l'encouragea Colin.

— Je suis rentré dans notre appartement et Ford était là, en costume et avec un énorme sourire sur le visage. « Enfile ça », a-t-il dit en me montrant un autre costume posé sur le dossier d'une chaise. « C'est quoi ce bordel ? » lui ai-je demandé, parce qu'aucun de nous n'avait autre chose que des jeans, et nous n'en avions jamais eu besoin. Il m'a dit que nous allions dîner et n'a rien ajouté. Il avait emprunté les costumes à un collègue de son boulot. Le mien ne m'allait pas bien, mais ce n'était pas horrible. Ce pauvre connard avait même emprunté une voiture. Il nous a conduits ici et s'est assuré que je commande du vin, un apéritif, une putain de moitié de vache, la totale. Il économisait depuis *deux ans* pour fêter mon diplôme, cet enfoiré.

— C'était un bon repas ? demanda Colin en prétendant ne pas remarquer l'humidité au coin des yeux de Nevin.

— Le meilleur de ma vie.

— Ton frère t'aime.

Nevin réussit à sourire.

— En effet. Ce pauvre trou du cul.

Il joua avec son verre à vin vide, le faisant tourner par le pied entre son pouce et son index.

— Ça fait un moment déjà que je peux me permettre des restaurants comme celui-ci, mais c'était la seule fois où je suis venu.

— Je suis heureux que tu m'aies invité.

Ils parlèrent de choses plus légères pour le reste du repas. Nevin raconta comment il avait trouvé Julie et était tombé amoureux d'elle, et Colin lui parla d'un architecte local qui passait dans l'un des plus grands magazines pour ses designs innovateurs.

— Je me demande s'il voudrait refaire les maisons de ville, songea Colin. Lorsque ça n'implique pas de tout raser, je veux dire.

— On dirait que tu es déjà en train de changer de travail.

— Je tâtonne encore.

C'était agréable, mais pas aussi agréable que la sensation dans sa poitrine chaque fois que Nevin lui souriait.

Quand la nourriture eut disparu, ils restèrent pour le café – du déca pour Colin – jusqu'à ce qu'il prenne la main de Nevin.

— Tu viens chez moi ?

— Oui. Ça serait sympa.

Nevin y fut le premier, bien sûr, et Colin sourit quand il vit Julie garée dans un emplacement légal et Nevin appuyé contre le mur près de l'entrée de son immeuble.

— Tu conduis comme une mamie, dit Nevin.

— Certains d'entre nous ne sont pas magiquement immunisés contre les PV.

Legolas ignora Colin et accueillit Nevin comme un amant perdu de vue depuis longtemps, miaulant avec force en passant entre ses jambes.

— Il va mettre des poils partout sur ton costume, l'avertit Colin.

Mais Nevin se pencha et le gratta derrière les oreilles et sous le menton. Quand il se redressa, il arborait une expression étrange, comme un enfant qui allait manger des haricots de Lima tout en pensant que ça pouvait le tuer.

— Nous n'allons pas bai… coucher ensemble ce soir.

— Euh, d'accord. J'ai fait quelque chose de mal ?

— Collie, tu as fait absolument tout comme il le fallait. C'est pour cela que ce soir, nous serons des moines.

Il fallut à Colin un moment, mais il comprit.

— Tu veux essayer. Un simple rendez-vous amoureux et rien de plus.

Nevin fit un petit signe de la tête.

— Je sais qu'au lit je peux te faire grimper aux rideaux…

— Par terre aussi.

— … ou même sur le comptoir de ta putain de cuisine. Voyons si je peux arriver à être un simple… compagnon. Pendant quelques heures.

Colin savait déjà que Nevin le pouvait, mais il sourit.

— Tu peux choisir le film.

À nouveau, Nevin le surprit par son choix. Colin s'était attendu à quelque chose de sombre et déprimant, mais au lieu de quoi, après mûre réflexion, Nevin lui tendit une comédie musicale.

— *Chantons sous la pluie* ? demanda Colin.

— Tu lui ressembles un peu, répondit Nevin en désignant la photo de Gene Kelly sur la jaquette.

Et Colin ne put se retenir, il embrassa Nevin sur la joue. Puis il recula un peu la tête.

— Ça ira avec les règles pour ce soir ?

Nevin sembla y réfléchir avec soin.

— Oui. Les lèvres sur le visage uniquement, et nous ne touchons rien en dessous de la ceinture.

— Waouh. Ces moines ont la vie dure.

Ils retirèrent leurs chaussures et vestes, puis Colin fit un espresso pour Nevin et se prit un thé glacé. Ensuite, ils se serrèrent sur le canapé, avec Leg sur les jambes de Nevin, et regardèrent le film. Après quoi, ils s'embrassèrent un peu sans jamais aller trop loin.

C'était la meilleure soirée que Colin ait passée depuis des années.

XVI

C'ÉTAIT LA meilleure soirée que Nevin avait passée depuis des années, même si tout ce que Colin et lui avaient fait, c'était manger et se câliner. Et caresser ce foutu chat. Nevin voulait vraiment passer la nuit, sentir le corps nu de Colin contre le sien, mais il savait qu'il ne respecterait jamais son vœu d'abstinence s'il commençait. Alors à la fin du film, il repoussa Legolas de ses jambes, se leva et s'étira.

Colin le raccompagna à la porte et lui demanda :

— Tu es libre ce week-end ?

Il se mordilla la lèvre en attendant la réponse.

Nevin leva la main pour lisser la zone maltraitée.

— Oui.

Merde. Il prévoyait un rencard plusieurs jours à l'avance et même pas il ne saignait des oreilles.

— Bien. Je t'appellerai et nous verrons ce que nous ferons. Merci pour le dîner. Et pour… ça.

Il fit un vague signe de la main vers le canapé.

— J'imagine qu'il est temps que je me fasse pousser une paire de couilles moi aussi.

Ils s'embrassèrent doucement avant qu'il parte.

Sur le chemin du retour, il se surprit à fredonner une chanson de ce putain de film.

Son pantalon et sa veste étaient couverts de poils orange et blancs, alors quand il rentra, il se déshabilla, laissa le costume près de la porte d'entrée et mit le reste de ses vêtements dans le panier à linge. Il aurait dû aller directement au lit parce qu'il était tard et qu'il avait beaucoup de travail à faire le lendemain. Mais il sentait toujours le goût délicieux de Colin sur sa langue, son parfum dans ses narines, son contact sous ses doigts. Quand il entra finalement dans la salle de bain pour se brosser les dents, il vit son reflet.

Il passa les doigts au centre de sa poitrine, traçant la même ligne que la cicatrice sur le torse de Colin. Ses tétons pointèrent immédiatement, et la chair de poule le couvrit des pieds à la tête. Son sexe se dressa si rapidement qu'il en fut étourdi. Dans son reflet, il regarda sa main passer sur son torse et imagina celle de Colin, grande, pâle, douce.

Il commença à grogner.

— Eh merde, dit-il avant de se précipiter, cul nu, vers son téléphone.

Plus de moine, écrivit-il. *Nous avons prouvé ce que nous voulions prouver.*

La réponse fut immédiate.

Oh, merci, mon Dieu.

En tant que flic, il savait qu'il ne valait mieux pas envoyer des photos de sa queue, quelles que soient les circonstances, et il n'allait pas encourager Colin à violer cette règle non plus. Bien. Ils avaient tous les deux une bonne imagination.

Déshabille-toi.

Déjà fait.

Bordel de merde. Nevin l'imagina étendu sur son lit, jambes écartées, sa peau blanche et ses poils blonds qui brillaient sous la lumière de la lampe de chevet, sa queue de star du porno raide et lourde sur son ventre. Envoyer des messages devint trop difficile pour les mains tremblantes de Nevin. Il l'appela à la place.

— Tu es au lit ? demanda-t-il dès que Colin décrocha.

— Oui.

— Mets le haut-parleur.

Pendant que Colin obéissait, Nevin fit de même avec le sien. Puis, avec la lumière de la chambre éteinte, il posa le téléphone sur la table de nuit et se coucha sur le matelas.

— Nev ?

— Je suis là.

Il était tellement noyé de désir qu'il se demanda s'il pourrait jouir juste en écoutant la voix de Colin. Il avait été un adolescent très souvent excité – sans surprise –, à se masturber parfois six à sept fois par jour. Merde, il combattait toujours souvent main contre gland, même quand il s'envoyait en l'air régulièrement. Mais comme la plupart de ses partenaires sexuels, la masturbation n'était que pour apaiser un besoin. Pas comme avec Colin. Merde, pas avec Colin. Que ce soit en personne ou par téléphone, le sexe avec Colin était une expérience unique. Si Nevin avait pu se fondre sous la peau de son amant, s'envelopper autour de son cœur juste pour le sentir battre, il l'aurait fait.

— Qu'est-ce qui ne va pas chez moi ? murmura-t-il.

— Nevin ?

Colin semblait maintenant inquiet, ce qui n'était pas ce que Nevin voulait pour lui.

— Je m'emporte juste un peu trop. Où est ta main, Colin ?

— Là où tu la voudras.

C'était bien mieux.

— Joue avec tes tétons. Pince-les. Passe ton pouce sur eux.

Tandis qu'il parlait, Nevin suivait ses propres ordres.

— Comment c'est ?

— Humm… bon. Je n'ai jamais fait ça par téléphone auparavant. Je ne pense pas être très doué…

— Tu es parfait.

Nevin ne mentait pas. Mais à ce stade, Colin pouvait lui réciter le Code pénal de l'Oregon et ça aurait suffi à le faire jouir.

— Qu'allons-nous faire ensuite avec nos mains ?

Après une brève pause, Colin répondit, la voix un peu plus rauque :

— Ton ventre. Tu as de super abdos, Nev. Juste… sentir ces muscles.

Nevin le fit, sentant les lignes dures sous sa peau douce. Colin était moins musclé.

— Ta peau est du velours chaud, dit Nevin.

Il avait la bouche sèche et aurait aimé avoir un verre d'eau à disposition.

— Oh, merde. Je veux… toucher tes bourses.

— Elles sont lourdes.

Nevin tira doucement et pressa la chair sensible. Il entendit le souffle de Colin, ce qui, ironiquement, lui coupa un peu le sien.

— Tu as une main libre. Qu'est-ce que tu…

— Mes tétons. Ils sont très sensibles.

Merde. Nevin suivit le mouvement, mais pendant que sa main droite jouait toujours avec ses bourses, sa main gauche redescendit de son ventre jusqu'à sa queue. Il ne voulait pas laisser Colin à la traîne.

— Mets ta main sur ta queue. Tu es prêt pour ça ?

— Très prêt, dit Colin, la voix partant un peu dans les aigus.

— Sens comme elle est grosse. Comme elle est dure.

Nevin faisait monter et descendre son prépuce sur son gland. Le sexe de Colin serait différent dans sa main, plus long et beaucoup plus épais.

— Nev ? Je n'arrive pas à croire que je dis ça à voix haute, mais… Je vais mettre deux doigts dans ma bouche et les sucer. Bien les mouiller.

Nevin tenta de répondre, mais rien d'autre qu'un gémissement embarrassant ne sortit. Il glissa lui-même deux doigts dans sa bouche pour se faire taire. Mais il entendit un bruit de succion chez Colin, le bruit le plus salace et érotique possible, et le sexe de Nevin pulsa dans sa main.

— Un peu plus vite, réussit-il à articuler.

Colin rit. C'était sexy aussi, et Nevin sanglota presque du désir de le voir et le tenir. Quand cela était-il arrivé ? Il ne voulait pas juste baiser, pas même un contact physique juste pour le besoin de toucher quelqu'un, mais il désirait un corps en particulier. Une personne très *spécifique*. Et il savait que personne d'autre sur la planète, homme ou femme, ne pourrait combler ce désir.

Ce n'est pas que physique, dit une voix dans sa tête. Une voix de flic qui n'écouterait pas les dénis. *Collie Westwood s'est infiltré dans ton cœur. Ce cœur n'est pas aussi dur que tu le prétendais, pas vrai ?*

Un mouvement particulièrement vif sur son sexe fit taire la voix. Mais pas pour longtemps, il le craignait. Baiser. Il devait se concentrer sur ça.

— Glisse ces doigts en toi, susurra-t-il. Tu es si étroit, bébé. Si chaud.

— Merde.

Bien. Maintenant Colin geignait aussi.

De là, le mieux qu'ils purent sortir fut quelques syllabes confuses et beaucoup de grognements et de halètements.

— Presque, grinça Nevin.

Son lit craqua alors qu'il se masturbait et se tâtonnait l'entrée avec les doigts, et même s'il connaissait bien son corps, il prétendait que c'était celui de Colin. C'était son corps, bordel. C'était celui de Colin.

— Pa... pas de moi...ne la proch...aine fois.

— OK, dit Colin, à bout de souffle.

— La pro...chaine fois, je veux... humm... veux...

Son cerveau était si proche du court-circuit qu'il voyait des étincelles.

— Te veux en... moi.

Le bruit que Colin fit ressemblait à un d'accord.

Après quelques autres secondes, quelques autres mouvements, Nevin jouit, et Colin était là, avec lui, même s'il était de l'autre côté du fleuve, dans son loft confortable, plutôt que dans les bras de Nevin. Mais alors que Nevin revenait dans la réalité, les nerfs à vif et la peau collante, il savait que quoi qu'il arrive à partir de maintenant, une part de Colin serait toujours avec lui.

— LONGUE NUIT ? demanda Frankl alors qu'il se laissait tomber sur la chaise en face du bureau de Nevin le jeudi matin.

Nevin se frotta le visage.

— Tu es venu jusqu'ici juste pour te foutre de moi ? Parce qu'avec un vieux salaud comme toi, j'aurais cru qu'un coup de fil suffirait.

Frankl ne mordit pas à l'hameçon, mais il y mordait rarement. Aussi sérieux qu'un juge, c'était le type de flic qui refusait qu'on lui offre du café, même quand il était épuisé. Les conneries de Nevin lui passaient au-dessus de la tête. Certains des gorilles l'appelaient Saint Frankl derrière son dos.

— Crois-le ou non, inspecteur Ng, je ne passe pas ma vie à penser au moyen de venir te faire chier.

Il tapotait sur le bureau du bout des doigts.

— Je crains qu'on ait attrapé les mauvaises personnes.

— Oui ? Vous avez coincé quelqu'un aujourd'hui ?

— En quelque sorte.

Pour la première fois depuis son arrivée, Nevin se concentra pleinement sur Frankl plutôt que sur le rapport qu'il écrivait.

— Qui ?

— Blake et moi avons passé les trois derniers jours à regarder la vidéo de surveillance du jardin à Boring. C'était aussi fascinant que tu peux l'imaginer.

— Ça mérite au moins un Oscar, hein ?

— Enfin, nous avons appris comment la mandibule de Roger Grey s'est retrouvée là.

Frankl se tut et examina ses ongles comme s'il songeait à faire une manucure. Puis il se pencha en arrière sur sa chaise et fit le même sourire qu'un homme à qui un distributeur venait de donner deux paquets de chips plutôt qu'un seul. Nevin fronça les sourcils, déterminé à attendre que Frankl crache le morceau. Mais celui-ci fredonnait et prétendait être fasciné par le calendrier avec des photos de voitures sur le mur de Nevin.

Après avoir rapidement songé à sortir son flingue, Nevin soupira.

— Qu'avez-vous vu ? Le voisin a commis le meurtre ?

— Non. Mais nous avons donné suffisamment de preuves au bureau du shérif du comté de Clackamas pour le faire arrêter pour violation de propriété privée et vol. Ce type entrait vraiment dans la cabane de jardin pour voler des trucs.

182

— Mais la mâchoire ?

— Elle est tombée du ciel.

Frankl mima un missile qui tombait avec la main.

— Allez, Frankl, je ne suis pas d'humeur.

— Et je ne déconne pas. C'est très clair sur la vidéo, l'os tombe droit du ciel.

— Alors… quoi ? Roger Grey a été assassiné sur un nuage blanc par un ange ?

Frankl secoua la tête.

— Nous avons parlé à quelques personnes à ce sujet. Passé quelques coups de fil. Nous avons même demandé à d'autres de regarder la vidéo au cas où nous aurions raté quelque chose. Et nous en sommes venus à la même conclusion. Un oiseau.

— Quoi ?

— Un oiseau a fait tomber la mâchoire. Le jardin de Boring est à plus de dix kilomètres de l'endroit où nous avons trouvé le reste du corps. Une sorte de rapace – nous pensons à un urubu à tête rouge – a ramassé cette mandibule, l'a portée, et l'a faite tomber dans le jardin du type.

Nevin le regarda, mais ne trouva aucune indication que Frankl disait des conneries. La seule véritable piste de l'affaire s'avérait être l'œuvre d'un putain d'oiseau.

— Tu me troues le cul, grogna Nevin avant d'enfoncer la tête dans ses bras.

— Allons, pas de ça chez moi, je suis un homme marié.

NEVIN PASSA le plus gros du jeudi à se rappeler qu'envoyer un message à Colin serait vu comme un acte pathétique de pauvre con accroché à lui. Le type de con qui affirmait ne pas vouloir s'engager, mais se collait à un pauvre plouc comme une moule à son rocher. Au moins une douzaine de fois, il commença à écrire un message, mais l'effaça avant d'appuyer sur envoyer. Il sanglota presque de soulagement quand son téléphone vibra.

Bien dormi la nuit dernière ? demanda Colin.

Comme un bébé.

Il ne mentait pas. Après le sexe par téléphone, il s'était tiré du lit juste assez longtemps pour se nettoyer, puis s'était effondré sur le matelas jusqu'à ce que son réveil le sorte du sommeil. Il ne se souvenait d'aucun rêve.

Je te harcèle ?

Non. Je suis heureux que tu aies envoyé un message.

Nevin s'arrêta juste avant de dire que Colin lui manquait. Merde. Merde. Merde. Un changement de sujet s'imposait.

Nous avons découvert une piste pour la mandibule de Roger.

Un suspect ?

Non. Un vautour l'a fait tomber.

Colin ne répondit pas immédiatement, non pas que Nevin lui en veuille pour ça. C'était le genre de nouvelle qui prenait du temps à être digérée. Quand il répondit enfin, c'était avec un émoticône surpris, puis : *je suis désolé que ça n'ait mené à rien.*

Nous continuons nos recherches.

Bizarrement, parler de sa frustration envers le travail, avec une personne qui n'était pas flic, l'aida à se sentir mieux.

Je le sais. Je parie que Roger serait ravi de cette histoire de vautour. ???

C'est comme s'il avait vécu une dernière aventure.

Nevin sourit devant la manière qu'avait Colin de toujours voir le verre à moitié plein.

On se souviendra de lui, ça, c'est sûr, répondit-il.

Ça le rendrait heureux également.

Après une courte pause, Colin envoya un autre message :

Cela te ferait peur si je te disais que j'ai déjà prévu un autre rendez-vous avec toi ? Pour samedi ?

Pas ce soir ?

Nevin ajouta un petit clin d'œil, même s'il ne plaisantait pas vraiment.

J'aimerais bien. Mais je dois aller rendre visite à Ivan et Bob. Demain je dîne avec les parents. C'est l'anniversaire de ma mère. Tu peux te joindre à nous si tu veux.

Nevin frissonna et ne répondit pas. Après quelques minutes, et probablement un profond soupir, Colin reprit :

OK. Samedi à 20h. Je viendrai te chercher.

Après une brève hésitation, Nevin lui envoya son adresse. Personne à part Ford ne venait chez lui. Pas même Jeremy. Mais il ne pouvait pas refuser sans passer pour un connard. Nevin le retrouverait dehors. Il répondit à Colin :

Appelle-moi ce soir si tu veux. Ce n'est pas du harcèlement.

Colin lui envoya un cœur scintillant.

En représailles, Nevin lui envoya une aubergine et, pour bien insister, un doigt qui pointait vers une main qui faisait le signe « OK » avec le pouce et l'index.

LOL, répondit Colin. Bien sûr.

— Putain, marmonna Nevin. Nous sommes des gamines de quatorze ans.

Mais il n'arrivait pas à s'empêcher de sourire.

XVII

QUAND BOB et Ivan Thomas avaient acheté leur maison au nord-ouest de Portland dans les années 60, le quartier était en déclin. Les gens avec de l'argent avaient abandonné les maisons victoriennes au profit de maisons modernes dans les collines et les banlieues, et beaucoup de maisons avaient été divisées en appartements ou rasées. Mais Bob et Ivan avaient pris grand soin de leur maison adorée, l'avaient peinte dans des couleurs brillantes qui mettaient l'accent sur les dentelles de pierre et l'avaient meublée avec soin de meubles antiques restaurés. Peut-être qu'à l'époque, des gens les harcelaient – deux hommes ouvertement gays qui vivaient ensemble à une époque où il fallait rester caché –, mais les Thomas et leur maison étaient restés forts.

Mais maintenant, les choses étaient différentes. Pendant que les maisons voisines avaient pour la plupart été restaurées et mises au goût du jour, et se vendaient plus d'un million de dollars, celle des Thomas était à l'abandon et les peintures pelaient. Bob et Ivan, qui avaient dans les quatre-vingts ans, restaient surtout confinés dans les pièces poussiéreuses du rez-de-chaussée. Non seulement ils étaient incapables de monter l'escalier qui menait aux étages et au sous-sol, mais même les marches entre l'entrée et la rue étaient trop pour eux.

Manuel tentait depuis des années de les convaincre d'aller vivre dans un endroit plus accessible, un appartement ou même une maison spécialisée, mais ils refusaient totalement.

— C'est notre maison, avait un jour expliqué Bob à Colin. Nous y resterons jusqu'à notre mort.

Colin ne les contredisait pas. Il comprenait que le conseil de Manuel était le plus sage, mais il ne pouvait rien reprocher aux Thomas. Plus de cinquante ans ensemble, à vivre sous ce toit, à affronter tout un tas de challenges que Colin ne pouvait qu'imaginer, à accumuler les souvenirs. Lui aussi voudrait rester là.

Le jeudi soir, Colin fit plusieurs tours avant de trouver un endroit où se garer à quelques pâtés de maisons de là. Puis il se précipita sous la pluie, faisant de son mieux pour garder le sac de courses au sec, avant de finalement arriver au porche abrité. La sonnette était morte depuis longtemps, alors il frappa.

Il fallut longtemps à Ivan pour répondre, mais il s'y était attendu. Finalement, la porte s'ouvrit.

— Colin ! Entre, mon garçon, avant d'attraper la mort.

Le temps était humide mais pas si froid que ça. Malgré tout, Colin entra avec un sourire. Comme d'habitude, Ivan avait un pantalon sombre, une chemise blanche et une veste en velours et satin. Colin n'avait jamais vu de veste d'intérieur avant de rencontrer les Thomas. Grand, fin, avec une moustache, Ivan ressemblait à une version âgée de Vincent Price.

— J'ai apporté quelques trucs, dit-il en montrant le sac de courses.

— Tu n'avais pas à le faire. Tu sais que nous nous faisons livrer.

— Bien sûr. Ce sont juste des friandises.

Ivan regarda dans le sac.

— Petite fripouille ! Nos médecins vont totalement désapprouver. Et c'est pour ça que nous t'aimons.

Il lui pinça la joue de sa main libre.

— Viens, viens. Je n'en entendrai jamais la fin si Bob n'a pas le loisir de t'admirer.

À une époque, bien avant que Colin naisse, Ivan et Bob avaient été propriétaires d'un club de jazz en centre-ville. Ils avaient également été actifs dans le théâtre du quartier, et parfois, on pouvait convaincre Bob de chanter quelques morceaux. Sa voix était désormais faible et rauque, mais Colin aimait écouter. Ni Bob ni Ivan n'avaient changé leur maniérisme flamboyant et voyant au fil des années. Et Colin adorait ça également.

— Darling ! Je suis si heureux que tu sois là.

Bob avait besoin d'un déambulateur quand il se déplaçait. Mais en général, il préférait rester assis dans son fauteuil dans le petit salon, comme il l'était à cet instant, à régner sur son petit monde comme s'il était sur un trône. Aujourd'hui, il portait un pyjama en soie rayé et une couverture en laine violette sur ses jambes. Il était plus petit et plus rond que son partenaire, avec les sourcils les plus flexibles que Colin avait vus de toute sa vie.

Il se précipita pour lui embrasser la joue.

— Je ne raterais pas ma visite chez vous, les garçons, vous le savez. J'ai hâte de vous voir toute la semaine.

Et c'était vrai. Mais Bob fit un vague signe de la main.

187

— Tu es idiot. Un beau garçon comme toi devrait passer ses nuits à danser sur une horrible musique et à faire l'amour passionnément et sauvagement sous les étoiles.

— Je danse mal et il pleut.

Pendant que Bob poussait un petit bruit réprobateur et qu'Ivan allait dans la cuisine avec les courses, Colin retira son manteau, le pendit à un portemanteau surchargé, et s'assit à sa place habituelle, sur un meuble filiforme que ses hôtes avaient toujours appelé un sofa. Il avait probablement été fabriqué avant la naissance des grands-parents de Colin, et il n'était pas confortable, mais au moins il soutenait son poids.

— Alors, comment allez-vous ? demanda Colin.

— Nous nous ennuyons. Nous sommes vieux et décrépits, et nous sommes chiants.

— Ce n'est pas vrai. Hé, vous pensez que nous pourrions à nouveau regarder certaines de ces photos ?

Bob fit un large sourire et tapa dans ses mains.

— Bien sûr ! Et tu sais quoi ? Ivan a trouvé un vieil album que tu n'as encore jamais vu !

Durant leur époque au club de jazz, les Thomas avaient pris des photos du club, des performances où ils jouaient eux-mêmes, des fêtes à leur maison, des vacances qu'ils avaient prises. Colin reconnaissait parfois même quelques célébrités. Ses hôtes semblaient ravis de partager leurs albums avec lui, et Colin appréciait véritablement lui aussi.

Alors aujourd'hui, tour à tour, il s'assit près d'Ivan ou s'accroupit près de Bob, à regarder les photos de gens et de lieux depuis longtemps disparus. Les Thomas avaient des histoires intéressantes sur tout, et même si la plupart de leurs amis et membres de leurs familles étaient morts, les souvenirs étaient heureux.

— Maintenant, dit Ivan quand ils eurent regardé tout l'album, fais un peu plaisir à deux vieux hommes. Dis-nous ce que *toi* tu fais.

— Rien de très excitant.

Une seconde. Ce n'était pas tout à fait vrai.

— Vous vous souvenez des maisons dont je vous ai parlé ? Celles que mon père voulait raser ?

Ivan et Bob pouffèrent et hochèrent la tête. Ivan caressa le bras de son compagnon.

— C'est dommage. Tu aurais dû voir certaines de splendides maisons qu'il y avait par ici. Elles ont toutes disparu maintenant, et personne ne s'en souvient à part nous.

— Je sais. Mais c'est ça le truc. J'ai discuté hier avec mon père, et je pense que je peux le convaincre de réhabiliter les maisons au lieu de les détruire.

— Tu vas leur rendre leur gloire d'antan ! s'exclama Bob.

— Je ne sais pas si gloire est le bon mot. Ces maisons ne sont pas aussi belles que la vôtre. Mais nous les rendrons à nouveau belles.

Il se sentit tout à coup très confiant à ce sujet.

Le silence tomba alors que Bob et Ivan échangeaient des regards pleins de sous-entendus. Puis Bob hocha la tête d'une façon royale et Ivan se tourna vers Colin.

— Mon garçon, nous voulons que tu saches que nous avons parlé à notre avocat.

— Tout va bien ?

Ivan lui tapota le genou.

— Tout va parfaitement bien pour deux vieux hommes comme nous. Mais, tu sais, Bobby et moi nous inquiétions de ce qu'il allait advenir de notre maison quand nous serions partis.

— Oh, vous n'allez pas…

— Darling, le coupa Bob. J'ai bientôt quatre-vingt-dix ans, et Ivan n'est pas loin derrière. Nous avons depuis longtemps accepté notre mortalité. Et franchement, quand ton corps commence à tomber en ruine, tu finis par y être moins attaché. Alors acceptons l'approche inévitable de la mort et discutons de choses sérieuses, d'accord ?

Colin se mordit la lèvre et se souvint de ce qu'il avait dit à Nevin au sujet des bus. Et, bon sang, il avait vécu toute sa vie sur du temps qu'il avait gagné.

— OK.

— Quel adorable garçon, dit Ivan en lui tapotant à nouveau le genou.

Et peut-être même qu'il le tâtonna un peu. Ivan fit un clin d'œil, imité par Bob.

— Nous ne sommes pas *encore* morts, ajouta Ivan.

Bob continua :

— Mais pour en revenir au sujet, nous avons discuté de notre maison avec notre avocat. Et… enfin, ce n'est pas pour être indélicat, mais nos finances sont un peu épuisées. Nous ne nous attendions pas à vivre si longtemps, et nous avons épuisé presque toutes nos économies. Notre avocat a suggéré que nous pourrions vendre la maison à quelqu'un, mais en la mettant en viager. J'ose avancer que ça ne durera pas longtemps.

Même s'il n'était pas expert en lois sur l'immobilier, Colin en savait assez sur le sujet en ayant travaillé toute sa vie dans ce domaine.

— Ça me paraît sensé.

— En effet. Et, Darling, nous aimerions te la vendre à *toi*.

— Moi ?

— Enfin, ta compagnie, j'imagine. Nous pouvons sans nul doute trouver un bon prix. Ivan et moi n'avons pas d'héritier, alors la seule chose qui nous intéresse est d'avoir assez d'argent pour passer nos dernières années de façon confortable.

Comme un mirage, une vision de la maison traversa l'esprit de Colin, mais dans cette vision, elle était réparée, restaurée, avait récupéré sa beauté d'origine. Malgré tout, il secoua la tête.

— C'est la compagnie de mon père. Je ne peux pas vous garantir qu'il gardera la maison intacte.

Westwood Development pouvait tout raser pour faire de beaux appartements de luxe là où se trouvait la maison des Thomas.

— Mais nous te faisons confiance pour faire de ton mieux, dit Ivan. Parce que nous savons que tu apprécies cette maison.

— En effet. Mais...

— Non, ça suffit pour le moment. À partir de là, nous devrions tout laisser aux avocats, et reporter notre attention sur des affaires plus *juteuses*.

Peut-être que c'était les effets secondaires de leur sexe par téléphone de la veille – Colin n'avait *jamais* joui si fort et de manière si intense en se masturbant –, ou peut-être que la veste d'intérieur et le pyjama en soie étaient hypnotiques. Il se sentit étourdi.

— Juteuses ?

— Oui, dit Ivan avec un sourire coquin. Comme la manière dont nous allons nous y prendre pour que tu puisses t'envoyer en l'air. Tu vas sur les applications de rencontre ?

Colin sentit la chaleur lui monter au visage et maudit sa peau claire. Bob le remarqua immédiatement et se pencha en avant sur son trône.

— Raconte, Colin. Donne-nous de bons frissons, c'est tout ce que nous avons ces derniers temps. Tu sais à une époque, oh, il y a quelques décennies en arrière, nous t'aurions séduit pour te traîner dans notre lit et nous t'aurions tellement débauché que tu en aurais oublié ton propre nom.

Son rougissement s'approfondit, mais Colin rit.

— Je veux bien le croire.

— Alors ? Qui est le chanceux qui a mis la main sur toi dernièrement ?

Parler de Nevin à son père n'avait rien gâché, alors Colin prit le risque.

— C'est… récent. Je l'ai rencontré il y a quelques mois, en fait, mais ce n'est que dernièrement que nous sommes, euh… passés à autre chose.

— À quoi ?

— Je n'en suis pas certain. C'est un type génial. Je veux dire, vraiment, il est incroyable. Mais il a eu une vie difficile, et il est convaincu qu'il ne fait pas dans les relations. Mais je pense qu'il en *veut* une. Il a une grosse carapace, mais quand elle glisse un instant, je peux voir à quel point il est gentil et incroyable.

Alors que Ivan portait une main à sa poitrine, Bob fit danser ses sourcils.

— Ah, dit ce dernier. Le mauvais garçon au cœur d'or. Le type que nous avons bien connu et que nous trouvions aussi irrésistible.

— Ce n'est pas un mauvais garçon, il est même policier. Un inspecteur.

— Encore mieux ! Mais fais attention, mon garçon. Tu veux te l'approprier et l'aider à montrer sa vraie nature. Ça peut être dangereux. Parfois, à la fin, ils ne font que rendre cette carapace plus solide, et tu te retrouves…

— Bobby !

Quand Ivan l'interrompit, Colin et Bob hoquetèrent de surprise. Mais Ivan regardait son partenaire d'un air sévère.

— Arrête ça.

Il regarda Colin.

— Quand j'ai rencontré Bobby, il m'a *émerveillé*. Je n'avais jamais rencontré de créature aussi enchanteresse. Mais j'étais toujours dans le placard, crois-le ou non, tellement qu'il ne réalisait même pas ce que je ressentais. Il m'a fallu *trois ans* pour trouver le courage de l'approcher.

— Le meilleur moment de ma vie, dit Bob en lui prenant la main.

— Et le mien aussi. Et c'est une décision que je n'ai jamais regrettée, pas même quand, eh bien… les choses sont devenues difficiles entre nous.

Colin regarda leur visage sombre et se demanda si ces difficultés étaient dues à la relation elle-même, ou étaient venues de l'extérieur, de gens qui ne toléraient pas de voir deux hommes amoureux.

— Et vous avez réussi malgré tout.

Ivan hocha la tête.

— Pendant soixante ans, si tu peux imaginer ça ! Je ne le pouvais pas au début. Mais, Colin, ça pourrait faire soixante-trois ans. Et même si je n'ai jamais regretté une seule journée passée avec Bobby, je souffre toujours de tous ces jours que je n'ai *pas* passés avec lui. Alors oublie ce que cet idiot te raconte sur le fait d'être prudent. Depuis quand la prudence mène-t-elle au bonheur ? Si tu penses que cet inspecteur en vaut la peine, alors prends tous les risques. Même si ça ne fonctionne pas, je te promets que quand tu seras vieux, tu seras encore plus déçu de ne jamais avoir essayé.

Colin quitta la maison des Thomas avec les larmes aux yeux, la promesse de parler de la maison à son père, et la détermination de mourir avec le moins de regrets possible.

COLIN APPELA Nevin le jeudi soir, et ils se lancèrent à nouveau dans le sexe par téléphone. C'était aussi bon que la première fois. Mais cette fois, au lieu de s'endormir immédiatement, ils parlèrent un moment, « comme des adolescentes » avait dit Nevin en pouffant, jusqu'à ce que Colin bâille trop pour parler. Ils ne parlèrent de rien de très important, mais c'était sympa. Nevin raconta la réaction de ses collègues au sujet du vautour, et il lui raconta une histoire drôle de l'époque où Ford et lui avaient vingt ans et qu'ils s'étaient retrouvés coincés au Council Crest Park sous une pluie torrentielle. Colin lui raconta sa visite chez les Thomas, même s'il ne parla pas des conseils relationnels qu'ils lui avaient donnés.

— Ça a l'air intéressant, dit Nevin avec un bâillement audible.

— Très. Tu pourrais venir avec moi un jour, si tu veux. Ils te mangeraient tout cru.

Nevin pouffa.

— Pourquoi pas ? Maintenant va dormir, princesse.

— Toi aussi.

Vendredi matin, Colin appela *Meilleur Espoir*.

— Salut, Crystal, c'est Colin Westwood. Je pourrais parler à Manuel ?

— Il a des choses à faire, il sera là dans deux heures environ. Il y a un souci ?

— Non, pas du tout. Tu connais Bob et Ivan Thomas ?

— Bien sûr.

Colin aurait préféré parler directement de ça avec Manuel, mais il se dit que faire un résumé à Crystal empêcherait l'homme de s'inquiéter pour rien. De plus, Crystal l'entendrait de la bouche de Manuel bien assez tôt, elle savait tout ce qui se passait à *Meilleur Espoir*.

— Ils veulent vendre leur maison à la compagnie de mon père, mais continuer à y vivre. Et j'aimerais savoir s'il n'y a pas conflit d'intérêts pour moi.

— Tu veux dire, parce que tu es bénévole ? Je suis certaine que ça ira. Mais je peux demander à Manuel si tu veux.

— Merci, j'aimerais bien.

Elle rappela quinze minutes plus tard.

— Manuel dit qu'il n'y a pas de problème. Ça a l'air d'être une bonne idée pour tout le monde.

— Eh bien, je l'espère.

— Leur maison vaut des milliers de dollars. Si tu l'achètes, ils auront pas mal d'argent, pas vrai ?

— C'est le but.

Peu de temps après cet appel, Colin alla voir son père pour lui parler de l'offre de Bob et Ivan. Son père l'écouta avec attention et, quand il eut terminé, demanda :

— Tu penses que c'est une bonne décision, niveau affaires ?

— Si nous pouvons négocier un bon prix – et je suis certain que nous le pouvons. Rénovée, cette maison vaudra une petite fortune, et tu sais comme le quartier est recherché. Et puis, beaucoup de personnes du coin se plaignent de tous ces nouveaux lotissements. Westwood a une bonne réputation, une compagnie qui prend soin de préserver la personnalité d'un quartier. Sur le long terme, ça paiera pas mal.

Son père sourit.

— Tu y as beaucoup réfléchi.

— En effet.

— Très bien. J'y réfléchirai aussi. Et nous verrons si nous pouvons convaincre les avocats de négocier.

Il secoua la tête, confus.

— Si ça fonctionne, ta mère ne laissera jamais passer ça. Elle essaie de me convaincre depuis des années que je suis diabolique.

— Dis que l'idée est de toi, alors. Tu as plus besoin de te racheter auprès d'elle que moi.

— Nous partagerons les mérites, dit son père avec un sourire.

Après le dîner, Colin tenta de convaincre sa mère que réhabiliter les maisons plutôt que les raser avait été l'idée de son père, mais elle n'y crut pas une seule seconde. Elle serra Colin dans ses bras et l'embrassa sur la joue, puis tapota l'épaule d'Harold.

— J'espère que tu n'as pas tout à coup commencé à écouter le bon sens simplement parce que Colin est un homme, le taquina-t-elle.

— Nope. C'est parce que ce n'est pas un avocat nuisible.

Elle le frappa plus fort et tout le monde se mit à rire. C'était une bonne réunion de famille.

Cette nuit-là, Nevin appela, ce que Colin voyait comme un grand progrès, et il lui fit le résumé de l'accord avec les Thomas et du dîner avec sa famille. Il évita avec soin de suggérer à Nevin de les rencontrer un de ces jours. Et, bon point pour Nevin, il ne se mit pas à paniquer.

Ils ne tentèrent pas le sexe par téléphone, ils ne parlèrent même pas de sexe, en dehors des jurons et sous-entendus habituels de Nevin. Mais même là, c'était assez calme. Il semblait détendu et à l'aise, et Colin songea sérieusement à aller le voir maintenant qu'il avait l'adresse. Juste pour traîner. Mais il ne voulait pas pousser trop loin, alors il résista.

— On se voit demain soir, dit-il.

— Tenue obligatoire ?

— Juste normale. Je n'ai rien prévu de très sophistiqué. Juste, tu sais. Des trucs de rendez-vous.

— Des trucs de rendez-vous, répéta Nevin. Très bien.

Colin passa le samedi à la salle de sport, à nettoyer son appartement, et à penser de manière obsessive à Nevin. Il n'arrêtait pas de se rappeler que cette histoire entre eux n'était qu'un gros ballon d'essai, une expérience qui pourrait finir très mal.

— Ça pourrait être une grosse erreur, dit-il à Legolas, qui tentait de tuer le balai que Colin passait.

Legolas donna un autre coup au balai.

— Je m'attache à un type qui m'a prévenu que je ne le devais pas. Et je ne me suis jamais autant attaché à quelqu'un. C'était bien avec Trent, mais il n'était pas une addiction.

Peu impressionné par le dilemme de Colin, Leg mâchonna la brosse, puis secoua la tête quand le poil rentra dans sa joue. Colin le pointa du doigt.

— Estime-toi heureux d'être castré, emmerdeur.

Mais Colin se souvint alors à quel point le sexe était *bon* avec Nevin, et il fut extrêmement heureux de ne pas être castré lui aussi.

Quand il arriva devant l'immeuble de Nevin quelques minutes avant huit heures, celui-ci l'attendait, épaules voûtées contre la bruine.

— Je ne voulais pas que tu aies à affronter le gardien, expliqua-t-il.

Colin soupçonnait qu'il y avait autre chose, mais ne pressa pas le sujet. Nevin le serra dans ses bras dès qu'il fut dans la voiture, et c'était bien plus important que les problèmes qu'il pouvait avoir avec son appartement.

Colin avait un peu touché à la drogue une fois, il avait fumé un joint. Mais quand il enfonça son nez dans le cou de Nevin et inhala, il sut exactement ce que devait ressentir un junkie qui recevait sa drogue.

— Qu'est-ce que tu me *fais* ? gémit Nevin.

— Je te renifle.

Nevin éclata de rire.

— Ce n'est pas de ça que je parle, Collie. Tu es… je ne m'accroche pas aux gens comme ça. Je ne peux pas.

Colin s'écarta pour le regarder avec sérieux.

— Tu ignores les preuves, inspecteur. Tu le peux, et tu le fais.

— Je pense à toi tout le temps. Toi. Pas ta grosse queue ou ton petit cul serré. Le crétin dans ses nœuds papillon et sa collection de DVD de Julie Andrews.

— C'est de ta faute, dit Colin avec une chaleur qui enveloppait son cœur. J'étais censé avoir une aventure post-rupture. Je n'étais pas censé avoir des sentiments pour un flic avec une voiture tape-à-l'œil qui aurait bien besoin de se laver la langue avec du savon.

— Ma langue a en effet besoin de *quelque chose*.

Ce qui fut bien sûr un prélude à un baiser. Un excellent baiser, du genre qui court-circuitait le cerveau de Colin et faisait s'envoler son corps.

— Je ne veux pas te sauter dans ta BMW, décida Nevin quand ils s'arrêtèrent pour respirer.

— En revanche, dans Julie ça irait ?

— Uniquement si nous protégeons le cuir.

Colin passa les doigts dans ses cheveux épais.

— Et si nous allions dîner, puis nous tenterons de voir ça dans un vrai lit plus tard ? Je crois que j'ai encore des échardes de mardi.

— Dîner maintenant, dessert plus tard.

Colin les conduisit à un restaurant dans le centre-ville qu'il aimait bien, une sorte de café-restaurant hipster avec des sandwiches géants et des milk-shakes à tomber.

— Germy adore cet endroit, dit Nevin quand ils entrèrent. En particulier parce qu'ils donnent des portions d'ogre gargantuesques.

— Jeremy est un ogre ?

— Nan. Il est trop mignon pour ça.

Colin opta pour une omelette saumon gouda, alors que Nevin prit une salade de betteraves avec de la saucisse poulet pomme pour accompagner. Ils mangèrent lentement.

— Ma mère approuverait plus ton repas que le mien, dit Colin en désignant l'assiette de Nevin avec sa fourchette.

— Elle te harcèle toujours pour que tu manges tes légumes ?

Puis Colin se souvint que Nevin n'avait jamais eu personne pour le forcer à manger ses brocolis, ce qui le rendit triste. Il riposta avec une de ses propres réalités douloureuses.

— Je suis censé faire attention au cholestérol et au gras.

Nevin l'étudia d'un regard perçant, mais non cruel.

— Ton cœur, hein ?

Colin perdit son appétit. Pourquoi avait-il parlé de ça ?

— Oui. Nous pourrons… en parler plus tard. OK ?

— Quand tu seras prêt.

Ce qui était gentil de la part d'un homme habitué à interroger les gens.

Quand Colin eut payé le dîner, ils retournèrent main dans la main vers la voiture. Et quand ils arrivèrent au parking, Colin ne voulut pas le lâcher.

— Nous allons marcher un peu ? suggéra-t-il.

Nevin marmonna quelque chose sur les princesses cucul, mais garda la main de Colin dans la sienne.

Ils finirent en bord de fleuve, presque seuls à cause du temps froid et humide. Colin aurait peut-être eu peur pour sa sécurité s'il avait été seul, mais il était avec un flic. Merde, il était avec Nevin, une force de la nature qui inspirait la terreur aux méchants.

— Je crois que ce serait plus romantique en été, dit Nevin alors qu'ils regardaient le fleuve.

Le bras de Colin était autour de ses épaules, mais ils tremblaient quand même un peu.

— Tu penses que nous serons toujours ensemble l'été prochain ? Merde, tu penses que nous sommes ensemble *maintenant* ?

Ce n'était pas accusateur, mais il voulait la vérité. Nevin répondit après un silence.

— Nous sommes ensemble là. Je ne peux pas promettre plus. Attends, si, je peux. Je peux promettre que je ne te mentirai pas. Et que tant que nous *serons* ensemble, il n'y aura que toi.

— C'est… c'est en fait une énorme promesse, dit Colin d'une voix tremblante. Merci. Je te promets de ne pas te demander plus que ce que tu peux offrir, d'accord ?

Le rire de Nevin était amer, mais il hocha la tête. Ils regardèrent ensuite les voitures sur Morrison Bridge, les phares qui brillaient, et Nevin s'enfonça un peu plus dans le bras de Colin.

— Tétralogie de Fallot, dit Colin.

— Quoi ?

— C'est une malformation cardiaque congénitale. En quatre parties, d'où le « tétra ». Ça porte le nom d'un Français. Personne ne semble savoir d'où ça vient, mais ils sont certains que c'est génétique.

— Ce qui explique pourquoi tes parents ne t'ont pas fait ce petit frère pour Noël.

Colin soupira.

— Oui.

— C'est congénital, mais tu es là.

— Ils l'ont remarqué juste après ma naissance. Je suis né bleu. J'avais aussi un souffle au cœur. Ils m'ont opéré pour la première fois quand j'avais deux mois.

Nevin se raidit contre lui.

— La première fois ?

— J'ai eu deux autres opérations en grandissant.

La phrase suivante était la plus difficile à prononcer.

— Et il y a de grandes chances que je doive encore y passer dans le futur.

Nevin s'écarta de lui et se tourna pour le regarder, les yeux grands ouverts.

— Tu es malade ? demanda-t-il, la voix brisée.

— Non ! Non, non, je vais bien.

Colin tenta de lui attraper le bras, mais Nevin s'écarta.

— Je vois régulièrement mon docteur, et il dit que je vais bien. Je peux faire du sport, je peux tout faire. Il y a des chances que je finisse avec une valve qui fuit, mais ils peuvent l'opérer.

— Hum.

Nevin pressa les lèvres et se détourna.

— C'est un problème pour toi ?

197

Merde. Il n'aurait rien dû dire. Mais Nevin avait vu la cicatrice et devait déjà se douter de quelque chose. Et il avait déjà révélé son enfance douloureuse, Colin lui devait la vérité aussi.

— C'est très grave ce truc ? demanda Nevin d'une voix tendue.

La vérité.

— Si je ne m'étais pas fait opérer quand j'étais bébé, je ne serais probablement pas allé plus loin que la maternelle. Et si cela avait été le cas, j'aurais eu des problèmes physiques. Une croissance lente, des trucs comme ça. Mais on *m'a* opéré, et j'ai survécu, et je mène une vie normale.

— Je viens de te trouver. Je viens d'ouvrir…

Nevin secoua la tête et se détourna. Mais Colin se mit devant lui et l'attira à lui.

— Je ne peux pas garantir que je ne vais pas tomber raide mort dans les prochaines minutes, Nev. Mais personne ne peut garantir une telle chose. Tu es flic, tu pourrais te faire tuer par un camé avec un AK-47.

Nevin parla, la voix étouffée contre le torse de Colin.

— Les drogués n'utilisent pas de AK-47.

— C'est pareil.

— Tu n'as pas intérêt à mourir, Colin. Je suis sérieux.

— Je ferai de mon mieux pour l'éviter.

Après une étreinte si serrée que Colin pouvait à peine respirer, Nevin relâcha un peu sa prise.

— C'est pour ça que ta mère…

— Oui, c'est pour ça que je suis un fils à sa maman. Je crois qu'on ne s'en remet jamais après avoir vu son fils passer à côté de la mort. Merde, tu aurais dû l'entendre quand j'ai décidé de quitter la maison. Elle est intelligente, mais je vois dans ses yeux que je serai toujours un gamin malade pour elle.

— Montre-lui que tu es un homme.

— J'y travaille.

Nevin leva la tête pour le regarder dans les yeux.

— Oui. En effet.

XVIII

NEVIN NE S'était jamais senti aussi terrifié. Pas même quand il était un bleu sur une affaire de violence conjugale et que l'adorable mari avait levé son arme sur lui pendant que l'adorable femme se précipitait sur lui avec un couteau de cuisine. Mais maintenant qu'il venait de... s'ouvrir à quelqu'un. Ouvrir son cœur. Pour découvrir juste après que cette personne n'était vraiment pas immortelle.

Et désormais il était là, à tenter de ne pas s'effondrer sur le putain de quai de Willamette River.

— J'ai des problèmes, admit-il contre le cou de Colin, ce qui fit rire ce dernier.

— Nous en avons beaucoup à nous deux. Nous pourrions rendre un thérapeute de couple très, très riche.

Nevin frissonna.

— Un thérapeute de couple. C'est la phrase la plus horrible que j'ai entendue de toute ma vie.

Il avait eu besoin d'une évaluation psychiatrique quand il avait voulu entrer dans la police, c'était assez de questions de psychiatre pour toute une vie.

— Nous pouvons sécher. Tu veux aller boire un café ? Au *P-Town* peut-être ? J'ai bien aimé.

Un nouvel éclat de peur traversa le ventre de Nevin. Rhoda serait au café ce soir, et peut-être que Jeremy aussi. Il n'était pas prêt à ce qu'ils rencontrent Colin. Il se décida pour quelque chose de légèrement moins effrayant.

— Tu voudrais venir chez moi, Collie ?

— Oh que oui.

Colin enfonça son nez contre son cou. Il faisait ça si souvent qu'il avait réveillé un nouveau fétichisme. Comme si Nevin en avait besoin d'un autre. Mais, merde, ces lèvres chaudes sur sa peau le faisaient vibrer de désir. Il voulait arracher les vêtements de Colin et... le *posséder.* C'était le bon mot, non ?

— Allons-y, dit-il d'une voix rauque en s'écartant.

Quand ils arrivèrent devant le portail de l'immeuble de Nevin, il commença à douter. Plusieurs fois. Ils auraient pu aller chez Colin à la place, ce foutu chat était toujours heureux de les voir. Mais il entra son code pour les laisser entrer et dirigea Colin vers le parking des visiteurs.

— Cet immeuble ne t'appartient pas, n'est-ce pas ? demanda Nevin alors qu'ils se dirigeaient vers la porte.

— Nope. Nous ne faisons pas dans les immeubles. Nous faisons surtout des appartements et des maisons de ville, et nous les vendons, en général.

— Et Mme Ruskin ?

— Nous louons aussi quelques maisons. Pas beaucoup. Mon père avait commencé comme ça, alors nous avons quelques locataires comme elle.

Il soupira.

— Ils n'ont jamais trouvé son meurtrier.

— Pas encore, dit Nevin avec plus d'assurance qu'il ne le ressentait.

En réalité, la Criminelle n'avait que peu de preuves et aucune piste. La meilleure théorie était celle d'un cambrioleur, mais la raison pour laquelle il avait fui sans rien prendre restait un mystère.

Il ouvrit sa porte et retint son souffle pendant que Colin regardait autour de lui.

Il n'y avait pas grand-chose à voir. C'était un simple deux-pièces avec des meubles basiques. Nevin le gardait propre et rangé, et il n'avait pas assez de passions pour tout encombrer. Même sa cuisine était plutôt vide parce qu'il cuisinait rarement, et quand il le faisait, c'était des plats simples. Une casserole et une poêle suffisaient.

— Minimaliste, fut le seul commentaire de Colin.

— Je n'ai jamais eu pour habitude d'accumuler les merdes.

Quand il déménageait de maison en maison quand il était gamin, il fallait que toutes ses affaires rentrent dans un sac-poubelle. Et quand Ford et lui avaient emménagé ensemble, aucun d'entre eux n'avait l'argent pour acheter plus que l'essentiel. Et depuis, eh bien, quel intérêt ? Il n'avait pas besoin de beaucoup, et acheter des choses ne l'aidait pas à se sentir comblé.

Colin s'arrêta pour regarder le dessin d'une maison. Nevin l'avait accroché au mur en début de semaine, et quand il réalisa ce que Colin voyait, il se précipita dans le but de l'arracher.

Mais Colin lui attrapa le bras.

— Arrête !

— C'est juste des…

— C'est notre maison. Là où nous avons fait…

— Là où nous avons baisé par terre. Et alors ?

Il croisa les bras et espéra que sa peau était assez sombre pour masquer son rougissement.

Colin eut un sourire en coin.

— C'est bien fait.

Il leva une main pour faire taire toute protestation, et passa dix bonnes minutes à examiner avec attention chaque dessin de la pièce. Il posa quelques questions sur eux et fronça les sourcils jusqu'à ce que Nevin réponde à chacune d'entre elles.

— C'est pour ça que je n'invite personne.

— Remets-toi, Nevin. Je les aime bien. Enfin, je ne suis pas critique d'art ni rien, mais ils sont beaux, je trouve. Et ils ont de la personnalité. Comme celui-là.

Il montra un dessin de Julie avec des ailes.

— Ils sont stupides.

— Non, pas du tout. Et tu ne le penses pas non plus, pas vraiment, ou tu ne les aurais pas accrochés là. Et dois-je te faire remarquer que ce sont tous des maisons et des voitures ?

— Tu as promis que nous éviterions la thérapie.

— Si tu le dis, répondit Colin en se rapprochant.

Il passa les mains derrière la tête de Nevin et ils restèrent là, torse contre torse, à respirer. Nevin aimait que Colin fasse quelques centimètres de plus que lui, mais surtout, il aimait qu'il ne soit pas un géant.

Prenant une grande inspiration, Nevin passa la paume sur le torse de Colin. S'il pressait doucement la main, il pouvait sentir son cœur battre, même à travers sa chemise.

— Tu vois ? souffla Colin. Il bat toujours.

— Tu savais à quel point c'était grave, quand tu étais petit ? Tu savais que tu pouvais mourir ?

— Oui. Mes parents étaient très francs. Je veux dire, ils enjolivaient les choses quand j'étais très petit. Personne ne veut terrifier un gamin de trois ans. Mais ils ont été honnêtes avec moi lorsque j'ai été un peu plus grand. Mais j'aurais deviné seul de toute façon. Ça se voyait au sérieux des médecins et des infirmières.

— Tu avais peur.

Nevin se souvint de ses propres voyages précipités dans des voitures d'inconnus, le sentiment à passer la nuit dans une maison où il ne connaissait

201

personne, savoir que s'il tombait, personne ne le ramasserait. Et, putain, l'incertitude et la frustration d'une vie qui échappait à son contrôle.

— Je n'ai pas peur, maintenant.

Colin l'embrassa, d'abord doucement et tendrement, juste un effleurement des lèvres. Puis plus fort, il lécha la bouche de Nevin avant d'entrer, et ce dernier soupira comme une pucelle à son premier baiser.

Et le truc avec Colin, enfin, l'un des trucs avec Colin, c'était que Nevin n'avait pas à être tout le temps fort avec lui. Nevin s'était construit des défenses depuis si longtemps qu'il ne se souvenait même pas avoir posé les premières pierres, et il avait monté les murs avec soin. Mais quand Colin était là, il pouvait ouvrir le portail et… enfin, peut-être pas s'aventurer à l'extérieur, mais il pouvait au moins lui permettre d'entrer.

À sa plus grande surprise et mortification, un sanglot lui échappa. Juste un.

Ses yeux restèrent fermés, mais Colin embrassa ses paupières et mordilla le lobe de son oreille.

— Tu vas te déshabiller ? demanda son amant.

Oui. Bonne idée.

Colin retira sa veste et la jeta sur le canapé. Puis il attendit, les sourcils levés et les coins de la bouche dressés en un petit sourire. Apparemment, il attendait que Nevin se donne en spectacle. Très bien. C'était faisable.

Au début, Nevin resta lent, défaisant chaque bouton avec soin. Mais quand sa chemise fut par terre et ses chaussures et chaussettes échouées au sol, son impatience grandit. Il retira rapidement son pantalon et son caleçon et se redressa, mains sur les hanches, laissant Colin l'inspecter.

— Tourne-toi face au mur, dit Colin.

— C'est ma réplique.

— Pas ce soir.

Putain. Il ne faisait pas froid dans l'appartement, et pourtant la peau de Nevin fut couverte de chair de poule pendant qu'il posait les mains contre le mur et écartait légèrement les jambes.

Apparemment, Colin était très patient ce soir. Il se rapprocha en silence – probablement tout ce temps passé à vivre avec un chat – et s'arrêta juste assez près pour que son souffle chatouille les cheveux de Nevin. Il posa les mains sur ses hanches et commença à mordiller et lécher sa nuque.

En quelques instants, Nevin s'appuyait contre le mur pour se retenir, l'excitation le faisant respirer par petits halètements. Colin prit très grand soin de son corps, bouche contre ses omoplates, son échine, ses côtes.

Quand Nevin tenta de se tourner pour le toucher, Colin le coinça avec une main dans le bas de son dos. Et, oui, Nevin était plus fort, et il était entraîné aux techniques de combat. Mais cette main douce suffisait à le coincer.

Juste au moment où il allait céder et commencer à supplier, Colin se laissa tomber à genoux et commença à lécher ses fesses rondes. Il pressait les muscles fermes tout en les retraçant d'une langue experte, et quand Nevin gémit et écarta un peu plus ses jambes, Colin pointa la langue pour la glisser dans sa raie.

— Putaaain.

— Tu en as envie, Nev ?

— Putain, oui. S'il te plaît.

Même s'il n'avait jamais supplié, les mots sortaient maintenant avec facilité.

— S'il te plaît, n'arrête pas.

Colin n'arrêta pas. Pendant que Nevin pressait son front contre le mur et tendait les fesses, Colin léchait, mordillait, doigtait. Dessus, autour, puis juste un peu à l'intérieur. Nevin était dans une position salace : nu, désespéré, dégoulinant de bave, de sueur et de liquide séminal ; alors que Colin était toujours habillé dans son dos, à le caresser d'une main pendant que les doigts de l'autre s'infiltraient en lui.

Avec ses propres mains à plat près de sa tête, Nevin ferma les yeux et se concentra pour rester droit.

Quand Colin se leva et s'écarta, Nevin manqua crier. Puis il entendit une suite de bruits très reconnaissables : une braguette qui s'ouvrait, un emballage qu'on déchirait, une bouteille qu'on ouvrait.

— Oh, putain, oui, grogna-t-il.

Colin était si prudent. Il usa de sa langue pour ouvrir et détendre Nevin, puis utilisa ses doigts et tellement de lubrifiant que Nevin pouvait presque en sentir le goût. Il dut faire appel à toutes ses forces pour ne pas supplier, jurer, ou ne pas attraper son propre sexe pour se caresser. Sa patience fut récompensée quand, enfin, lentement, Colin entra son sexe couvert en lui.

Même avec toutes les préparations, il fallut un petit moment à Nevin pour s'ajuster à l'épaisseur de Colin. Il était étiré et rempli, avec juste une pointe de douleur pour le tenir éveillé. Colin resta immobile, le souffle court contre l'oreille de Nevin, caressant ses reins. Il avait simplement baissé son pantalon et son caleçon sur ses hanches, et Nevin trouvait la sensation des vêtements contre sa peau nue très érotique.

— Bouge, grinça-t-il.

Après avoir pris le sexe de Nevin dans sa main, Colin obéit, bougeant d'abord le bassin lentement et avec soin, puis de plus en plus vite et profond. Nevin l'encouragea en faisant un peu plus ressortir ses fesses. Et rapidement, Nevin se raccrochait à la vie, ses sens envahis de toutes parts et le cerveau court-circuité.

— Maintenant, dit Colin entre deux grognements. Presque.

Nevin y était presque aussi, et il voulait assurer à Colin qu'il le martelait pile où il le fallait : il frappait ce point sensible en lui et le masturbait avec juste assez de force. Mais il ne trouvait pas sa voix, alors il miaula à la place. Il se dit que Colin comprendrait.

Un peu plus vite, un peu *plus*. À la limite du trop, mais équilibrant toujours les choses. Jusqu'à ce que Colin passe ses dents sur son épaule et que Nevin plonge, fort et rapidement. Seuls le mur et la prise de son amant l'empêchèrent de s'effondrer.

— Oh, putaaaiiin ! hurla Colin.

Pendant un instant, il resta immobile, toujours aussi profondément en Nevin qu'il le pouvait, puis il soupira et s'effondra sur le dos de Nevin. Ils tombèrent au ralenti sur le sol, les membres entrelacés. Colin n'était plus en lui, mais ils restèrent dans les bras l'un de l'autre jusqu'à ce que leurs pouls ralentissent. Colin retira le préservatif avec soin, puis il sembla perdu sur ce qu'il devait en faire. Nevin le noua donc et le jeta de côté.

Colin gloussa.

— Tu vois ? Mon cœur tient bien le coup.

— Mais tu copies mon vocabulaire. Et tu étais aussi autoritaire avec l'autre con ?

— Trent ? Non. Notre vie sexuelle était très basique. Sans créativité. C'était immensément plaisant.

— Oui ? Tu as l'air très créatif à mes yeux.

Colin lui embrassa la tempe.

— Avec toi, oui. Trent appréciait la taille de ma queue et… lorsqu'il m'a plaqué, il a dit que j'étais gentil. Argh. Je crois que de son point de vue, j'étais juste facile à supporter et bien monté. Et honnêtement, il était facile pour moi aussi. Tu ne l'es pas.

— C'est une bonne chose ?

— Je suis assis cul nu par terre avec toi pour la seconde fois en une semaine, Nev. Je crois que ça va sans dire.

— Je suis un connard difficile, alors tu me donnes des ordres quand nous baisons ?

Nevin savait que ce n'était pas ça, et pourtant il insistait, c'était comme passer la langue sur une rage de dents.

Mais Colin l'embrassa à nouveau et lui ébouriffa les cheveux.

— Pas difficile, juste compliqué. Et je te commande lorsque nous faisons l'amour parce que nous prenons tous les deux notre pied ainsi. J'imagine que lorsque quelqu'un se gère et gère tout depuis toujours comme toi, c'est agréable de laisser le volant à un autre de temps en temps.

Merde, c'était vrai. Nevin ne le dit pas, au lieu de ça il prit le visage de Colin dans ses mains et colla leurs fronts.

Colin passa la nuit ici, ce que personne à part Ford n'avait fait avant. Sa présence donnait à l'appartement vide de Nevin un peu plus de vie, comme si sa personnalité colorée déteignait sur les murs blancs. Et en parlant de murs blancs, Nevin allait devoir le laver le lendemain. Il s'endormit sur son lit deux places, les bras autour de Colin, souriant à cette perspective.

C'ÉTAIT SURPRENANT de se réveiller avec un homme nu dans son lit, mais c'était aussi atrocement agréable. Colin était adorable quand il dormait, avec ses cheveux ébouriffés et son petit sourire, et quand il tendit la main pour poser le doigt sur le bout de son nez, Nevin ne le mordit même pas.

— Legolas va être furieux contre moi, dit Colin.

— Il n'aime pas que tu découches ?

— Je ne découche *jamais*. Et l'heure de son petit-déjeuner est passée depuis longtemps.

— Et quand tu sortais avec l'autre con ?

Colin s'assit, bâilla et s'étira.

— Il venait tout le temps chez moi.

— Il cachait des secrets chez lui ?

Nevin plissa les yeux et s'imagina comme il serait agréable de jeter le connard en prison parce qu'il avait blessé Colin.

— Non, je ne pense pas. Mais nous finissions simplement toujours à mon loft.

— C'était facile.

Colin haussa les épaules.

— J'imagine.

Il sortit du lit et s'étira encore, une vue délicieuse, puis commença à rassembler ses vêtements abandonnés la veille. Ses mouvements étaient alanguis, son visage arborait l'expression sereine d'un homme qui avait eu une bonne partie de jambes en l'air quelques heures plus tôt.

Pendant que Colin mettait son caleçon et son jean, Nevin se concentra sur la ligne blanche qui coupait sa poitrine.

— Le connard t'a largué à cause de ton cœur ?

Figé en plein mouvement, chemise dans la main, Colin le regarda.

— En partie, oui. Nos parents étaient amis depuis des années, alors il le savait déjà avant même que nous sortions ensemble. Mais il y a des choses auxquelles je dois faire attention. Je ne fais pas de ski. Je n'ai jamais été à l'aise à l'idée de partir trop loin de la maison, loin de là où se trouvent mes docteurs je pense, alors je n'allais pas avec lui dans son chalet dans les Alpes. Il avait le sentiment que je le limitais.

— Connard.

— Eh bien, il y avait plus que ça.

Colin mit sa chemise et commença à la boutonner.

— Il est vice-président d'une…

— Tu es aussi vice-président. C'est écrit sur la porte de ton bureau.

— Mais Trent ne travaille pas pour son père. C'est un gros bonnet, et pas moi.

Nevin bondit du lit pour pouvoir l'attraper par la taille et le tirer à lui.

— Je te trouve parfaitement gros, moi.

Colin se mit à rire.

— Je savais que tu dirais ça. Écoute, oublie Trent. C'est de l'histoire ancienne. Et je suis heureux qu'il m'ait jeté, parce que maintenant je t'ai, toi. Pour le moment, ajouta-t-il à la hâte. Je ne sous-entends pas que tu…

— Je sais.

— Dans tous les cas, j'échangerais une vie entière avec Trent contre quelques mois avec toi.

— Beau parleur. Tu dis juste ça pour coucher avec moi.

Colin glissa les mains sur les fesses nues de Nevin.

— Comme si tu étais contre.

Rapidement après ça, Colin fut à nouveau déshabillé. Et de l'autre côté de la ville, Legolas attendait impatiemment son petit-déjeuner.

XIX

Novembre 2015

Ils sortaient ensemble. Sérieux comme un de ces couples d'adolescents dans les comédies musicales stupides de Colin. Nevin avait évité le mot « petit ami » si effrayant, ainsi que le plus mortel d'entre tous, « amour », mais début novembre, il devait admettre que Colin et lui avaient une relation. Ils passaient leurs week-ends ensemble, sauf quand Colin avait des obligations familiales, ainsi que quelques nuits en semaine. Et les soirs quand ils ne se voyaient pas, ils s'envoyaient des messages ou s'appelaient. Ils avaient beaucoup de relations sexuelles et regardaient beaucoup de films. Nevin passait des heures à caresser ce foutu chat. Ils sortaient dîner et avaient même passé une journée sur la côte, à regarder l'orage agiter les vagues. Et un soir, Colin lui offrit des fleurs. Des putains de *fleurs*.

C'était agréable, merveilleux, incroyable, et parce que Nevin semblait si heureux, les gens au travail commençaient à lui demander ce qui n'allait pas.

Et, bien sûr, il était totalement terrifié.

Une semaine après début novembre, lors d'un après-midi de samedi pluvieux, Colin et Nevin étaient sur le canapé de Colin, à baigner dans le bonheur post-coït. Nevin était nu sur Colin, couverts d'une fine couverture polaire, et Legolas était couché près de leurs pieds.

— Si mon cœur devait lâcher, je voudrais que ce soit dans un moment comme celui-là, dit Colin.

— Ne plaisante pas sur cette merde.

— Je suis sérieux. C'est bon ce que nous avons, Nevin. Aussi bon que possible.

Après un moment de silence, Nevin tenta de reprendre pied.

— Possible ?

Colin soupira assez fort pour le bousculer un peu.

— Je n'ai rencontré personne qui fait partie de ta vie. Et tu n'as rencontré presque aucun de mes proches.

Au fil des semaines, Colin avait présenté quelques amis à Nevin autour d'une pinte à une microbrasserie. Ça avait été plutôt agréable, mais bien sûr ces gens n'étaient pas de la famille. Colin avait parlé de Nevin à sa famille, et bien entendu, ils avaient hâte de le rencontrer – de le rencontrer officiellement, pour ce qui concernait son père –, mais l'idée le faisait paniquer.

— Désolé, dit Colin. Je ne voulais pas parler de ça. Mais il faudra bien un jour que ça arrive. Enfin, si « un jour » fait partie du tableau.

Colin méritait bien plus que les demi-promesses que Nevin avait faites, et ce dernier voulait le rassurer. Mais il ne pouvait pas.

Sous lui, Colin s'étira.

— Faut que je pisse.

— Je suis trop bien pour bouger.

— Tu ne seras pas si bien que ça si je te pisse dessus.

Grommelant, s'accrochant à la couverture, Nevin s'écarta de lui. Mais il eut tout loisir de le regarder s'éloigner, et c'était toujours une belle vue. Et quand Nevin se rassit, il prit son téléphone et envoya un message à la hâte.

— Quelque chose ne va pas ? demanda Colin en venant.

Là aussi, c'était une vue très agréable.

— Et si nous allions prendre une douche et que nous nous habillions ?

— Tu as une idée en tête ?

— Aller dîner tôt.

Vu la tête de Colin, il avait bien conscience qu'il y avait plus que ça. Mais il était maître dans l'art de deviner quand il était l'heure de pousser un peu Nevin et quand il était l'heure de le laisser, alors il ne fit que hocher la tête.

— OK.

La cabine de douche de Colin était assez grande pour deux, et ils la partageaient souvent. Colin aimait dire en plaisantant qu'ils économisaient de l'eau, mais ils en utilisaient en vrai pas mal avec tout ce temps passé à se tripoter, se caresser et s'amuser. Aujourd'hui, ils étaient plus sérieux, sans compter les quelques fois où Colin lui pinça les fesses.

Nevin avait fini par laisser continuellement des affaires de rechange chez Colin, ainsi qu'une brosse à dents et une brosse à cheveux. Et Colin ne s'était jamais plaint de voir les vêtements de Nevin avec les siens dans le panier à linge sale. Pour l'heure, Nevin enfila un jean, et un des tee-shirts de Colin.

— Sweeney Todd ? demanda Colin en souriant.

— Ma comédie musicale préférée.

Ils avaient regardé trois fois ce film ensemble, avec Colin qui chantait en chœur tout du long. Colin avait suggéré, très hésitant, qu'ils aillent le voir en live, il y avait une représentation en juin, et Nevin avait avec prudence répondu que ça pourrait être possible.

Colin opta pour un tee-shirt Captain America. Une fois habillé, il nourrit Legolas pendant que Nevin remplissait le bol d'eau. Ils sortirent retrouver Julie, garée dans un emplacement parfaitement légal.

Alors qu'ils conduisaient à l'est par-dessus le fleuve, Colin fredonnait. Nevin fut penaud de réaliser qu'il connaissait la chanson – une des films Disney de Colin –, et il connaissait même quelques paroles. Merde. Quand il avait rencontré le propriétaire au nœud papillon de Mme Ruskin, il n'aurait jamais deviné que, cinq mois plus tard, il serait dans une voiture avec ce type, à se diriger vers sa perte.

D'accord, peut-être que « perte » était un peu exagéré. Nevin obligea ses mains à se détendre sur le volant avant de le casser.

— Comment vont tes projets ? demanda-t-il, espérant que Colin ne remarquerait pas la tension dans sa voix.

— Bien. Les équipes ont déjà commencé les travaux des maisons sur Clinton. Ça va lentement à cause de la météo et des vacances, mais le printemps est la meilleure période pour vendre, de toute façon. Dis-moi quand tu voudras aller y jeter un coup d'œil.

Nevin lui lança un regard en coin.

— Tu veux faire comme la dernière fois, Collie ?

— C'est toujours une possibilité. Même si vraiment, je te préfère dans mon lit. Moins de nettoyage à sec après.

Il tendit la main et caressa légèrement la cuisse de Nevin.

— Et l'autre maison ?

— Celle de Bob et Ivan ? Nous terminons la vente la semaine prochaine. Ils disent qu'ils veulent organiser une petite fête pour célébrer ça. Certaines personnes de *Meilleur Espoir* sont invitées, et les amis de Bob et Ivan. Tu voudrais venir ?

L'hésitation dans la voix de Colin lui fit mal à la poitrine.

— Je… peut-être. Si j'arrête d'être une telle lavette.

— Tu n'es pas une lavette, lui assura Colin. Tu es prudent. Et tu as quelques semaines pour y réfléchir, de toute façon. Bob dit qu'il veut attendre après Thanksgiving. Ma mission en attendant, c'est de voir si je peux les convaincre de nous laisser faire quelques travaux dans les parties de la maison où ils ne vivent pas. Leur facture de chauffage est exorbitante, et je m'inquiète pour la toiture. Je crois que Bob et Ivan seront d'accord si je leur fais remarquer qu'avec les rénovations viendront tout un tas de beaux hommes à admirer.

Ils restèrent plusieurs minutes silencieux, la main chaude de Colin sur sa jambe. Puis Colin pouffa.

— Où allons-nous, dans l'Idaho ?

— Nous y sommes presque.

— Tu aurais pu prendre par Banfield, cela aurait été plus rapide. Oh. Tu ne voulais pas aller plus vite.

— Nous y sommes presque.

Colin lui tapota la jambe.

— Nous n'allons pas à Troutdale, hein ? Lorsqu'il fera beau un week-end, nous pourrons aller à Hood River, nous trouver un beau petit Bed and breakfast.

Nevin n'avait jamais dormi dans un B and B, et l'idée lui semblait étonnamment attirante. Il s'imagina couché contre Colin dans un vieux lit, du genre où il faut un tabouret pour arriver à y monter, à prétendre que le reste du monde n'existait pas.

— Et Legolas ? demanda-t-il.

— Il ira bien, répondit Colin en riant. Il peut tenir une nuit sans nous. Si nous mettons plus de temps, Miranda et Hannah peuvent venir le nourrir.

Nevin tenta de ne pas être trop secoué par la manière dont Colin avait dit « nous » si facilement, comme si le chat avait besoin de lui également.

— Germy aime faire des randonnées dans cette zone. Je pourrais lui demander quelques bons sentiers. Si ce n'est pas trop…

— Je peux faire de la randonnée, le coupa Colin un peu sèchement.

— Alors je lui demanderai.

— Quand j'étais petit, nous allions pique-niquer là-bas. J'aimais m'arrêter au barrage de Donneville pour regarder la passe à poissons. Tu as déjà fait ça ?

Quand Nevin secoua la tête, Colin lui pressa la jambe.

Il était à peine dix-sept heures passées, alors le parking du restaurant était presque vide.

— Mexicain ? demanda Colin tandis que Nevin se garait près de la porte.

— Une objection ?

— Nope. J'aime manger mexicain.

— C'est un peu minable, mais la nourriture est bonne. Et bon marché. J'étais à la plonge pendant un an ou deux quand j'étais à l'université, et même après mon départ, les Solorio me donnaient toujours une réduction.

Les Solorio avaient pris leur retraite quelques années plus tôt, mais leur fille et son mari dirigeaient désormais le restaurant, et Nevin y mangeait encore quand il était dans le quartier.

Dès qu'ils furent à l'intérieur, Gabi Reyes lança un bonjour depuis le fond de la salle, où elle mettait la table.

— Nevin ! Ça faisait longtemps.

— Désolé. Je passe beaucoup de temps du côté ouest maintenant.

Le regard de la femme se posa sur Colin.

— Ce n'est pas Ford, le taquina-t-elle.

— Mon ami Colin.

Ami. C'était un mot acceptable, non ? C'était la vérité, ce n'était pas trop effrayant, et ça ne mettait pas trop de distance. Colin sembla s'en satisfaire, en tout cas.

— Salut, dit-il à Gabi.

— Asseyez-vous où vous voulez, dit-elle en souriant. Tu veux aussi un menu, Nevin, ou juste un pour ton ami ?

— Mets-en trois.

Colin ouvrit la bouche, sans nul doute pour demander qui les rejoignait, mais la porte d'entrée s'ouvrit alors et Ford entra. Il fit un signe de la main à Gabi mais ne prit même pas la peine de saluer Nevin, son regard était plutôt sur Colin, avec un petit sourire au coin des lèvres.

Nevin prit une profonde inspiration et fit le grand saut.

— Collie, ce connard est Ford Ott. Ford, voici Colin.

Un énorme sourire apparut sur le visage de Colin et il se jeta sur Ford avec tellement d'enthousiasme qu'on aurait dit que Ford allait trébucher.

— Oh, mince ! s'exclama Colin en serrant Ford dans ses bras. C'est trop agréable de te rencontrer enfin.

Ford le serra en retour et se mit à rire. Il pouffait toujours quand ils s'installèrent à leur table. Colin s'assit à côté de Nevin, face à Ford. Gabi leur apporta le menu, mais Colin et Ford ignorèrent les leurs et se dévisagèrent à la place, chacun analysant l'autre. Nevin se demanda ce qu'ils voyaient. Un mec un peu ringard avec une veste de luxe et un chauve tatoué qui ressemblait à un voyou ?

— Tu n'es pas comme je l'imaginais, dit finalement Ford.

— Tu t'attendais à *quoi* ? demanda Colin sans flancher. Est-ce qu'il a au moins parlé de moi ?

— Oui. Mais seulement parce que je l'ai accusé d'avoir commencé à se droguer. Il est tout serein en ce moment.

Colin pouffa.

— Oui, c'est bien Nev. Monsieur Zénitude.

Quand Ford éclata de rire et commença à raconter l'un des caprices de Nevin, ce dernier réalisa que ça allait marcher. Oui, ils allaient se liguer contre lui, mais il pouvait gérer. Merde, il pourrait même rallier Katie à sa cause et ce serait amusant. Nevin avait beaucoup d'histoires embarrassantes à raconter sur Ford. Dans tous les cas, Colin n'allait pas traiter Ford comme une personne inférieure, et Ford agissait comme s'ils étaient déjà les meilleurs amis du monde.

Merde. C'était tous les deux de bonnes personnes. Pourquoi Nevin s'était-il attendu au pire de leur part ? C'était lui qui agissait mal, à cacher Colin dans le placard et garder son frère dans l'ombre.

La conversation resta, vivante, sur les burritos, les tacos et le carne asada. Nevin avait dit très peu de choses à Ford au sujet de Colin – homme, la trentaine, dans l'immobilier –, et Ford semblait véritablement fasciné quand Colin commença à parler des vieilles maisons qu'il rénovait. De son côté, Colin avait beaucoup de questions sur l'entreprise d'aménagement paysager de Ford.

— Tu serais intéressé par un projet commercial ? Comme refaire totalement les jardins de devant et à l'arrière de nos projets ?

Ford secoua la tête.

— Tu n'as pas à m'engager juste parce que je suis de la famille de Nevin.

— Nous autres Westwood sommes de fervents partisans du népotisme. Je travaille pour mon père, après tout. Mais dans tous les cas, nous cherchons quelqu'un qui pourrait faire quelque chose d'un peu plus créatif que des genévriers et des copeaux de bois. Écoute, tu n'as pas à te décider tout de suite. Penses-y et nous pourrons en parler une autre fois.

Ford sembla ravi. Il aurait bien besoin de travailler un peu plus, surtout l'hiver. Mais Nevin voulait s'interposer dans leur conversation et leur demander ce qui arriverait à leur paisible relation professionnelle quand sa relation personnelle avec Colin partirait en couille. D'un autre côté, Colin et Ford étaient des adultes qui pourraient gérer la situation avec maturité. Bande d'enflures.

Ils ne restèrent pas longtemps après leur repas, parce que Ford et Katie devaient aller au cinéma. Dans le parking, ce fut Ford qui prit l'initiative pour enlacer Colin, ce qui fut plutôt surprenant pour Nevin. Ford n'était en général pas très tactile, et quand il s'écarta, il regarda Colin dans les yeux.

— Je ne sais pas comment Nevin et toi avez décidé de tenter le coup, mais j'en suis très heureux. Il a besoin de quelqu'un pour l'apprivoiser.

— Je ne veux pas l'apprivoiser, protesta Colin. J'aime qu'il soit un petit con.

Ford éclata de rire.

— Tu n'as pas tort. Il ne serait plus Nevin s'il devenait tout doux et sentimental. Mais tu peux peut-être le calmer un peu. Ça ne lui ferait pas de mal.

Colin regarda Nevin avec un sourire.

— Il est gentil avec mon chat. À part ça, je veux juste que nous nous rendions heureux.

— Nevin le nerveux, heureux... oui, ça me plaît.

— Va te faire foutre, du con, marmonna Nevin.

Quand Colin et lui montèrent dans Julie, Nevin ne démarra pas tout de suite. Après quelques secondes, Colin posa la main sur sa cuisse.

— Merci. C'est la chose la plus gentille que tu aies faite pour moi.

— T'offrir des tacos ?

— Tu sais que je ne parle pas de ça.

Nevin regarda la main de Colin, forme indistincte dans l'habitacle sombre.

— Je t'ai présenté à mon frère et je ne suis pas mort.

— Nope. Nous avons survécu. Je l'aime bien. Je comprends pourquoi vous êtes proches. Il est amusant et... solide, pas vrai ?

— Un vrai roc.

Une énorme bouffée d'air s'échappa des poumons de Nevin, comme s'il retenait sa respiration depuis très longtemps.

— Ton père ne va pas être furieux pour le truc paysager ?

— Non. Il comprendra que ça vaut le coup de payer un peu plus pour ne pas avoir un jardin franchement ennuyeux. Cela ajoutera de la valeur. Tu sais quoi ? Il commence même à se faire à cette histoire de réhabilitation. Il

213

a vu les plans d'une des maisons de Clinton l'autre jour et a presque admis que j'avais raison.

Même si Nevin sourit, il ne répondit pas. Il ne démarra pas non plus, et Colin sembla se satisfaire de rester assis là dans le noir, à regarder l'intérieur du pare-brise se couvrir de buée.

— Je pense que je pourrai survivre à une rencontre avec ta famille, dit-il finalement.

Colin ne sauta pas et ne cria pas, mais il lui attrapa la main.

— Vraiment ?

— Probablement.

— Alors tu veux arranger la confrontation ? Tu veux ça simple ou…

Il se mordit la lèvre, comme si le reste était trop difficile à dire.

— Ou ? l'encouragea Nevin.

— Thanksgiving approche.

Presque toute son enfance, Nevin avait ignoré cette fête. Beaucoup de ses parents d'accueil en avaient fait de même, ou s'étaient contentés de l'envoyer passer la journée dans sa chambre pour fêter ça avec leur vraie famille. Quelques fois, il avait été dans des foyers ou une institution similaire, et dans ces cas il y avait eu de la dinde froide et sèche, des haricots en boîte, des petits pains rassis, et une tarte aux pommes avec un goût de carton. Et aucune chose sur laquelle il pouvait exprimer sa gratitude. Plus récemment, Ford et lui passaient parfois la fête ensemble, dans un bon restaurant, comme aucun d'entre eux ne savait cuisiner. Ou Rhoda les invitait chez elle, où elle rassemblait un groupe d'amis assez éclectique, des proches, et gens ramassés n'importe où. Cette année, Ford fêtait Thanksgiving avec les proches de Katie. Mais Nevin n'avait pas pensé à ce qu'il ferait.

— Je n'arrive pas à savoir si c'est mieux ou pire que le brunch, dit-il.

Colin répondit rapidement :

— Mieux. Nous nous disputons aux brunchs. Des disputes amicales, mais… Pour Thanksgiving, en revanche, tout le monde mange trop pour se prendre la tête. Et, mince, mes parents savent cuisiner !

— Pas les serviteurs ?

Colin lui enfonça un doigt dans les côtes.

— Enflure.

Riant, Nevin prit sa décision.

— Bien. OK pour Thanksgiving. Si je ne fais pas une crise de panique avant.

UNE SEMAINE pile avant Thanksgiving, Nevin passait devant le bureau de Frankl quand il entendit le nom de Jeremy Cox. Frankl n'était pas aussi porté sur les commérages que les autres flics, et il n'avait pas l'air heureux. Nevin entra sans frapper et le dévisagea jusqu'à ce que Frankl raccroche son téléphone.

— De quoi parlais-tu ?

— Ce n'est pas une de tes affaires.

— Quelle affaire ?

Nevin se rapprocha de la chaise de Frankl.

— Qu'est-ce qui se passe avec Jeremy ?

Frankl était l'une des rares personnes qui refusaient de se plier devant Nevin. Et pour l'heure, il le regardait avec des yeux encore plus tristes que d'habitude.

— Il a eu quelques ennuis.

Une émotion inhabituelle traversa Nevin : la culpabilité. Il avait été si occupé à agir comme une adolescente frivole avec Colin qu'il avait négligé Jeremy. Cela faisait longtemps qu'ils ne s'étaient pas vus pour un café ou un footing. Il masqua son dégoût de lui-même et son malaise et attrapa la chaise, la rapprocha de celle de Frankl et s'assit en fronçant les sourcils.

— Qu'est-ce qui se passe ?

Il y avait un stylo bille bleu sur le bureau de Frankl. Ce dernier le prit et cliqua sur le mécanisme plusieurs fois, jusqu'à ce que Nevin soit sur le point de lui arracher cette merde des mains pour le poignarder avec. Puis Frankl soupira et posa le stylo.

— Tu te souviens de son ex, pas vrai ?

— Donny ? Oui, je me souviens de ce tas de merde. Qu'est-ce qu'il a...

— Il est mort.

Nevin cligna des yeux. La nouvelle n'aurait pas dû être un tel choc, surtout vu la source de l'information. Frankl était inspecteur à la criminelle, après tout. Malgré tout, Nevin avait connu ce type. Et il avait vu que Jeremy l'avait sincèrement aimé, non pas que Donny l'ait mérité. Il buvait, c'était un flic de merde, et il trompait Jeremy.

— Merde. Jeremy est au courant ?

Frankl pouffa.

— Oui, il sait. Parce que celui qui a assassiné Donny a aussi tout cassé dans l'appartement de Jeremy.

— Pourquoi ?

— Donny lui a rendu visite la veille de sa mort.

— Ce gros enculé ! Ça fait quoi ? Cinq, six ans ? Putain, dis-moi que Germy ne pensait pas accepter de le revoir.

Si c'était le cas, Nevin allait devoir le frapper jusqu'à ce qu'il change d'avis. Enfin, quand il aurait fait son deuil.

Mais Frankl secoua la tête.

— Nan. Donny est arrivé dans un sale état, quelqu'un l'avait tabassé. Jeremy l'a soigné, lui a donné de l'argent et lui a dit de partir. Quelqu'un a trouvé le corps de Donny dans le fleuve le lendemain, il s'est fait tirer dessus avant d'être jeté à l'eau. On pense que le coupable a cru que Donny avait laissé quelque chose chez Jeremy.

— Quoi ?

— Qui sait ?

Frankl eut l'air de vouloir à nouveau jouer avec son stylo, mais décida au lieu de ça de sortir un rouleau de bonbons à la menthe de son tiroir, d'en prendre un et de tendre le rouleau à Nevin, qui secoua la tête avec impatience. Après avoir remis l'emballage dans son tiroir, Frankl soupira.

— Qui que ce soit, ils ont bien retourné l'appartement de Jeremy. Il va devoir dormir ailleurs quelques jours.

— Merde.

Nevin songea à lui proposer son appartement. Mais il n'avait qu'une seule chambre, et le canapé n'était pas assez confortable pour y dormir. Jeremy avait d'autres bons amis, Rhoda, par exemple.

— Tu as des pistes ?

— Nous avons quelques idées. Pas assez pour avoir du concret. En attendant, j'ai conseillé à Jeremy de rester prudent.

Il eut un rire sans joie.

— Pendant une minute, j'ai cru que son nouveau petit ami avait quelque chose à voir avec ça. Mais maintenant, je suis sûr que non.

Eh bien, si Frankl n'était pas plein de surprises aujourd'hui.

— Germy Cox a un nouveau petit ami ?

— Ouaip.

— Pas un autre sac à merde comme Donny ?

Nevin n'allait pas être respectueux d'un homme qui avait tant fait souffrir Jeremy, même après sa mort.

— Je ne pense pas.

216

Nevin ne put avoir d'autres détails de Frankl et décida d'aller directement à la source. De plus, il voulait s'assurer que Jeremy allait bien. Si quelqu'un pouvait retourner une mauvaise situation, c'était bien Jeremy Cox, mais Nevin voulait en être sûr. Il appela Jeremy, découvrit qu'il dormait au Marriott près du fleuve, et ils se donnèrent rendez-vous sur place à dix-huit heures.

Après le travail, Nevin enfila sa tenue de sport et courut le kilomètre jusqu'à l'hôtel. Jeremy l'attendait sur le trottoir près du hall. Il était grand, séduisant, et souriait comme une personne dont la vie ne venait pas de s'effondrer. Nevin décida que son ami avait plus besoin de courir que de subir un interrogatoire, alors sans plus de discussions, ils partirent.

La nuit était déjà tombée quand Nevin avait quitté le travail, alors il était difficile de voir les détails de leur environnement pendant qu'ils couraient. Malgré tout, au bout de quelques kilomètres, Nevin réalisa qu'il voyait sans arrêt la même voiture, une Toyota grise. Elle les suivait de loin, et parfois elle n'était même pas visible, mais elle ne cessait de réapparaître tandis que Jeremy et lui zigzaguaient à travers les rues.

Alors qu'ils se tenaient sur le trottoir devant l'hôtel, à reprendre leur souffle, la Toyota passa devant eux.

— Tu as remarqué… commença Nevin.

— La Toyota grise ? Ouaip. J'étais flic aussi, tu sais.

— Elle nous suivait depuis…

— Depuis le début. Je sais. Je l'ai vue l'autre jour aussi. Ce type n'est pas très discret.

Il n'y avait pas grand-chose que Nevin pouvait faire à ce sujet. Il n'avait même pas son arme sur lui. Et Jeremy haussait les épaules comme si ce n'était rien de grave. Il changea ensuite totalement de sujet, souriant à Nevin et lui pressant rapidement l'épaule.

— Merci pour le footing. Tu me rejoins chez Rhoda la semaine prochaine ?

Merde. Nevin aurait dû savoir que ça pourrait arriver.

— Nan. J'ai, euh, des projets.

— Ne me dis pas que tu dois travailler. Éviter les horaires de merde est censé être le bon côté quand on quitte la circulation.

Nevin prétendit trouver le panneau de l'hôtel fascinant.

— Je dois aller quelque part.

— Quelque part ?

— À un dîner.

217

Pendant que Jeremy attendait, sourcils dressés, Nevin grogna.

— Tu te mêles de tout, hein, enfoiré ? Je suis invité à dîner dans une superbe baraque sur les collines. Je vais devoir mettre un putain de costume. Puis je vais devoir prétendre être une personne civilisée parce que je rencontre les parents. D'accord ? Satisfait, maintenant, trou du cul ?

Jeremy rayonna comme un homme qui venait de gagner à la loterie.

— Les parents de qui ?

Merde. S'il disait ça à voix haute, tout deviendrait réel, pas vrai ? Il avait évité de poser des questions sur le nouveau petit ami de Jeremy de peur de se retrouver précisément dans cette situation. Il donna un coup de pied sur le trottoir.

— Ce… ce type. Colin. Il est pédé comme un phoque, il se dandine avec ses diplômes de plouc, et il arrive à tout rendre élégant. La seule raison pour laquelle je le supporte, c'est parce qu'il a un cul sublime et est monté comme un putain de Pégase.

Il regarda Jeremy, fronça les sourcils, et se détourna.

— Et c'est aussi un type très bien, marmonna-t-il.

— Bien joué, Nev. Mazel tov.

C'était ce qui était drôle. Jeremy Cox venait de voir son ex se faire assassiner, son appartement ravager, et une voiture suspicieuse le suivait. Mais il semblait sincèrement heureux juste parce que Nevin venait d'admettre qu'il voyait quelqu'un. Toute cette situation avec Colin était bizarre, étrangère, et une chose que Nevin n'aurait jamais pu imaginer pour lui. Et pourtant, Jeremy était heureux. Et Nevin ? Merde. Peut-être qu'il était heureux lui aussi.

218

XX

— Et n'oublie pas de prendre…

— Les tartes et le vin. Je sais, maman.

Même si c'était la contribution habituelle de Colin pour les repas de Thanksgiving, et que jamais il ne les avait oubliés, sa mère l'appelait chaque fois pour le lui rappeler. Il ne le prenait pas personnellement. Il savait qu'elle rappelait aussi à Miranda de prendre les patates douces caramélisées, et, le jour de Thanksgiving lui-même, elle rappellerait à son mari d'arroser la dinde de jus toutes les trente minutes. Une année à Noël, son mari lui avait offert un tee-shirt où il était écrit « maniaque de l'autorité » en lettres strass rouges. Elle l'avait porté avec fierté.

— J'ai vraiment hâte de le rencontrer, dit-elle.

Colin jeta un coup d'œil à Nevin, assis sur le canapé avec Legolas sur ses jambes, tous deux semblant en paix.

— Il est spécial, dit-il assez fort pour que Nevin entende.

Sans même lever les yeux, Nevin lui fit un doigt d'honneur, ce qui le fit rire.

— Je dois te laisser, maman. On se voit demain.

— Cette bonne femme te tient en laisse, dit Nevin quand Colin fut sur le canapé.

— Oui. Mais ça ne me dérange pas.

Il savait que c'était sa manière de montrer qu'elle tenait à lui.

— Hé, Nev ?

Nevin grogna. Un vieil épisode de *New York, police judiciaire* passait à la télé, surtout parce que Nevin aimait s'en moquer, ce que Colin trouvait plus intéressant que l'émission en elle-même.

Peut-être que ce n'était pas le meilleur moment pour évoquer le sujet, parce que Nevin était déjà stressé pour le jour à venir, mais avec certains sujets, il n'y avait jamais de bon moment.

— Tu as déjà essayé de découvrir ce qui est arrivé à ta mère ?

— Non, dit Nevin en le regardant d'un air vide.

— Mais tu pourrais, non ? Tu es flic, tu dois avoir accès à ces trucs.

— Je me fiche de ce qui est arrivé à cette garce. Elle est partie, au revoir, c'est fini. Elle n'a aucune importance.

Ils savaient tous les deux que ce n'était pas vrai. La mère de Nevin lui avait laissé des cicatrices plus profondes que celle sur le torse de Colin. Mais Colin pensait à elle depuis quelques semaines.

— Tu ne t'es jamais dit qu'elle t'avait peut-être abandonné parce qu'elle tenait à toi ?

— Oui, c'est précisément ce qu'une mère aimante va faire.

— Mais elle avait une vie assez difficile, non ? Entre la drogue et le reste ?

— Et le reste, répéta Nevin d'un ton sombre.

— Et si elle avait réalisé qu'elle ne pourrait pas fuir tout ça et qu'elle t'aurait entraîné avec elle ? Peut-être qu'elle a tenté d'être ta mère pendant un moment. Je veux dire, elle t'a gardé trois ans. Je parie que ce n'était pas simple. Mais au bout d'un moment, c'était devenu trop difficile, alors elle est partie. Elle devait savoir que tu rentrerais dans le système.

Nevin serra la mâchoire.

— Parce que le système est un véritable parent tendre.

— Oui, je sais.

Colin tendit la main pour caresser Legolas et vit Nevin se détendre légèrement, comme si c'était lui qu'il caressait.

— Je sais que ça craint, et je sais que tu as beaucoup lutté pour survivre. Mais cela aurait-il été mieux si elle était restée ?

Après un long silence, Nevin répondit :

— Je ne sais pas. Mais putain, ça ne veut pas dire que ce qu'elle a fait était bien !

— Non, bien sûr. Je dis simplement que tu ne devrais pas partir du principe qu'elle ne t'aimait pas. Tu es... Soyons honnêtes, Nev. Tu es quelqu'un d'adorable.

Quand Nevin fit une grimace comme s'il doutait de la santé mentale de Colin, ce dernier sourit.

— Je suis sérieux. Ford t'aime. Je t'aime, Nevin.

Puis il retint son souffle, s'attendant à une explosion. Mais celle-ci ne vint jamais. Au lieu de ça, Nevin secoua la tête.

— Je ne comprends pas comment tu me supportes, Collie. Je ne comprends pas ce que tu vois en moi.

— Tu es fort. Mince, tu es *si* fort. Mais lorsque nous sommes ensemble, tu n'as pas peur de me laisser être fort aussi. Tu es passionné, et je ne parle pas juste de sexe, même si cette partie est fantastique aussi. Tu es drôle. Tu veux que je fasse ce qui me plaît et pas ce qui rapportera de l'argent. Tu ne te contentes pas de ce qui est facile et avec quoi tu es à l'aise. Tu as une énergie presque vibrante. Quand je suis avec toi, j'ai le sentiment que je pourrais accomplir tout ce que je veux.

Il n'avait pas préparé ce discours, mais chaque mot était vrai. Et il y avait plus. La manière dont Colin pouvait lui faire entièrement confiance. La manière dont Nevin rendait intéressants même les trucs les plus ennuyeux. La manière dont penser à Nevin faisait battre son cœur plus vite.

— Legolas t'aime, ajouta-t-il. Et il a très bon goût.

Nevin pencha la tête, yeux fermés. Quand il la leva à nouveau, sa bouche était pincée.

— Je ne peux pas le dire. Je ne sais pas si je pourrai un jour…

— Ça ne fait rien. Ce ne sont que des mots. Les actions parlent plus fort, pas vrai ? Tu es ici chez moi, où tu passes la plupart de ton temps libre depuis des semaines. Tu m'as présenté ton frère, et tu es d'accord pour rencontrer ma famille. Trent me disait ces mots, mais ils ne signifiaient rien.

— Connard, dit Nevin par automatisme.

— Oui. Bref, je ne vais pas m'effondrer parce que tu ne peux pas dire les mots magiques. Je ne suis pas une princesse dans sa tour.

— Ce n'était pas le prince qui avait besoin des mots magiques ? Avant que sa rose crève ? La Bête.

Colin éclata de rire.

— J'*adore* voir que tu connais les intrigues des Disney.

— Merde. Oui, je connais les intrigues des Disney, et la différence entre Star Trek et Star Wars, et je sais même comment ce putain d'Harry Potter a buté Voldemort. À cause de toi, je sais ce qu'est un hobbit et que c'est une putain de mauvaise idée de porter l'Anneau unique, même s'il te rend invisible. Tu me rends heureux, OK ? Tu me rends heureux et c'est tout ce que je peux…

Sa voix se brisa et il se détourna.

Ils arrivèrent jusqu'au lit et firent l'amour dans les bras l'un de l'autre, Colin profondément en lui et caressant les lèvres ouvertes de Nevin. Ce n'était pas un tremblement de terre, ni une explosion de feu d'artifice, et pourtant Colin n'aurait échangé ces instants pour rien au monde.

Le jeudi en milieu d'après-midi, Colin songeait sérieusement à sucer Nevin pour la seconde fois de la journée. La première fois avait été quand ils s'étaient réveillés. Après ça, ils étaient allés courir, Nevin lentement pour rester au rythme de Colin. Ils avaient pris leur douche à leur retour et avaient passé deux heures à somnoler sous la couverture polaire du canapé. Mais alors que la journée avançait, Nevin était de plus en plus sur les nerfs, jusqu'à tourner en rond dans le loft comme un animal en cage.

— Tu n'as pas à faire ça, lui fit remarquer Colin pour la énième fois. Personne ne veut te torturer.

— Tu as promis à tes parents.

— Nous pouvons leur dire que tu ne te sens pas bien. Ils comprendront. Je ferai du pop-corn et nous regarderons *Cabaret* et *Hairspray*.

— Je ne suis pas une grosse tapette pleurnicheuse qui revient sur ses promesses. Mais… putain.

Nevin se précipita vers la chambre, où il se déshabilla. Juste avant que Colin puisse l'entraîner dans une partie de jambes en l'air apaisante, Nevin prit son costume dans le placard et commença à s'habiller. Colin haussa les épaules et se déshabilla.

Nevin venait de boutonner sa chemise quand son téléphone sonna. Il répondit d'un ton sec.

— Ng.

Après un silence, son visage pâlit et se fit grave.

— Oui, oui, OK. J'arrive tout de suite.

Il raccrocha et regarda Colin, l'air dévasté.

— Oh, bon sang, qu'est-ce qu'il y a ?

Est-ce que quelque chose était arrivé à Ford ?

— Germ… Jeremy Cox. Il s'est fait enlever.

Colin en resta muet sous le choc.

Nevin passa à toute allure devant lui, puis se figea et se tourna.

— Je dois y aller. Le nouveau petit ami de Jeremy, qui a appelé la police pour le signaler, Frankl dit que ce pauvre gars est sur le point de s'effondrer. Je dois y aller et…

— Vas-y. Ça ira.

— Thanksgiving…

— C'est moins important que ça.

Après deux rapides signes de la tête, Nevin l'attira pour un baiser sauvage.

— Je suis désolé, Collie. Merci de comprendre.

— Donne-moi des nouvelles si tu le peux. Et, s'il te plaît... fais attention.

Nevin hocha à nouveau la tête avant d'aller vers la porte.

Colin aurait voulu poser un millier de questions, à commencer par qui avait enlevé Jeremy et pourquoi. Mais il pensait surtout au fait que Nevin allait être en danger, et il savait que son amant n'avait pas besoin d'entendre ses inquiétudes. Alors Colin le regarda mettre ses chaussures et sa veste, et lui attrapa le bras juste avant qu'il disparaisse.

— Fais attention.

— Je suis désolé, Collie. J'ai vraiment...

— Chut.

Colin posa un doigt sur les lèvres de Nevin et répéta le plus important :

— Sois simplement prudent.

COLIN SE souvint de prendre les tartes et le vin, mais il arriva chez ses parents avec le sentiment d'avoir oublié quelque chose d'important. Miranda le retrouva dans l'entrée et lui prit les bouteilles de vin.

— Maman et papa sont...

Elle se tut.

— Où est-il ?

— Il ne peut pas venir.

— Colin Oscar Westwood, tu as une sale tête ! Est-ce que ce type t'a jeté ? Le jour de Thanksgiving ? Parce que je vais...

— Il ne m'a pas jeté. Il... Allons voir maman et papa. Je ne veux pas avoir à raconter deux fois l'histoire.

En grommelant, elle le suivit dans la cuisine, où leur père pinaillait sur une sauce aux cranberries pendant que leur mère arrangeait les petits pains dans un panier. Des voix se faisaient entendre depuis le salon : les tantes, oncles et cousins qui regardaient un match de football américain, probablement. Il entendit Hannah rire avec un de ses cousins. Il afficha son sourire le plus courageux et affronta sa famille proche.

— Nevin ne viendra pas, annonça-t-il.

223

Puis, avant que son amant ne soit injustement accusé de quoi que ce soit, il continua :

— Il a été appelé au travail. Un de ses amis s'est fait enlever.

— Un enlèvement ! s'exclama son père. Par qui ?

— Je ne sais pas encore. Je n'ai pas les détails. Mais je garderai mon téléphone avec moi au cas où.

Sa mère s'approcha et examina son visage.

— Tu vas bien, mon cœur ?

— Ce n'est pas moi qui me suis fait enlever, maman. Je vais bien. Je suis juste inquiet, et déçu que vous ne puissiez pas le rencontrer, mais c'est tout.

Même si elle voulait clairement en dire plus, elle n'en fit rien. C'était une bonne chose.

Peu après, tout le monde se rassembla dans la salle à manger. Quelques personnes peu au courant des choses posèrent des questions sur Trent, mais Miranda gagna quelques points en déviant la conversation sur le sujet tumultueux de la politique. Tout le monde laissa Colin en paix pour débattre bruyamment de qui allait probablement être élu l'année prochaine.

Le téléphone de Colin vibra dans sa poche alors que son père servait la dinde. Colin adressa un regard désolé à la table avant de se précipiter vers la cuisine.

Aucune nouvelle de J. Je suis chez son copain à boire du thé. En sécurité.

Je peux aider ? répondit Colin.

Non. Merde. Le copain de J, Qay ? Il est dans un état pitoyable. Je le comprends.

Colin comprenait aussi. Et il se sentait étrangement fier de savoir que *son* petit ami était là, à faire tout ce qu'il pouvait pour le soutenir moralement.

Je t'aime toujours.

Andouille, répondit Nevin, ce qui le fit sourire.

Bien que le repas sente délicieusement bon et était sans nul doute encore plus délicieux, Colin mangea peu. Il ne s'inquiétait plus pour la sécurité de Nevin, mais ça ne voulait pas dire qu'il ne s'inquiétait pas. Et si quelque chose d'horrible arrivait à Jeremy ? Nevin n'avait pas beaucoup d'amis, et il serait dévasté.

Deux heures plus tard, alors que tout le monde plongeait dans une torpeur tryptophane dans le salon, le portable de Colin vibra à nouveau.

C'était un appel cette fois, alors il se précipita dans son ancienne chambre pour répondre.

— Qu'est-ce qui se passe ?

— Ils l'ont retrouvé. Il est en vie, mais dans un sale état. Ces enfoirés de fils de pute l'ont torturé.

Malgré la rage, Nevin semblait épuisé.

— Pourquoi ? demanda Colin.

— Une merde en lien avec l'ex de Jeremy. Je n'en sais rien. Il n'y a jamais de bonne raison pour ces conneries.

— Il va s'en sortir ?

— Je ne sais pas. Il est au bloc.

Merde.

— Et son petit ami ?

— Qay ?

Nevin souffla.

— C'est un ancien drogué, alors il ne peut même pas prendre un calmant pour s'apaiser. Mais je dois l'admettre, il tient le coup remarquablement bien. Si quelque chose comme ça t'arrivait…

— Ça n'arrivera pas.

Aucun d'entre eux ne parla pendant un moment, mais ça ne faisait rien. Colin comprenait que Nevin avait juste besoin de le savoir là. Pendant ce temps, Colin faisait les cent pas dans sa chambre. Ses posters avaient disparu, les murs depuis longtemps repeints, mais son ancien lit était toujours là, avec sa commode, son bureau et sa chaise. La maison avait plus de chambres que ses parents n'en avaient besoin, alors ce n'était pas vraiment une surprise qu'ils n'aient pas changé les choses ici. Malgré tout, on aurait dit qu'ils voulaient la préserver, la garder comme elle était au cas où il reviendrait. L'idée était à la fois énervante et apaisante.

— Je te laisse retourner à ton repas, dit Nevin.

— Je peux parler avec toi.

— Non. Écoute, je vais rester là jusqu'à ce qu'on en sache plus. Je t'appellerai ensuite.

— OK. Nev ? Tu viendras chez moi après ? S'il te plaît ?

Un autre silence. Puis :

— OK.

Quand Colin retourna dans le salon, sa mère l'attira à part.

— Qu'est-ce qui se passe, mon cœur ?

225

— Ils ont retrouvé l'ami de Nevin, mais il n'est pas en très bon état.

— Oh, non !

— Oui. Je n'ai pas demandé les détails. Il est au bloc opératoire, et Nev soutient le petit ami.

Elle lui caressa la joue.

— Tu vas bien ?

— Maman, je n'ai jamais rencontré Jeremy. J'aimerais juste être là pour… soutenir Nevin, je pense. Mais il se charge de tout. Et je serai là pour lui quand il rentrera à la maison.

Ce dernier mot sortit avant qu'il n'en réalise les implications. Il grimaça.

— Vous vous voyez beaucoup. Il est important pour toi.

— En effet.

Elle semblait chercher dans son regard.

— Mais il a peur de s'engager, dit-elle.

— Il a des problèmes. Mince, j'en ai aussi. C'est simplement que les miens sont différents.

— Je ne veux pas que tu sois blessé, mon cœur.

— Je le sais. Mais c'est ça le truc. Il a toujours été honnête avec moi sur ce qu'il pouvait et ne pouvait pas supporter, alors ce n'est pas comme s'il me menait en bateau. Il fait de son mieux. Jusqu'à cet appel tout à l'heure, il était prêt à venir ici et pour lui… Je pense qu'il préférerait se faire tirer dessus. Mais il allait le faire.

Quelque chose d'excitant dut arriver au match à la télé, parce qu'une exclamation s'éleva de la petite audience. Sa mère les ignora, concentrée sur Colin.

— Je n'essaie pas de le critiquer. J'attendrai de le rencontrer pour ça.

Elle fit un bref sourire.

— Mais qu'importe à quel point il essaie ou à quel point tu es compréhensif, si ça ne marche pas…

— Je *sais*, maman. Je prends le risque. Il était temps que j'en prenne, tu ne crois pas ? Je préfère avoir le cœur brisé que passer ma vie dans une bulle protectrice.

Après un instant à réfléchir, elle hocha la tête.

— Tu as raison. Et je sais que tu n'as plus quatorze ans. Mais ça ne veut pas dire que je vais arrêter de m'inquiéter. Je suis ta mère.

Il la serra dans ses bras.

— Je sais que tu m'aimes. Et si tu me laissais prendre des restes pour que Nevin puisse manger plus tard ?

— OK.

NEVIN ARRIVA tard, les vêtements froissés, épuisé. Mais il avait envoyé un message plus tôt, alors Colin savait que Jeremy s'en sortirait et que Qay n'avait pas totalement craqué.

— Tout le monde est en sécurité maintenant ? demanda Colin en l'aidant à retirer son manteau.

— Oui. Deux des faces d'ampoule sont mortes et les autres vont passer le reste de leur misérable vie en prison.

Il restait là, passif, pendant que Colin lui enlevait la veste de costume et sa chemise.

— Et Qay a prouvé son courage. Si je l'avais rencontré avant ça, j'aurais eu des doutes. Germy a des goûts de merde en matière d'hommes. Mais lui, c'est un bon. Un peu pénible, mais il en vaut la peine.

— C'est bien.

Colin lui défit la ceinture, le pantalon, et les fit descendre à ses pieds. Puis ils luttèrent un peu maladroitement pendant que Colin tentait de lui retirer ses chaussures, mais finalement, Nevin se retrouva en caleçon et chaussettes. Colin le dirigea vers le canapé et le poussa doucement avant de l'envelopper avec la couverture polaire.

— Je vais te réchauffer à manger.

Affalé contre les coussins, Nevin bâilla.

— Parker m'a donné à manger. Le fils de Rhoda.

Colin était heureux de l'entendre.

— Il y a combien de temps ?

— Je ne sais pas.

Il bâilla à nouveau.

— Ça fait un moment.

— Tu veux manger encore ? Repas de Thanksgiving. Tu devrais être gavé après ça.

Nevin lui adressa un sourire épuisé.

— Bien sûr. Merci.

Pendant qu'il y était, Colin se chauffa également une assiette. Nevin émit des petits bruits appréciateurs tout en mangeant.

— C'est bon, marmonna-t-il, la bouche pleine.

— C'est meilleur quand ça ne sort pas du micro-ondes, mais oui.

— Je suis désolé d'avoir raté…

— Arrête.

— Tu ne m'en veux pas ? demanda Nevin, sourcils froncés.

— Pourquoi t'en voudrais-je ? Ce n'est pas *toi* qui as kidnappé Jeremy. Tu es un bon ami, Nev. Le genre sur qui on peut compter.

Nevin cligna des yeux, confus, comme si jamais il ne s'était imaginé être un bon ami. Colin pouffa.

— Allez. Termine ça et va au lit.

— Je suis trop fatigué pour te sauter. Putain, je me fais vieux. Jamais j'aurais cru être trop éreinté pour baiser.

Vingt minutes plus tard, ils étaient collés l'un à l'autre dans le lit, avec Legolas sur le coussin près de la tête de Nevin. Ce dernier bougea plusieurs fois jusqu'à ce que Colin passe les bras autour de lui, Nevin se laissa alors aller contre son torse.

— Il y a des restes pour demain ? demanda Nevin.

— Ouaip. Sandwiches à la dinde avec sauce cranberry pour le déjeuner.

— Humm. Tu as passé un bon moment avec ta famille ?

— Oui.

— Collie ?

Colin émit un bruit interrogatif tout en bâillant.

— Je suis reconnaissant de t'avoir trouvé.

XXI

Décembre 2015

COLIN ÉTAIT un putain de saint. Il n'avait rien dit quand Nevin avait raté le repas de Thanksgiving, et ne lui avait pas demandé de se racheter. Il n'avait même pas tenté de reprogrammer une rencontre avec ses parents, bien que Nevin soit certain que ça arriverait assez vite. Puis, alors que les choses allaient à nouveau bien, ce fut au tour de Jeremy d'appeler en panique. Apparemment, Qay avait fait une rechute et s'était enfui, et Jeremy voulait vite le retrouver.

— Je m'assurerai que les gorilles ouvrent l'œil, promit Nevin.

Il leur avait également dit d'y aller doucement avec lui. Pour ce qu'il en savait, Qay n'avait violé aucune loi, et la dernière chose dont ils avaient besoin, c'était de l'effrayer. D'un autre côté, Nevin n'était pas très optimiste quant au résultat des recherches. Son expérience personnelle lui avait appris à quel point il était facile pour une personne de disparaître.

Il passa les jours suivants à visiter les bars miteux et à parler à des junkies et des dealers, mais ne trouva aucun signe de Qay. Au milieu de ces tentatives, Rhoda et lui avaient uni leurs forces pour empêcher Jeremy de se rendre malade d'inquiétude. Nevin ne voyait pas beaucoup Colin. Et Colin ne se plaignait pas de ça non plus.

Un dimanche deux semaines avant Noël, Nevin réussit enfin à avoir quelques heures de libres. Il se dirigea immédiatement chez Colin, où l'homme et le chat l'accueillirent avec enthousiasme.

— Promets-moi que tu ne mettras jamais les voiles comme ça, dit Nevin pendant qu'ils mangeaient thaï.

— Arrête. Je suis la personne la moins susceptible au monde de m'enfuir de chez moi.

— Quand même. Quand tu partiras…

Colin tendit la main pour prendre la sienne par-dessus la table.

— Je ne partirai pas.

Nevin songea au passé de Colin avec l'autre connard.

— Mais si tu *voulais* partir ? Tu comptes rester là, malade de ma présence, mais trop gentil pour blesser mes précieux petits sentiments ?

— Je ne suis pas une chiffe molle. Mais à moins que tu fasses un truc totalement stupide, je ne vais pas vouloir partir. Heureusement, tu es un type très intelligent.

— Hum.

Peut-être qu'un jour Nevin arrêterait d'être un pauvre plouc qui avait sans arrêt besoin d'être rassuré, mais il n'en était pas encore là. Mais Colin semblait joyeux, comme s'il était prêt à flatter l'ego de Nevin jusqu'à la fin des temps. Mais en même temps, peut-être qu'il tirait quelque chose du fait d'être le plus fort des deux. Il semblait vraiment aimer prendre les choses en main pour le sexe. Merde, Nevin aimait ça aussi.

Colin lui fit un sourire rayonnant.

— Donc. C'est bientôt Noël.

— Oui.

Merde. Ça voulait dire que Nevin devait lui trouver un cadeau, et il n'avait pas l'expérience pour ce genre de chose. Ford et lui s'offraient le dîner pour fêter ces événements, et Nevin n'avait jamais eu personne d'assez proche pour se soucier de ça. Qu'est-ce qu'il était censé trouver pour son petit ami bien plus riche que lui, et qui en plus ne semblait pas vouloir grand-chose niveau matériel ?

— Mes parents organisent un gala.

— Quoi ?

— Un gala.

— Mais de quoi parles-tu ?

Nevin avait déjà entendu ce mot, mais il ne comprenait pas en quoi ça avait rapport avec les parents de Colin.

— Ils louent une salle, cette année, c'est une galerie à deux pâtés de maisons d'ici, et ils engagent des traiteurs et des musiciens. Ils invitent tout le monde, leurs amis comme toutes les personnes qu'ils connaissent au travail. Tout le monde s'habille bien. C'est amusant. Et le mieux ? Ils organisent une collecte pour une œuvre de charité.

Il fit un large sourire.

— Cette année, c'est pour *Meilleur Espoir*.

— Manny aurait bien besoin d'un peu d'argent.

— L'année dernière, c'était pour un refuge pour animaux. Ils ont eu plus de cent mille dollars.

— Bordel de merde !

Nevin écarquilla les yeux.

— Mais quel rapport avec moi ?

— J'ai hâte de te voir avec un nœud papillon.

QUELQUES JOURS plus tard, Jeremy partit au Kansas pour retrouver Qay et, apparemment, ils avaient enfin vu la lumière. Ils rentrèrent à Portland, s'enfermèrent chez Jeremy, et n'en sortirent pendant quelques jours que quand ils devaient faire des courses.

— Je suis heureux pour eux, annonça Colin alors que Nevin et lui étaient encore au lit le dimanche matin.

— Tu ne les connais même pas. Et ce n'est pas un de tes putains de films avec une fin où ils sont heureux pour toujours. Qay a toujours un poids sur les épaules et assez de bagages pour me donner l'impression d'être un modèle d'équilibre. Germy a toujours son complexe du héros.

— Mais ils ont survécu à cette crise et ils y travaillent à deux. C'est mignon. Certaines personnes *ont* leur fin heureuse, tu sais.

— Je vais t'en montrer une, de fin heureuse, déclara Nevin en lui caressant le sexe.

Il pensait de plus en plus au fait qu'il voulait cette chose en lui sans barrière de latex, et à quel point il aimerait en faire de même pour Colin. Il n'avait jamais couché sans préservatif, pas une seule fois. Peut-être qu'il pourrait proposer à Colin après les fêtes de se faire tester. Hé, ça pourrait même être le cadeau de Noël pour Colin. Ho, ho, ho.

Colin frémit et se pressa contre sa main. Mais il s'écarta ensuite légèrement.

— Nous ne devions pas faire des pancakes pour le petit-déjeuner ?

— Des pancakes ? Tu penses aux pancakes quand tu pourrais avoir ça ?

Nevin lui prit la main pour la poser sur son propre membre. Il n'était peut-être pas aussi gros que celui de Colin, mais il faisait bien son travail.

— Hum, mais j'ai déjà eu ça hier soir. Je n'ai pas eu de pancakes depuis…

Colin poussa un petit cri aigu quand Nevin se plaça d'un geste rapide sur lui. Un baiser enthousiaste fit taire le cri, et Colin répondit en serrant les fesses de Nevin dans ses mains. Alors que Colin commençait à donner des coups de hanches, Nevin plaça les doigts sous ses aisselles. Son amant était délicieusement chatouilleux.

Ils luttèrent, se tripotèrent, et leurs rires se muaient en gémissements quand le portable de Nevin sonna.

— Si c'est Germy ou Qay, qu'ils aillent se faire foutre, marmonna-t-il.

Mais c'était Frankl.

— Double homicide, dit-il sans préambule.

— Par les nibards de la sainte Marie. Pourquoi m'appelles-tu ?

— Parce que tu connais les victimes.

Des images horribles traversèrent l'esprit de Nevin : Jeremy et Qay, Ford et Katie, Rhoda et Parker. Brisés et ensanglantés.

— Qui ? demanda-t-il d'une voix rauque.

— Bob et Ivan Thomas.

Au moins, Frankl n'insista pas pour qu'ils aillent au commissariat. Il les retrouva au lieu de ça au Starbucks, sans Blake. Il s'installa face à eux à une table ronde, ses yeux de cocker sérieux. Colin était aussi pâle qu'un cachet, en dehors de ses yeux rouges et gonflés.

— Dis-moi ce qui s'est passé, demanda Nevin.

Mais Frankl secoua la tête.

— J'ai besoin d'une déposition de M. Westwood avant.

— On s'en balance. Depuis vendredi soir, la seule fois où je n'ai pas eu Colin sous les yeux, c'est quand on allait aux toilettes.

Frankl se redressa sur sa chaise.

— Je ne demande pas un alibi, Ng. M. Westwood n'est même pas un suspect.

— Mais…

— Ça ira, le coupa Colin. Allez-y et posez vos questions, inspecteur.

Après un rapidement hochement de la tête, Frankl sortit son carnet et un stylo.

— Vous connaissiez Bob et Ivan Thomas ?

L'interrogatoire dura presque une demi-heure, même si Colin n'avait clairement que peu d'informations à offrir. Frankl cherchait trop, ce qui prouvait qu'il n'avait aucune idée de qui les avait assassinés et pourquoi.

Nevin avait fini son second café quand Frankl rangea son carnet.

— À ton tour, demanda Nevin. Que s'est-il passé ?

— Une amie est passée chez eux ce matin avec le petit-déjeuner et s'inquiétait que personne ne réponde à la porte. Elle a appelé le 911. Les agents sur place ont trouvé la porte fermée, mais non verrouillée, et les défunts dans la cuisine. À en juger à la raideur cadavérique, j'estime leur mort à hier après-midi.

Bien que Colin réussît à se faire encore plus pâle, il parvint à poser une question à voix basse :

— Comment sont-ils morts ?

— Quelqu'un a essayé de faire passer ça pour un meurtre et un suicide. Le plus grand a été étranglé et le second asphyxié par un sac plastique sur la tête.

— Ils ne feraient jamais ça ! Ils aimaient la vie, et Ivan ne pourrait jamais...

— J'ai dit que la personne avait *essayé*. C'était un travail lamentable.

— Comment ça ? demanda Nevin.

— Leur repas à moitié mangé sur la table, par exemple. Personne ne décide en plein repas de faire ça. Et il semblerait que cet homme souffrait d'une arthrite grave. Je doute qu'il avait la force d'étrangler qui que ce soit.

Quand Colin pencha la tête, Nevin tendit le bras pour lui serrer les épaules.

— Qu'est-ce que tu as d'autre ? demanda Nevin.

— Pas grand-chose. L'entrée n'a pas été forcée. La police scientifique est toujours sur place et Blake est avec eux. Nous aurons les résultats préliminaires des autopsies dans la matinée.

— Et c'est tout ?

— Grosso modo. L'amie des Thomas a mentionné qu'ils avaient un homme de ménage, et le nom me rappelait quelque chose, alors j'ai cherché. Il faisait également le ménage chez Mme Ruskin.

Il sortit son carnet et jeta un rapide coup d'œil à ce qu'il avait écrit.

— Un certain Jerry Griffin. Vous le connaissez, M. Westwood ?

Colin secoua la tête.

— Mme Ruskin a mentionné quelques fois quelqu'un qui faisait le ménage, mais juste comme ça.

Il fronça les sourcils.

— Mais en général, elle me faisait venir peu après lui. Mes visites étaient surtout des occasions de voir quelqu'un pour elle.

— Ce n'est probablement qu'une coïncidence, dit Frankl, songeur. Mais Griffin a quelques antécédents, surtout des affaires de drogues dans les années 90, alors nous allons enquêter sur lui.

— Tu me tiens au courant ? demanda Nevin.

Après une brève hésitation, Frankl hocha la tête.

— Vous aussi, dit-il en regardant Colin avec insistance.

Après le départ de l'inspecteur, Colin resta à table, les mains autour de sa tasse de décaféiné qui refroidissait.

— C'était de très bons gars, souffla-t-il.

— Je sais.

Nevin ne les avait rencontrés qu'une seule fois, quand Colin l'avait fait venir pour une visite. Bob et Ivan l'avaient reluqué comme deux adolescents à une convention de fans. Ils avaient aussi partagé quelques photos : des drag queens, des gens avec une coupe bizarre des années 60, des salles depuis longtemps fermées et transformées en quelque chose d'autre. Ils étaient peut-être un peu excessifs, mais Nevin les avait appréciés. Il avait été heureux de voir comme ils appréciaient son copain.

— Ils n'ont même pas eu l'occasion de fêter la vente de leur maison. Pourquoi quelqu'un ferait-il ça ?

— Nous le découvrirons.

Colin ne dit rien de plus, mais son regard voulait tout dire. *Comme ils ont trouvé qui a tué Mme Ruskin et Roger Grey ?*

— Tu devrais rentrer à la maison, dit Nevin en pensant aux vertus apaisantes de Legolas.

— Je les connaissais. Tout comme je connaissais… Merde, et si c'était ma faute ?

— Comment ça pourrait être de ta faute ? Tu étais gentil avec ces personnes, Collie. Tu faisais de ton mieux pour leur apporter un peu de bonheur. Ça n'a rien à voir avec leur meurtre.

Colin secoua la tête, misérable.

— Mais c'est une grosse coïncidence, non ? Je veux dire, s'ils étaient morts de cause naturelle, OK. Aucun d'entre eux n'était jeune et ils avaient des problèmes de santé. Mais aucune mort n'a été naturelle.

Nevin voulait le rassurer, mais il ne trouvait pas les mots et ne voulait pas mentir. Bien sûr, les meurtres arrivaient. Mais les vieilles personnes blanches n'étaient pas les victimes habituelles, et les morts n'étaient pas si mystérieuses d'habitude. Les tueurs connaissaient en général leurs victimes, et pourtant aucune des connaissances des victimes ne semblait suspecte.

Sauf si, bien sûr, il y avait des connaissances que les inspecteurs ne connaissaient pas. En fait, ça semblait probable. Dans les trois affaires, il n'y avait aucun signe d'effraction chez les victimes. Et pour l'affaire Grey, il y avait ce bras mystérieux sur la vidéo de la caméra de surveillance du distributeur. Et il y avait cet homme de ménage, mais Nevin avait vu l'appartement de Grey et doutait vraiment que le vieil homme avait quelqu'un qui lui faisait son ménage.

Il était possible que la même personne les ait tous tués, et c'était une idée effrayante. Mais, merde ! Rien ne les reliait à part Colin.

— Collie ?

— Hum ?

Une idée flottait quelque part dans la tête de Nevin, mais il n'arrivait pas à s'en saisir.

— Qu'est-ce qui t'a poussé à travailler pour *Meilleur Espoir* ?

À sa surprise, Colin eut un petit rire.

— Mme Ruskin.

— Quoi ?

— Deux mois avant sa mort, elle me disait qu'elle avait toujours aimé les femmes, mais n'avait jamais rien fait dans ce sens. J'étais la seule personne à qui elle en avait parlé. C'est triste, rester dans le placard pendant quatre-vingts ans.

En effet, mais ce n'était pas le plus important.

— Et ? l'encouragea-t-il.

— Comme elle était seule, je me suis dit qu'elle aimerait rencontrer d'autres personnes comme elle.

— Des lesbiennes octogénaires.

Colin pouffa à nouveau.

— Oui. Ce n'est pas une, euh, démographie facile à trouver. Mais j'avais entendu parler de *Meilleur Espoir*, notre compagnie leur faisait des dons. J'en ai parlé à Mme Ruskin, mais je ne sais pas si elle a contacté Manuel. Ce n'était pas un sujet facile pour elle. Et après sa mort, j'ai commencé à faire du bénévolat.

Alors il n'y avait pas que Colin comme point commun dans toutes ces affaires. C'était un soulagement. Apparemment, Nevin allait devoir parler à Manuel.

Mais pas maintenant. Les morts étaient déjà en paix, mais Colin avait besoin de réconfort.

— Rentrons, l'amadoua-t-il en prenant sa main pour le forcer à se lever.

DE RETOUR chez Colin, ils jetèrent un coup d'œil à Legolas, qui était couché contre le radiateur. L'animal leur jeta un regard noir pour avoir osé déranger son repos, puis les ignora.

— Va au lit, ordonna Nevin à Colin.

— C'est deux heures de l'après-midi. Je dois…

— Au lit.

Pour une fois, Colin le laissa lui donner des ordres. Il jeta avec négligence ses vêtements au sol, gardant uniquement son caleçon, et se glissa sous les couvertures. Il se coucha sur le côté, yeux grands ouverts et vides. Nevin songea brièvement à appeler ses parents. Sa mère aurait sûrement très envie de le réconforter. Mais non, merde ! À cet instant, Colin était à *lui*. Son amant, son ami, sa responsabilité.

— Je reviens tout de suite.

Colin ne répondit pas.

Nevin alla dans la cuisine et resta là une minute ou deux à ne pas savoir quoi faire. Son enfance chaotique voulait aussi dire qu'il n'avait jamais appris à cuisiner correctement. Quand il était pauvre et vivait seul, il survivait surtout avec des ramen et des sandwiches, et désormais c'était les plats à emporter et les surgelés. Mais Colin n'avait rien avalé de la journée, et aller au restaurant était hors de question. Nevin ne voulait pas le laisser si longtemps.

Bon, très bien. Il pouvait gérer. N'avait-il pas promis des pancakes ?

Il trouva le mélange dans un placard, un bol et une poêle dans un autre, du lait, du beurre et des œufs dans le frigo. Marmonnant dans sa barbe, il lut les instructions sur la boîte.

Il fit tomber de gros morceaux de coquille d'œuf dans le mélange, et massacra le tout en tentant de les récupérer. Il jeta le désastre dans la poubelle, essuya le comptoir, et tenta à nouveau. La seconde fois, il versa le mélange trop brutalement, ce qui créa un nuage de poudre qui l'étouffa et couvrit tout le comptoir et le sol. Legolas s'était réveillé et approcha, observant à une distance raisonnable, l'air amusé.

— Oui ? Et pourquoi *tu* n'essaierais pas de faire des pancakes, tête de nœud ?

Legolas se lécha la patte.

236

Au troisième essai, Nevin réussit à faire un mélange qui semblait avoir la bonne consistance. Mais son triomphe fut de courte durée, parce qu'il réalisa rapidement qu'il n'arrivait pas à les retourner. Ils se tordaient, éclaboussaient, faisaient des trous, et le résultat était à moitié brûlé et à moitié cru.

Et il n'avait plus d'œufs.

— Putain, dit-il au chat.

Colin aurait des toasts à la place.

Quand Nevin entra dans la chambre, Colin le regarda, se figea et commença à pouffer de rire.

— Quoi ? dit Nevin, secrètement heureux de voir son compagnon momentanément heureux.

Il s'assit sur le lit près de lui. Colin tendit la main et retira quelque chose des cheveux de Nevin, puis tendit la paume pour l'inspecter. C'était une petite boule de pâte à pancakes sèche. Une rapide main passée à travers ses cheveux dévoila de nombreux débris similaires.

— Et tu as de la farine là.

Colin donna un petit coup sur son nez.

— Et là.

Cette fois, il passa le doigt sur sa joue.

— On dirait que tu t'es battu avec le chef suédois.

— Qui ?

— Eersh kabish gabork kabish kadoo ? Les Muppet Show ?

— Quoi ?

— Laisse tomber, dit Colin. Tu m'as fait à manger ?

Nevin regarda les toasts un peu brûlés, l'air dubitatif.

— En quelque sorte.

Colin s'assit et prit un morceau de l'assiette posée sur les cuisses de Nevin. Il le mangea rapidement et en prit un autre.

— Et toi ?

— J'ai déjà mangé.

Colin était très clairement conscient que Nevin mentait, mais il ne poussa pas plus loin. Il mangea, le regard fermement posé sur lui. Merde, Nevin ferait tout ce qu'il pouvait pour faire disparaître la tristesse dans son regard. Il attendit que Colin finisse de manger, puis repoussa l'assiette et se pencha pour un baiser assaisonné au beurre.

Il y avait une chose que Nevin avait apprise depuis longtemps : plus la mort était là, plus la vie semblait précieuse. Encore et encore, les humains célébraient la survie et refusaient la mortalité avec l'acte qui leur rappelait le plus qu'ils étaient en vie. Le sexe.

Il l'avait fait lui-même au fil des années. Une journée passée à se faufiler dans la circulation toutes sirènes hurlantes, ou à espérer qu'une tête de gland complètement camée n'appuie pas sur la gâchette. Une nuit passée nu, à transpirer, à plonger dans le corps d'une autre personne, pour le plaisir et non la douleur. Une fois, il s'était tapé un autre flic, une situation qu'il évitait en général. Ils étaient tous les deux nouveaux et avaient passé la soirée à faire du triage pour les victimes d'un incendie dans un asile de nuit. L'odeur de la fumée encore sur eux, ils avaient quitté le travail, étaient allés chez son collègue, un peu bourrés, et ils avaient baisé jusqu'à ce que leurs corps demandent grâce.

Nevin savait à quel point on avait besoin de contact humain après une visite de la Faucheuse.

Quand il s'écarta de ses lèvres, Colin avait les joues rouges et le souffle court, ses pupilles sombres contre le bleu pâle de ses iris.

— Nev, commença-t-il.

— Chut.

Nevin se leva et se déshabilla lentement. Il ne voulait pas le taquiner, au lieu de ça il attirait peu à peu le regard de Colin, comme un pêcheur pouvait attirer un poisson qui se débattait. Et il réussit, parce qu'une fois nu, Colin tendit la main pour le tirer à lui. Il le rejoignit sans tarder.

Ce n'était pas de la baise. C'était des mains qui s'égaraient, des langues qui partaient à l'aventure, des corps qui frissonnaient et des gémissements de plus en plus forts. C'était le parfum de Colin, fort dans ses narines – les toasts, la sueur du sommeil, le sexe et le shampoing –, et le goût qui emplissait sa bouche. C'était Colin qui ne pensait à rien d'autre que ce qu'ils faisaient ensemble, la tête rejetée en arrière, le nom de Nevin tremblant au bord des lèvres. Et après que la jouissance les eut submergés comme des vagues chaudes, c'était rester couchés dans les bras l'un de l'autre, sentant la peau nue contre la peau nue.

— C'est faire l'amour, dit Nevin.

— Hein ?

Colin semblait déjà s'endormir.

Merde.

— Je t'aime. Voilà. Tu es heureux maintenant ?

Colin ouvrit les yeux d'un coup. Son sourire grandit peu à peu, jusqu'à être si large que Nevin l'imagina faire le tour de sa tête.

— Je suis heureux maintenant, souffla Colin.

Il le serra d'autant plus.

— Tu sais, ta peur de l'abandon ?

— Oui.

— Je croyais que tu avais peur que tout le monde t'abandonne. J'avais tort.

Le cœur de Nevin accéléra, mais il était fort et pouvait résister à cette pression.

— Oui, Sigmund ?

— Ce dont tu as vraiment peur, c'est que *toi* tu quittes les autres.

Nevin eut un mouvement de recul. Il commença à s'écarter de lui, mais Colin le retint avec force.

— Tu n'as pas à aller où que ce soit, Nev. Tu n'es pas ta mère, tu n'es aucune de ces personnes qui t'ont abandonné quand tu étais petit. Tu vaux bien mieux qu'eux. Tu es fiable, et fort, et bon jusqu'à la moelle.

Colin croyait ce qu'il disait. C'était un homme qui voyait un arc-en-ciel là où tous les autres voyaient de l'huile de moteur. Mais il était aussi intelligent. Peut-être avait-il raison.

Nevin hocha la tête.

— Je reste ici jusqu'à ce qu'on trouve les meurtriers.

— Dans mes bras ?

— Dans ton loft, imbécile. Nous devons encore aller travailler, mais le soir, je serai avec toi.

Il savait que ça ne suffirait pas, la mort avait bien des manières de frapper. Des meurtriers. Des bus. Un cœur qui abandonnait son propriétaire. Mais il ferait ce qu'il devait faire.

— J'ai besoin d'un emplacement sûr pour Julie.

— Nous possédons l'immeuble. Je pense que nous pourrons te trouver une place de parking.

Très bien. Ce n'était pas si terrible. La tête de Nevin n'avait pas explosé. Mais quand Colin ouvrit la bouche, Nevin *sut* ce qui allait suivre. C'était comme un de ces cauchemars où il était impossible de s'arrêter avant de tourner à l'angle de la rue et tomber sur l'horrible monstre.

— Pourquoi n'emménagerais-tu pas définitivement ?

Et *bam !* Il était là.

Mais au lieu de crocs couverts de salive et de griffes couvertes de sang, le monstre s'avérait avoir des boucles ébouriffées, de doux yeux

bleus et un sourire timide. Et il n'était pas si horrible, pas vrai ? Il était…
séduisant. Et gentil. Et précieux.

Merde.

— OK.

— OK ?

— Je ne le répéterai pas, putain.

Le coin des yeux de Colin se plissa.

— D'abord une sieste. Puis tu pourras m'aider à te faire une place dans le placard.

Et que Dieu lui vienne en aide, mais ils firent exactement ça.

XXII

COLIN AVAIT raison, Nevin était superbe avec un nœud papillon. Si beau qu'il était tenté de le déshabiller immédiatement pour le lécher comme une sucette. Nevin serait probablement plus que d'accord pour ça. Mais les parents de Colin les attendaient, et sa mère commençait à s'impatienter de ne pas rencontrer l'homme qui emménageait chez son fils.

— Tu penses à quelque chose de pas très bien, dit Nevin en plissant les yeux.

— Je me disais simplement que nous devrions partir avant que Legolas nous couvre de poils.

Ce qui était vrai, mais Nevin sentait probablement qu'il y avait *autre chose* à quoi Colin pensait : il devait trouver des excuses pour lui faire porter ce costard plus souvent. Comme un mariage, par exemple.

Mais, très bien, des petits pas. Voilà déjà jusqu'où Nevin était allé : bien plus loin qu'il s'en serait cru capable. Le moins que Colin pouvait faire, c'était lui donner du temps et de l'espace.

— Allons-y, dit Nevin.

Puis il mit son long manteau en laine, et il réussit l'impossible : il était encore plus séduisant. Sauf que son visage était sombre, avec les lignes déterminées d'un homme qui allait affronter une fusillade.

— Bois tant que tu veux ce soir, dit Colin. Je pourrai conduire.

— Tu crois que je me conduis mieux si je suis soûl ?

— Je pense que tu es un parfait gentleman en toutes circonstances. Viens.

Le gala n'était pas loin du loft, mais une pluie froide tombait en trombes. Malgré les parapluies, ils étaient tous les deux mouillés quand ils arrivèrent à Julie.

— Pourquoi ne peux-tu pas vivre dans un immeuble avec parking souterrain ? maugréa Nevin en démarrant.

— Nous pourrons déménager si tu veux. Nous pourrons…

— Non.

Colin sourit. Même si Nevin avait apporté ses affaires seulement quelques jours plus tôt, il tombait amoureux du loft et ne le cachait pas très bien.

Deux jeunes hommes attendaient devant la galerie, protégés sur un trottoir couvert qui menait de la rue à la porte. Dès que Nevin fut garé devant le trottoir, l'un d'entre eux trotta vers la voiture avec un large sourire. Nevin et Colin sortirent et Nevin donna les clés et un billet de vingt au gamin.

— Si elle me revient avec une seule rayure ou bosse, je t'envoie en taule et tu passeras Noël en compagnie de Tiny Tuiasosopo et Pitbull Jones.

Le sourire toujours au visage, le gamin caressa amoureusement Julie.

— J'en prendrai grand soin, monsieur.

Alors qu'ils entraient dans la salle, Nevin fronçait les sourcils.

— J'ai perdu mon don. Ce sale gosse n'a même pas eu peur.

— Il était terrifié, dit Colin en lui serrant la main. Et puis, Tiny Tu... Tui... heu...

— Tuiasosopo. Je l'ai fait coffrer il y a des années pour un cambriolage. Le mec était si énorme qu'il ne rentrait pas dans ma voiture de fonction. Nous avons dû faire venir un SUV pour l'embarquer. Je me demande ce qui lui est arrivé.

— Ah, le bon vieux temps.

Une jeune femme souriante leur prit leur manteau dans le hall et leur donna leur étiquette pour les récupérer plus tard. Quelques invités se trouvaient là, dans une robe de cocktail ou un costard, mais ils regardèrent à peine Nevin et Colin. La musique de Noël se faisait entendre derrière une double porte fermée.

Colin lui prit le bras.

— Courage.

— « C'est un bon jour pour mourir », marmonna Nevin, qui avait accepté de regarder quelques épisodes de *Star Trek*.

Il semblait avoir une affection particulière pour Worf. Colin lui avait acheté une tasse avec un emblème klingon pour Noël, qu'il avait déjà emballée et cachée dans son bureau en centre-ville.

Dès qu'ils entrèrent dans la pièce principale, la mère de Colin se précipita vers eux. Elle devait attendre depuis un moment.

— Tu es superbe, ma... commença Colin, mais elle le dépassa et alla prendre un Nevin surpris dans ses bras.

Sa dignité un peu froissée, Nevin réussit à se dégager.

— C'est un plaisir de vous rencontrer, Mme West...

— Oh, je t'en prie ! On se tutoie et je m'appelle Paula.

Elle fit un pas en arrière et les regarda tous les deux.

— Et vous êtes le couple le plus beau qui soit !

Nevin n'allait probablement pas s'enfuir en courant, mais Colin lui prit la main, juste au cas où.

— Il y a beaucoup de personnes cette année.

— En effet. Nous avons déjà quarante mille dollars pour *Meilleur Espoir*, et la soirée ne fait que commencer. M. Ceja sera ravi quand il reviendra.

Nevin marmonna quelque chose d'inintelligible. Il avait tenté de contacter Manuel depuis que les Thomas avaient été tués, mais apparemment, son mari et lui étaient partis en croisière et il était impossible de les avoir.

Paula posa une main sur l'épaule de Nevin.

— Vraiment, je suis heureuse que tu aies pu venir. J'ai hâte de mieux te connaître. Fizzy n'a jamais dit un mot sur toi.

Nevin haussa les sourcils et un sourire diabolique apparut.

— Fizzy ?

Oh, mince.

Colin tenta de le tirer loin de sa mère, mais Nevin ne bougea pas, la tête légèrement penchée.

— Fizzy ? répéta-t-il.

Paula sourit. Bon sang. Elle le faisait *exprès*. Un homme adulte pouvait-il renier sa mère ?

— Colin était obsédé par ce film des *Petits Poneys*, et...

— J'avais quatre ans !

— ... son personnage préféré était Fizzy. C'était une licorne. Nous devions...

Quelque chose tinta sur scène, attirant son attention et la faisant froncer les sourcils. Elle tapota le bras de Nevin.

— Allez manger quelque chose avant de vous effondrer. Nous parlerons plus tard.

Elle se précipita vers la scène.

Nevin tenta difficilement d'avoir l'air innocent, et échoua lamentablement.

— Fizzy ? répéta-t-il pour la troisième fois.

— Quatre ans. J'avais *quatre ans*.

— Mais tu aimais une licorne magique et scintillante du nom de Fizzy.

— Je t'ai dit que personne n'était surpris quand il s'est avéré que j'étais gay.

Pouffant de rire, Nevin le suivit jusqu'au buffet.

La nourriture était délicieuse et Colin mangea plus qu'il ne l'aurait dû, et fut heureux de voir Nevin manger autant que lui. Aucun d'entre eux ne but quoi que ce soit d'alcoolisé, même si Colin lui répéta sa proposition de conduire. Ou mince, pour vingt autres dollars, ils pouvaient convaincre un des valets de les raccompagner. Des collègues de travail vinrent les voir, Colin leur présenta Nevin, et peu à peu, ce dernier se détendit. Il se raidit à nouveau quand le père de Colin approcha, mais Harold était d'humeur joyeuse et débordait de « blagues de papas », et rapidement Nevin pouffait de rire.

Bien entendu, le membre de la famille qui arriva ensuite fut Miranda, mais elle était trop alcoolisée pour que qui que ce soit la prenne au sérieux. Apparemment, Hannah avait décidé de ne pas venir cette année et de rester avec son père à la place, et Miranda noyait sa douleur dans des martinis à la grenade.

— Tu crois qu'elle se souviendra de m'avoir rencontré ? demanda Nevin quand elle partit en titubant vers les toilettes.

— J'en doute. Normalement elle n'est pas…

— Je comprends. Ta famille est amusante.

Il semblait dire ça comme une bonne chose, alors Colin sourit.

— Et tu as décidé que ces gens n'étaient pas aussi terrifiants qu'une prison remplie de violeurs ayant commis une tournante.

— Peut-être.

Quand le groupe commença à jouer « Merry Christmas, Baby », Nevin le regarda.

— Tu danses ?

— Oui.

— Je conduis.

— Comme tu veux.

Colin n'était pas un super danseur, mais il se débrouillait. C'était agréable de se presser contre Nevin, avec ses bras forts enveloppés autour de lui, qui sentait bon l'après-rasage. Ils restèrent ainsi durant plusieurs chansons, puis Nevin le surprit en proposant une danse à Paula, laissant Colin sourire en bordure de piste de danse.

— C'est un type bien, dit son père qui venait d'apparaître à côté de lui. Et il est très beau. Je suis heureux de savoir que je n'ai pas à craindre qu'il vole ta mère.

Colin pouffa.

— Tu peux avoir peur, papa. Il est bi.

— Ah. Eh bien, je vais me dire que tu as suffisamment capturé son cœur pour que ça ne risque rien.

— Je crois bien.

Et c'était un sentiment fantastique.

Le mot se répandit que Nevin était inspecteur de police, ce qui fit de lui une petite célébrité dans une pièce remplie de promoteurs immobiliers et d'avocats. Ils voulaient entendre ses histoires, et il semblait apprécier d'avoir une audience. Bien que Colin eût promis à Nevin qu'ils pourraient partir tôt, ils étaient toujours là quand la plupart des invités furent partis. Miranda était rentrée avec une amie et une future gueule de bois, le groupe avait récupéré ses instruments, et les traiteurs étaient occupés à rassembler la nourriture restante. Les parents de Colin offraient en général les restes dans des foyers d'accueil pour sans-abri ou des maisons médicalisées.

Colin avait le bras autour de Nevin, collé à lui. Harold et Paula étaient face à eux, le bras du mari autour de la taille de sa femme.

— Je pense que cette année a été une réussite, dit Paula en regardant autour d'elle avec satisfaction.

— Cent mille dollars, c'est une putain de...

Nevin bredouilla avant de finir sa phrase.

— Euh, désolé.

— Je suis avocate, Nevin. J'ai déjà entendu ce mot.

Il éclata de rire.

— Je parie que oui.

Paula et lui s'entendaient bien, ils avaient dansé ensemble plusieurs fois et, à en juger à leur expression, avaient partagé des secrets au sujet de Colin. Bien que Colin soit horrifié d'imaginer le genre d'histoires que sa mère aurait pu raconter – oh, bon sang, elle avait même parlé de lui montrer des photos de lui bébé –, il était au final heureux de voir que Nevin s'amusait bien. Et ses parents l'appréciaient. Un peu de gêne... OK, beaucoup de gêne, ce n'était qu'un faible prix à payer pour ça.

Colin bâilla tout à coup et sa mâchoire craqua.

— Tu as passé l'heure où tu te couches normalement, dit Nevin. Allons voir si ce gamin a été doux avec Julie.

Paula acquiesça, probablement trouvait-elle aussi qu'il était tard.

— Merci de prendre soin de Colin.

Nevin lança un regard à Colin, puis se tourna vers Paula.

— Avec tout le respect que je te dois, Fizzy sait prendre soin de lui tout seul. Il se débrouille même très bien.

— En effet. Mais ça ne fait jamais de mal d'avoir quelqu'un qui se préoccupe de nous et prend soin de nous.

Elle tourna la tête pour faire un sourire plein d'affection à Harold, qui se pencha pour l'embrasser.

Colin secoua la tête.

— Beurk. OK, sur ce, nous filons.

Mais Paula tendit la main.

— Nevin ? Je suis heureuse que Colin soit là pour prendre soin de toi.

Nevin regarda ses chaussures, et quand il releva la tête, ses yeux brillaient.

— Moi aussi.

Une autre discussion sur leurs plans pour Noël – dîner avec tout le monde chez Paula et Harold –, quelques étreintes pleines d'affection, et Nevin et Colin partirent.

— Je les aime bien, dit Nevin à voix basse pendant qu'ils marchaient. Je pensais qu'ils seraient des enfoirés coincés du cul, mais ils…

— Ils sont parfois agaçants, parfois mortifiants, mais toujours merveilleux. Et, Nev ? Si tu t'en sens le courage, ma famille est désormais la tienne.

Au lieu de s'enfuir, Nevin sourit.

LE JOUR de Noël, Paula mit ses menaces à exécution et sortit les vieux albums photo. Des centaines de photos de Colin bébé, enfant en bas âge, adorable gamin, adolescent dégingandé. Si voir toutes ces photos rendait Nevin triste, puisqu'il n'avait pas une seule photo de lui enfant, il ne le montra pas. Il roucoula même en voyant Colin dans ses couches et rit en le voyant dormir sur sa chaise haute, le visage couvert de courge. Il critiqua les goûts vestimentaires de Colin. Quand il vit une photo de Colin avec Trent lors d'un gala de Noël, il renifla avec dérision.

— Le connard.

— Exactement, confirma Paula.

Les seules photos qui le contrariaient étaient celles de Colin à l'hôpital. Il y en avait beaucoup. Dans certaines, Colin était toujours un bébé, les mains serrées alors que des tonnes de tubes et de fils étaient reliées à lui. Dans d'autres, il était plus âgé, assis sur son lit d'hôpital et serrant des animaux en peluche, avec des comics autour de lui. Dans une, c'était un jeune adolescent. Avec quelques boutons d'acné sur le visage et une cicatrice encore rose sur la poitrine.

— Ça fait beaucoup d'épreuves à traverser pour un gamin.

Colin haussa les épaules. C'était ainsi pour lui.

— Beaucoup de gens ont une enfance difficile, dit-il.

Il n'avait pas abordé les détails de l'enfance de Nevin avec ses parents, se disant que c'était à lui d'en parler. Mais Harold et Paula n'étaient pas idiots. Ils avaient probablement deviné le principal.

— Mais je pense que parfois, cela fait de nous des adultes plus forts, conclut Colin.

Nevin en avait aussi tiré un don pour compatir avec les adolescents. Au lieu de bouder le nez sur son téléphone, Hannah l'écoutait avec passion. Colin ne savait pas ce qu'elle aimait le plus : ses histoires ou ses jurons. Miranda était de toute évidence aussi éprise, parce que Nevin passionnait sa fille.

À un moment, Colin alla dans la cuisine prendre de l'eau et Miranda le suivit.

— Hannah n'a plus ri depuis que Russell et moi nous sommes séparés, dit-elle. Et la voilà aujourd'hui.

— Eh bien, c'est Noël.

— C'est ton petit ami. C'est un charmeur.

Colin sourit.

— Il m'a bien charmé en tout cas.

— Il n'a aucun point commun avec Trent. Ou... c'était qui ce type que tu voyais avant Trent ?

Colin plissa le nez.

— Cameron.

Un autre gosse de riches, maintenant chirurgien esthétique à Seattle.

— Oui, lui. Mais Nevin est *sui generis*.

— Ce n'est pas le latin pour « super sexy » ? la taquina Colin.

Miranda lui donna un petit coup.

— Unique. Dans une classe à part.

247

Des éclats de rire leur parvinrent depuis le salon, ceux de Nevin, de Hannah, de Paula et de Harold tous entremêlés.

— C'est bien lui, confirma Colin.

— Mais il est aussi super sexy. Je ne sais pas dire ça en latin.

La tradition familiale voulait qu'ils ouvrent les cadeaux tard le jour de Noël, même si personne ne se souvenait pourquoi. En général, les cadeaux n'étaient pas extravagants, bien que certaines exceptions puissent être faites. Hannah poussa des petits cris aigus devant le sien : le dernier iPhone qui, contrairement à son ancien, n'avait pas l'écran cassé. Colin eut quelques DVD de sa famille et, de la part de Nevin, une photo dédicacée de Orlando Bloom en costume de Legolas.

— Non ! s'exclama Colin en serrant le cadre photo contre lui. Comment tu as eu ça ?

— Mes sources sont top secret.

En plus de la tasse Worf, Colin avait pris un nœud papillon à Nevin. Le tissu portait les images de rubans jaunes de police, et Nevin rit si fort qu'il dut boire un peu d'eau pour se reprendre.

Les parents de Colin offrirent également un cadeau à Nevin. Ce n'était pas grand-chose, juste une boîte de crayons à dessin, mais cela le fit sourire et baisser la tête comme un enfant timide. C'était une fête agréable et remplie de joie.

Et à cause de la stupidité de Colin, cela faillit être leur toute dernière.

XXIII

Si LES vacances étaient une période creuse pour l'immobilier, elle était en revanche surchargée pour la police. D'après Nevin, c'était parce que les familles passaient trop de temps ensemble, associé au stress et à l'alcool. Les gens commençaient à se disputer, puis allaient ensuite se frapper. Alors Nevin travaillait de longues heures et rentrait épuisé, pendant que Colin avait du temps libre en trop.

Le mercredi après Noël, il passa la matinée et une bonne partie de l'après-midi à faire le ménage. Il aurait pu reconstituer un nouveau chat avec tous les poils qu'il balaya. Pendant qu'il nettoyait soigneusement le salon, il fit accidentellement tomber une pile de documents et découvrit un croquis récent de Nevin. Il aimait dessiner pendant qu'ils regardaient un film ensemble, et celui-ci montrait l'intérieur de leur loft, avec Leg recroquevillé dans un fauteuil dans un coin près de la bibliothèque. C'était la première fois que Colin le voyait dessiner autre chose que des voitures et des bâtiments. Si les lignes de la pièce et des meubles étaient assurées, il y avait quelque chose d'hésitant dans sa manière de dessiner le chat, et c'était adorable et douloureux.

— Il faut accrocher ça au mur, informa-t-il Legolas, qui bâilla pour acquiescer.

Après quelques recherches, il trouva un tube à poster au fond d'un placard. Il roula soigneusement le dessin et le glissa à l'intérieur, enfila ses boots et une veste et se dirigea sous la pluie.

Le magasin d'encadrement n'était qu'à quelques pâtés de maisons, et il y avait la queue devant le comptoir. Les fêtes devaient probablement les garder occupés dans cette boutique. Alors que le vendeur commençait à encaisser les articles de la femme devant lui, le portable de Colin vibra. Il jongla avec le tube à poster pour répondre.

— Allô ?

— Hé, Colin. C'est Crystal. De *Meilleur Espoir* ? Joyeuses fêtes !

— Merci. À toi aussi.

— Donc, Manuel profite de buffets de chocolat quelque part dans les Caraïbes et je m'occupe des choses pendant qu'il n'est pas là. Je voulais te demander un service.

— Oh. OK.

La dame devant lui sortit sa carte bancaire.

— Nous avons un nouveau client qui a vraiment besoin que quelqu'un aille lui rendre visite. Je vais te donner son adresse et tu pourras…

— Je ne peux pas. Je suis désolé.

Il courba les épaules sous la culpabilité.

— Oui, je sais que c'est la mauvaise période, mais ce pauvre vieux type est seul pour les fêtes. Si tu pouvais passer vraiment très vite, ce serait génial.

— J'aimerais pouvoir. Mais je pense qu'il vaut mieux que je reste au loin jusqu'à ce que ces, euh, meurtres soient élucidés.

Il tenta de garder la voix basse, mais la femme devant lui se retourna pour le dévisager. Il tenta de lui sourire, mais elle ne le lui rendit pas.

Crystal resta silencieuse un moment. Quand elle parla à nouveau, elle semblait sombre.

— Ça veut dire que tu n'es plus bénévole ?

— J'aimerais continuer, mais je vais devoir rester à l'écart quelque temps.

Avec un regard noir dans sa direction, la femme rassembla ses affaires et partit. Colin s'approcha du comptoir et adressa un regard désolé au vendeur.

— Je suis désolé, je dois te laisser, Crystal.

— Si tu arrêtes le bénévolat, il y a des papiers que tu dois remplir.

Il n'arrêtait pas *vraiment*, il espérait reprendre dès qu'il serait certain qu'il n'allait pas d'une façon ou d'une autre apporter la mort chez ses clients. Mais avec les gens impatients qui attendaient derrière lui et le vendeur qui patientait, Colin ne voulait pas débattre.

— Très bien. Je…

— Je te les envoie.

— Parfait. Je dois y aller. Bye.

Elle le salua sèchement et raccrocha.

— Je suis désolé, dit Colin au vendeur, un type maigrichon avec des lunettes à la Buddy Holly et une moustache cirée.

— Aucun problème, mec. Qu'est-ce que je peux faire ?

Il fallut du temps à Colin pour choisir un pied et un cadre, mais il trouva finalement son bonheur. Il paya, laissa le dessin avec le vendeur, et partit. Il était presque l'heure de dîner, le soleil se couchait déjà et la circulation de l'heure de pointe encombrait les rues. Il n'avait pas eu de nouvelles de Nevin, qui envoyait en général un message avant de quitter le travail. Une autre longue journée pour lui. Enfin, au moins Colin pouvait le nourrir de son mieux. En chemin, il passa par son restaurant libanais préféré et prit un petit festin à emporter.

— Une fête ce soir ? demanda la propriétaire en lui souriant.

— Nope. Juste un petit ami affamé.

Elle rit.

— Eh bien, pour gagner le cœur d'un homme il faut passer par son estomac. Je vais ajouter quelques baklava et kanafeh dans votre sac, comme ça, vous aurez du sucré et collant à partager.

Colin souriait sur le chemin du retour, imaginant les manières créatives dont Nevin et lui pourraient profiter de ces desserts. Ils devraient se doucher après, mais ça aussi c'était amusant.

Quand il arriva au loft, il posa la nourriture dans le frigo. Legolas lui rappela qu'il était l'heure de dîner, alors il lui versa des croquettes avant d'aller se changer dans la chambre. Il portait un jogging et un tee-shirt, ce qui était approprié pour du nettoyage, mais ce serait bien de s'habiller pour le dîner, même si ce n'était qu'un plat à emporter réchauffé au micro-ondes. Il enfila un jean qui, d'après Nevin, lui mettait les fesses particulièrement en valeur, une chemise rose pâle et un nœud papillon bleu.

Alors qu'il allait vers le salon pour regarder un peu la télé, l'interphone sonna. Surpris, il appuya sur le bouton.

— Oui ?

— M. Westwood ?

— Oui ?

— Je suis Darren. Enfin, le petit ami de Crystal. De *Meilleur Espoir*. Elle a des papiers que vous devez signer.

Quand Crystal avait dit qu'elle lui enverrait des papiers, Colin avait pensé qu'elle voulait dire par mail. Soit elle était furieuse qu'il ne veuille plus travailler pour eux et voulait se débarrasser de lui aussi vite que possible, soit, en étant gentil, elle voulait nettoyer son bureau au plus vite pour avoir du temps libre pour le Nouvel An. Dans tous les cas, il était plus facile de signer que de protester.

— OK. Montez.

Il appuya sur le bouton pour ouvrir la porte.

Il répondit quand on frappa moins d'une minute plus tard. Darren lui rappela immédiatement Ford : musclé, le crâne rasé, des tatouages qui dépassaient de son col. Mais si Ford avait des yeux bruns qui pétillaient d'humour, ceux de Darren semblaient méfiants. Il regarda par-dessus l'épaule de Colin dans l'appartement.

— Désolé de, euh, vous déranger.

— Ce n'est rien. Entrez.

Dans le but de trouver une surface plate pour signer, Colin le conduisit vers la table à manger.

— Attendez, je vais chercher un stylo.

Il fouilla dans les tiroirs de la cuisine jusqu'à en trouver un et le rejoignit à table.

Darren porta la main dans sa veste pour les papiers… et sortit une arme.

Une arme pointée vers sa poitrine, qui était si inattendue que Colin ne put que rester bouche bée. Puis son cœur commença à tambouriner et ses genoux se firent faibles. Il s'accrocha à une chaise pour se retenir.

— Ne bouge pas ! aboya Darren.

Toutes les pièces se remirent en place et Colin gémit devant sa propre bêtise.

— Tu as tué…

— Où il est ? Le flic ?

— Je ne sais pas…

Darren agita son flingue.

— Crystal a vu la photo dans le journal l'autre jour. Ce flic et toi à une teuf de richards. Je sais que vous êtes en couple, pédés. Il est où ?

Tentant d'ignorer la panique qui montait et son cœur qui allait trop vite, Colin réfléchit rapidement à ses options. Il pouvait garder la bouche fermée, auquel cas il était probable que Darren lui tire dessus. Ce qui était déjà mal, mais en plus Nevin arriverait bientôt sans s'attendre à trouver un mort chez lui. Et si Darren tirait avant que Nevin puisse sortir son propre flingue… Non. Ce n'était pas acceptable.

— Il est au travail.

— Appelle-le. Dis-lui de venir. Mais si tu fais allusion à ma présence, je te tire dans le ventre et je te regarde mourir lentement.

Le 911. Il devait appeler le 911. Mais quand il sortit son téléphone et déverrouilla l'écran, Darren s'approcha assez près pour presque le toucher.

— Montre-moi. Je veux voir qui tu appelles.

Merde. Il était difficile de chercher dans ses contacts avec les mains qui tremblaient autant, mais finalement, Colin arriva au N. Il tapa sur le nom de Nevin. Semblant satisfait, Darren recula. Il garda son arme pointée sur Colin, mais son attention s'égara sur le contenu du loft. Colin s'écarta un peu plus de lui.

— Comment ça va, Collie ?

Colin pouvait à peine l'entendre avec le bruit du sang qui se précipitait dans ses tempes.

— Tu es en chemin ?

— Je serai... C'est quoi le souci ?

Un type dans notre loft avec un flingue. Il a déjà tué quatre personnes et il t'attend. Ils avaient tout un lexique de sous-entendus, mais ils n'avaient jamais décidé d'un code pour ce genre de situation.

— Colin ?

La voix de Nevin était tendue, avec une pointe d'urgence.

Darren trouva le portefeuille de Colin sur le comptoir et fouilla à l'intérieur, l'arme tenue d'une main assurée. Mais il lui grogna dessus en silence.

— Tu rentres maintenant, Nevin ?

— Bordel du cul, Col. Qu'est-ce que... c'est ton cœur ?

— Non. Sois prudent sur la route.

Et c'était le meilleur code qu'il pouvait trouver. Nevin n'avait pas pris la voiture ce matin. Vu que le loft n'était qu'à trois kilomètres de son bureau, il courait pour y aller, sauf quand la météo était vraiment mauvaise. Et, bordel, Colin devait le prévenir pour cette embuscade, mais son cœur tentait de fuir sa poitrine et son cerveau s'approchait de l'arrêt cérébral, et il était si faible, une petite tapette qui ne pouvait pas se défendre, qui n'avait jamais rien fait de significatif, qui...

Non.

— Colin !

Nevin criait désormais dans son téléphone. Colin pouvait l'imaginer, les yeux brûlants, les dents blanches acérées, la main libre serrée dans un poing. Et, bon sang, Colin l'aimait tellement. Nevin était... précieux. *Sui generis.* Il méritait d'être sauvé.

— Je t'aime, dit Colin avec calme. Et tu le mérites.

Darren grogna, fit tomber le portefeuille et pointa l'arme sur Colin. Nevin cria son nom. Et Colin dit :

— Le petit ami de Crystal veut nous tuer.

Le coup de feu fut assourdissant et résonna contre les murs de brique. La balle toucha Colin à la poitrine et l'envoya en arrière. Mais cela ne faisait pas vraiment mal. Il sentit l'impact, la chaleur, mais pas la douleur aiguë et terrible de la chair à vif. Peut-être que mourir serait facile, comme sombrer sous un anesthésiant.

Le téléphone tomba de ses doigts sans vie. Il crut entendre Nevin l'appeler, mais ce n'était peut-être qu'un écho.

Darren dut tirer à nouveau, parce que la lampe derrière Colin explosa. Les fragments de verre tombèrent dans son dos, et *ça* c'était douloureux, brûlant. Il tomba en avant et Darren se précipita vers lui. Le cœur de Colin battait assez fort pour détruire tout l'immeuble. Quel battement serait le dernier ?

Un éclair orange et blanc jaillit de sous le canapé et s'accrocha à la jambe de Darren. L'homme hurla et Colin tomba contre lui, les faisant basculer tous les deux, et l'arme glissa sur le plancher lustré. Darren et Colin tentèrent tous les deux de l'attraper, et peut-être que Darren avait l'avantage de ne pas être en train de mourir, mais Colin était au-dessus. Et Legolas, le courageux Legolas, griffait le visage de Darren.

Rampant, Colin fut le premier à l'arme. Darren tenta de la lui arracher, mais Colin serra sa main ensanglantée sur la crosse. *Maintenant*, la douleur dans sa poitrine était atroce, chaque souffle était une torture, mais il était trop tard pour s'en préoccuper. Il passa un doigt sanglant sur la gâchette, fit de son mieux pour viser Darren, et tira.

XXIV

NEVIN RÉQUISITIONNA une voiture de patrouille au premier gorille venu et, lumières et sirènes hurlantes, conduisit à une vitesse qui aurait horrifié Colin. Il ne put cependant pas conduire longtemps à cette allure, parce que la circulation était dense tandis qu'il traversait le centre-ville. Il aurait voulu avoir un tank pour rouler sur ces putains de voitures qui lui barraient la route.

D'autres sirènes hurlaient autour de lui. Il espérait qu'il avait eu la présence d'esprit de leur donner l'adresse avant de partir.

Il s'arrêta sur l'emplacement illégal en faisant crisser les pneus, celui qui avait tant fait crier Colin quand Nevin s'y garait. La foule se rassembla sur le trottoir, les gens observaient l'immeuble. Deux agents en uniforme attendaient également. Nevin se précipita vers la porte, entra dans le hall, et supplia ses mains de rester stables pendant qu'il entrait le code de sécurité. Un agent se précipita à sa suite. Il n'avait jamais été aussi heureux d'être entouré par un océan d'uniformes bleus.

Ils ne prirent pas l'ascenseur mais coururent sur les trois volées de marches. Heureusement que Nevin était en forme, beaucoup de gorilles haletaient et soufflaient derrière lui.

La porte de Colin, *leur porte*, était fermée, et en dehors de la troupe de policiers, le couloir était vide. Les voisins n'étaient pas là, ou ils se cachaient chez eux. La procédure aurait voulu qu'il s'approche avec prudence. Mais il emmerdait la procédure.

Il sortit son arme et ouvrit la porte.

Deux corps ensanglantés étaient couchés au sol. L'un d'entre eux... putain, il manquait une bonne partie de sa tête. Mais merci, Dieu et tous les apôtres, *ce* corps n'avait aucune importance. Le seul qui importait était plutôt intact, même s'il était couché face contre terre et ne bougeait plus.

— Colin !

Nevin s'effondra à côté de lui. Sa première pensée fut irrationnelle – *plus la peine de se faire tester maintenant, pas quand je suis dans une mare de son sang –*, mais heureusement sa formation prit le dessus. Il retourna délicatement Colin. Il y avait du sang partout, des litres et des litres, mais Colin respirait. Putain, il respirait.

— Envoyez les secours ! hurla Nevin en arrachant la chemise de Colin pour l'ouvrir.

Des rubans de sang frais coulaient d'un petit trou dans sa poitrine, non loin de sa cicatrice. Nevin y pressa la main et fit de son mieux pour garder la vie à l'intérieur.

HAROLD LUI avait apporté du café.

Les choses étaient vraiment aussi merdiques que ça, Colin était au bloc opératoire, sa vie ne tenait qu'à un fil, et son père apportait du café à Nevin. Ce dernier tenta de boire, mais sa gorge ne fonctionnait pas. Il ne pouvait que rester assis sur ce siège d'hôpital et tenter de tenir le coup. Harold et Paula se blottissaient l'un contre l'autre non loin.

Putain de merde. Ils pouvaient envoyer des gens dans l'espace, alors pourquoi ne pouvaient-ils pas faire des sièges d'hôpital qui n'étaient pas un tel instrument de torture ?

Quelqu'un lui tapota l'épaule, le surprenant tellement qu'il faillit sortir son arme.

— Putain ! cria-t-il devant le visage implacable de Frankl.

Au moins, personne ne lui dit de se taire.

— Il faut que nous parlions parle.

— Nous n'avons qu'à parler ici, parce que je ne bougerai pas mon cul de cette chaise.

Frankl hocha la tête et s'assit près de lui.

— Comment va-t-il ? demanda-t-il à voix basse.

— Il est au bloc. Mais il va aller bien parce que j'ai dit à la chirurgienne que s'il n'allait *pas* bien, j'allais enfoncer mon bras dans sa gorge et lui arracher les poumons.

— Les menaces de mort sont toujours très efficaces pour recevoir les meilleurs soins médicaux.

Nevin s'affaissa sur lui-même.

— Je n'ai peut-être pas dit ça comme ça.

Il ne s'en souvenait pas clairement. Tout était un flou : la poursuite de l'ambulance jusqu'à l'hôpital dans la voiture de police, l'appel aux parents de Colin, puis l'attente. Cette putain d'attente. Au bout d'un moment, il avait lavé le sang qu'il avait sur les mains et quelqu'un lui avait donné un tee-shirt propre pour se changer de sa chemise souillée, mais il ne s'en souvenait pas.

— Le criminel est mort et nous avons sécurisé l'appartement de la victime, dit Frankl.

— C'est mon appartement aussi.

— OK. Il faudra nettoyer…

Nevin secoua la tête. Cela n'avait aucune importance.

Frankl s'éclaircit la gorge.

— Les agents sur la scène du crime ont dit que le criminel était…

— Crystal. Elle travaille pour *Meilleur Espoir*. Ce fils de pute était son petit ami.

— Oui, nous avons compris ça. Elle est en garde à vue et parle déjà à Blake.

Adorable. Nevin se frotta les tempes et tenta de remettre son cerveau en marche. Il était flic, putain, et il était doué. Il savait comment agir dans ces cas-là.

— Ruskin, Grey, les Thomas… c'était eux aussi.

Il se souvenait d'une chose que Manny avait mentionnée une fois, sur Crystal qui avait des soucis financiers.

— Je parie que le petit ami de Crystal menaçait les victimes pour de l'argent. Quand ils n'en avaient plus ou menaçaient d'en parler, il se débarrassait du problème.

— Ça colle avec ce qu'elle a dit jusque-là. Elle l'accusait lui, ce qui est pratique vu qu'il est à la morgue, mais c'était d'elle qu'il devait obtenir les informations.

Tuer pour de l'argent. Nevin avait connu la vraie pauvreté, le genre qui venait avec aucune nourriture dans le ventre et aucun toit au-dessus de sa tête, mais même là, il n'aurait jamais blessé quelqu'un pour ça.

— Pourquoi s'en est-il pris à Colin ? Juste pour m'atteindre ? Pourquoi ?

Il devrait savoir depuis le temps qu'il n'y avait pas de logique à la violence.

— Nous ne savons pas encore. Mais Crystal a avoué qu'elle avait parlé à Colin aujourd'hui. Elle prétend qu'elle lui demandait juste de faire du travail bénévole et qu'il a refusé, mais nous savons que c'est des conneries. Il s'est passé autre chose.

— Il lui a dit non, songea Nevin. Et elle a réalisé que nous nous rapprochions d'eux, alors ils ont paniqué.

Peut-être qu'une autre histoire ressortirait à la fin, mais son instinct lui disait qu'il n'était pas loin.

Frankl tira sur son oreille.

— Tu étais le premier sur les lieux, alors techniquement j'ai besoin d'une déposition de ta part. Mais les agents étaient juste derrière toi, je ne pense pas qu'ils aient raté quoi que ce soit. Nous pourrons parler plus tard. Quand il ira mieux.

Il fit un signe du menton vers la porte du bloc.

— Et, Ng ? Prends soin de toi. Tu veux que j'appelle Jeremy Cox ?

— Non. Ça ira.

Jeremy était toujours enfermé quelque part avec Qay. Ford était en vacances avec Katie, ses premières depuis des années, leurs premières ensemble, et Nevin n'allait pas les interrompre juste parce qu'il avait besoin d'une épaule sur laquelle pleurer.

Frankl se leva, lui donna une tape dans le dos et partit.

Quelques minutes plus tard, Paula s'assit près de lui. Elle avait le visage grave et les yeux rouges. Nevin réalisa que ce n'était pas la première fois qu'elle attendait des nouvelles de Colin.

— Il est si courageux, dit Nevin. Il m'a sauvé. Il savait que ce connard allait me tirer dessus et il…

— Je sais. Il est fort, Nevin. C'est la personne la plus forte que je connaisse.

— Oui.

— Et il sait que tu mérites d'être sauvé.

Elle lui sourit.

— Je le pense aussi, mon chéri. Et puis, tu as ramené la cavalerie et as posé les mains sur son corps ensanglanté. Tu l'as sauvé toi aussi, non ?

Elle ne le haïssait pas. Harold non plus. Leur petit garçon risquait de mourir, mais ils réconfortaient Nevin. Et il réalisa quelque chose. Quand les choses étaient parties en couille, Colin ne l'avait pas abandonné, il avait été prêt à renoncer à la vie pour sauver Nevin. Et Nevin ? Il n'avait pas fui non plus.

Même si l'inquiétude lui tordait la poitrine et qu'il avait la migraine, il découvrit quelque chose de nouveau en lui. C'était tendre, agréable, doux. Putain de bordel de sa mère. C'était de l'optimisme.

Maintenant, tout reposait entre les mains de Colin. Ou plutôt, sur son cœur. Il avait simplement à vivre.

LA CHIRURGIENNE était épuisée, mais elle sourit aux Westwood et à Nevin.

— Il va s'en tirer.

Ils poussèrent un cri de joie à l'unisson.

— La balle ? demanda Nevin.

— Elle a rebondi sur ses côtes, mais n'a fait que peu de dégâts. Il aura besoin de repos et de temps pour guérir, mais ce sera tout.

— Et pour son cœur ? demanda Paula.

La chirurgienne sourit.

— Il est fort et n'a rien.

Puis elle regarda Nevin en plissant les yeux.

— Je ne vous ai pas vu récemment ? Vous étiez là pour un autre de mes patients. M. Cox ?

— Je n'ai pas eu de chance dernièrement.

— Ou vous en avez beaucoup eu, puisqu'ils ont tous les deux survécu. Comment va M. Cox ?

— Aucun d'entre nous ne peut arracher son petit ami de lui assez longtemps pour le dire.

Elle rit. Les Westwood avaient quelques questions pour elle, mais Nevin avait déjà entendu le plus important. Pour le reste, ça irait tout seul.

Après le départ de la chirurgienne, Paula se tourna vers lui.

— Rentre chez toi te reposer.

— Mais Collie…

— Il sera en salle de réveil pendant un long moment. Va te reposer, et demain matin tu seras frais et dispo pour rester à son chevet.

Elle se frotta la bouche.

— Quand il sortira, il aura besoin de quelqu'un pour prendre soin de lui. Nous pourrons le ramener à la maison et…

— Non. Je m'occuperai de lui chez nous.

— Bien.

Elle posa une main sur son bras.

— Il sera plus heureux à la maison avec toi.

NEVIN ALLAIT devoir envoyer des remerciements à la police scientifique, ou peut-être aux gorilles. Quelqu'un avait fait du très bon travail pour nettoyer le loft. Ils avaient enlevé la lampe cassée, nettoyé le plus gros du sang, et s'étaient débarrassés des débris de la scène du crime. Il découvrit même que quelqu'un avait rempli le frigo d'un étalage de sandwiches Subway – il soupçonnait que le libanais était l'œuvre de Colin.

Legolas miaula et Nevin le prit dans ses bras et le gratta derrière les oreilles.

— Il va s'en sortir, gros tas de poils. Encore deux jours. Puis vous pourrez passer tout le temps que vous voudrez le cul sur le canapé à regarder Judy Garland.

Il allait rajouter des croquettes dans sa gamelle quand il remarqua des traces de sang séché sur sa fourrure orange. Inquiet, il tâtonna Leg, mais ne trouva aucune blessure.

— Bien. Collie piquerait une crise s'il t'arrivait quelque chose.

Même s'il n'avait pas spécialement faim, Nevin mangea du taboulé et des falafels. Puis il se doucha, nettoyant la sueur séchée et les restants du sang de Colin. Il se glissa dans les draps qui portaient l'odeur de son amant et serra le coussin de Colin contre lui. Puis, avec une facilité surprenante, il s'endormit.

La peau de Colin était presque aussi pâle que les draps de l'hôpital, mais sa prise sur la main de Nevin était ferme. Nevin était resté à ses côtés ces derniers jours, à ne partir que pour les repas, des douches rapides, et pour se changer. Et nourrir Legolas. Mais c'était la première fois que Colin semblait entièrement lucide et même un peu agité.

— Le doc a dit que je pourrai peut-être rentrer après-demain.

— Tu es sûr ? Tu n'es pas…

— J'en suis sûr. Je déteste les hôpitaux, Nev. Ils ont une odeur bizarre, les robes de chambre sont immondes et les gens te réveillent un millier de fois par nuit.

— Très bien.

Colin sourit.

— Vraiment ? Tu ne vas pas débattre avec moi ni même jurer un peu ? Je devrais peut-être leur demander de voir si tout va bien pour toi aussi.

— Trou du cul.

— Voilà, le Nevin que je connais et que j'aime.

Puis son expression se fit troublée.

— Merde ! Legolas ! Bon sang, je l'ai oublié.

260

— Il va bien. Je crois que tu lui manques, mais il va bien. Je lui ai ouvert une boîte de thon ce matin pour l'aider à noyer sa tristesse.

— Bien.

Colin secoua la tête.

— C'est même un héros.

— Comment ça ?

— Quand Darren s'en prenait à moi, Leg l'a attaqué. J'ai entendu parler de chiens qui protégeaient leurs maîtres, mais jamais je n'aurais cru qu'un chat le ferait.

— Putain.

Nevin utilisa sa main libre pour lisser les boucles de Colin loin de son front.

— Que puis-je dire, Fizzy ? Tu inspires la loyauté chez les hommes comme chez les bêtes. Mais comment tu te sens ?

— Je te l'ai dit, la doc a dit…

— Je ne veux pas dire physiquement.

Merde. Il ne voulait pas avoir cette discussion, mais il ne pouvait pas l'éviter éternellement. Pas avec Colin qui le regardait avec une telle confiance.

— Collie, quand un flic tire sur quelqu'un, on le met au repos quelque temps. On le fait parler avec un psychiatre.

— Tu as déjà tué quelqu'un ?

— Non.

Une expression sombre traversa rapidement le visage de Colin.

— Qui aurait cru que j'avais tué plus de gens que toi ? Écoute, je suis désolé qu'il soit mort, mais je ne suis pas désolé de lui avoir tiré dessus. C'était… putain, c'était un tueur en série, pas vrai ? Et il t'aurait tué aussi. Alors je n'ai pas besoin de thérapie. Je suis en paix avec ce que j'ai fait.

Nevin savait bien que non, mais il décida de ne pas pousser le sujet pour le moment. Il ferma les yeux et rassembla ses pensées avant de les rouvrir.

— Merci.

— Pour quoi ?

— Tu as pris une foutue balle pour moi.

— Tu aurais fait pareil pour moi, dit Colin avec assurance.

C'était vrai. Et alors que Nevin était là, à regarder son amant, il sut que s'il existait un homme pour qui il valait la peine de mourir, il valait tout autant la peine de vivre pour lui.

— C'est mieux qu'une balle, marmonna-t-il.

— Quoi ?

Putain, comme Colin était adorable avec la confusion partout sur son visage. Et Nevin pouvait plonger totalement, parce qu'il était déjà perdu.

— L'éternité, dit Nevin. C'est un nouveau mot pour moi. Avec l'engagement, le dévouement et, hum, la constance.

— Ils me donnent plein de médicaments, Nev. Je n'ai aucune idée de ce dont tu parles.

La main de Colin toujours dans la sienne, Nevin s'agenouilla à côté du lit.

— Alors peut-être que c'est toi qui m'as sauvé de ma tour d'ivoire. Je crois qu'il est temps que notre fin heureuse à jamais arrive.

— À jamais ? demanda Colin, les yeux étincelants.

— À jamais.

— Tu es un vrai romantique sous toutes ces piques, pas vrai ? Un véritable…

Nevin le fit taire par un baiser.

ÉPILOGUE

Juin 2016

— LES MENOTTES étaient trop serrées ?

Colin écarta les poignets de Nevin du jet de la douche pour pouvoir les examiner.

— Nope. Parfaitement serrées.

— Mince, l'allure que tu avais, attaché, à me supplier...

Colin porta une main à son cœur, couvrant une partie de la vieille cicatrice et de la toute nouvelle.

— Je suis surpris que mon cœur ait supporté.

— Ton cœur peut tout supporter.

Colin le tira contre lui et serra ses fesses avec force. Cette partie du corps de Nevin était un peu endolorie, mais d'une manière agréable. Juste un picotement qui lui rappelait ce que Colin et lui avaient fait tout l'après-midi. Ce qu'ils feraient encore s'ils ne devaient pas se doucher et s'habiller.

— Nous allons être en retard, l'avertit Nevin.

— Ils peuvent attendre.

— Et quand nous arriverons, ils sauront exactement pourquoi.

Non pas que Nevin s'en souciât. Merde, il l'aurait hurlé à toute la ville si ça pouvait intéresser les gens. Il pourrait le faire tatouer sur son cul : *Colin était ici.*

Mais Colin soupira.

— Oui, OK. Je suppose que nous devrions y aller. Nous pourrons garder le reste pour demain soir. Nous avons toute l'éternité, pas vrai ?

— Et à jamais, approuva Nevin.

Admettre cela l'emplissait de calme plutôt que de panique. Ce qu'il vivait avec Colin, c'était réel, c'était bon, c'était du solide.

Ils se séchèrent et s'habillèrent. Colin remplit la gamelle de Legolas pendant que Nevin caressait le chat et lui rappelait, pour la millième fois, que c'était le meilleur chat de toute l'histoire de l'univers. À en juger à son expression, Leg était plutôt d'accord.

La météo avait été superbe toute la journée, alors c'était un peu dommage qu'ils l'aient passée à l'intérieur. Mais Nevin ne regrettait rien, et il apprécia la chaleur du soleil pendant qu'ils traversaient le parking. Quand ils arrivèrent à Julie, il jeta les clés à Colin et alla sur le siège passager.

— Tu me laisses conduire ta voiture ?

— Traite-la avec gentillesse.

Nevin était toujours sous le coup des endorphines et pensait qu'il serait agréable de rester assis et se détendre.

Mais alors qu'ils allaient vers Burnside Bridge, il fronça les sourcils.

— J'ai dit de la traiter avec gentillesse, pas comme ton arrière-grand-mère. La pédale à droite, c'est l'accélérateur.

Colin sourit et lui tapota le genou.

Quand ils arrivèrent à destination, ils se disputèrent sur l'endroit où se garer. Il y avait une zone de livraison parfaitement bien placée et libre devant le *P-Town*, et personne ne livrerait un samedi soir, mais Colin refusa totalement de s'y mettre. Il fit plusieurs fois le tour du pâté de maisons avant de trouver une place dans une ruelle adjacente. Quand il sortit de la voiture, il s'arrêta sur le trottoir pour regarder la maison la plus proche.

— À quoi penses-tu ? demanda Nevin, même s'il connaissait déjà la réponse.

— Cette maison aurait bien besoin d'une rénovation.

En effet. La peinture grise pelait par endroits, le toit avait des creux et des bosses comme des contreforts, et les fenêtres de l'étage étaient fissurées. Le porche négligé montrait des planches tordues et il manquait des barres à la rampe. Il y avait plus de mauvaise herbe que de pelouse sur le jardin devant la maison.

— Il n'y a aucun panneau « à vendre », fit remarquer Nevin.

— Je sais. Mais avec la valeur de l'immobilier qui monte, parfois les gens réfléchissent à une offre sortie de nulle part. Ça vaut en tout cas le coup d'essayer. C'est une belle maison.

Il prit une photo de la devanture et rangea son téléphone.

Nevin sourit alors qu'ils traversaient le pâté de maisons main dans la main. Colin avait été très pris par son travail, mais il y prenait un tel plaisir que même ses parents l'avaient remarqué. Il allait au bureau le matin en chantonnant, et quand il rentrait à la maison il chantait encore devant Nevin. Sa joie mettait du baume au cœur quand Nevin avait passé une journée stressante au travail, ce qui arrivait souvent.

Le *P-Town* était toujours bondé les samedis soir. Mais cette fois, il était plein de gens qu'il connaissait, parce que Rhoda avait réservé la salle entière pour eux. Et, oui, tout le monde devina à la perfection pourquoi ils étaient en retard, parce que dès que Colin et Nevin entrèrent, ils furent acclamés et les rires résonnèrent dans la foule. Colin rougit de façon adorable et Nevin lui fit un regard lubrique.

Deux guitaristes, habitués du café, jouaient sur la petite scène, pendant que l'odeur du café et des pâtisseries embaumait la salle. Adorable dans sa robe à fleurs et ses couettes enrubannées, Ptolemy leur fit un signe derrière le comptoir.

Rhoda fut la première devant eux et les enlaça avec force. Elle avait rencontré Colin en janvier, peu après sa sortie de l'hôpital, et sans surprise elle l'avait immédiatement adopté. Nevin la soupçonna de devoir se retenir de pincer les joues de Colin.

— Je n'arrive pas à croire que tu l'aies capturé, dit-elle à Colin.

— Capturé, peut-être, mais je n'essaierai pas de l'apprivoiser.

— Je ne suis pas un foutu tigre, grommela Nevin.

Mais secrètement, la conversation le rendait heureux, il se sentait puissant et désiré. Et ça lui fit penser à un nouveau jeu que Colin et lui pourraient essayer au lit un de ces jours. Où pouvait-on acheter un casque colonial à Portland ?

Rhoda le serra à nouveau dans ses bras.

— Mazel tov. Je suis heureuse pour vous.

Puis elle les laissa à une file de personnes venues les féliciter.

Durant un de ses rares moments seul – en revenant des toilettes –, Nevin s'arrêta pour regarder la salle. Les tables avaient été repoussées sur le côté, et certaines personnes dansaient. Katie et Ford étaient dans les bras l'un de l'autre, et même si elle ne donnait pas encore l'air d'avoir avalé un ballon de plage, son ventre était remarquablement rond. Elle était radieuse, belle, et toutes ces choses que les futures mères étaient censées être, et Ford n'avait cessé de sourire depuis des mois. Près d'eux, la nièce de Colin, Hannah, dansait avec un cousin, et Harold et Paula dansaient superbement le two-step.

À une table dans un coin, Parker avait une conversation profonde avec Manny et le mari de celui-ci. À une autre, Jeremy et Qay étaient avec Frankl et sa femme, et ils riaient à une chose que Qay venait de dire. Le reste du café était plein de gens que Nevin et Colin connaissaient : de la famille, des amis, quelques collègues. Tous étaient heureux, tous venaient fêter ce que Colin et Nevin avaient construit ensemble.

Et il y avait Colin lui-même, en compagnie de sa tante et Miranda, un verre de thé glacé à la main. Il semblait jeune et était beau dans son short en coton, sa chemise bleu pâle, ses bretelles et, bien entendu, un nœud papillon rouge. Il devait écouter ce que sa tante disait, mais il regardait Nevin, le visage rempli d'amour et de bonheur. Ses yeux disaient la même chose que le cœur de Nevin : *Hé ! Cet homme là-bas, il est à* moi.

Même s'ils se reverraient tous le lendemain, la fête dura jusqu'à tard. Colin bâillait quand il serra Rhoda pour lui dire bonne nuit.

— Bon sang, nous devons encore faire nos valises, se plaignait-il à Nevin alors qu'ils s'éloignaient.

Après la cérémonie, ils allaient mettre les valises dans Julie, partir lentement vers l'autoroute de la côte et passeraient la nuit à Newport puis à Mendocino, avant de passer deux semaines à San Francisco et Big Sur.

— Ne te fatigue pas. Je te veux nu toutes les nuits de toute façon.

Rapide, Colin le poussa contre le bâtiment de brique et pressa son corps au sien.

— Tu sais, nous pourrions nous enfuir.

Ses mots chatouillèrent l'oreille de Nevin. Il pouffa de rire.

— Et décevoir ta mère ? Je ne pense pas.

Le lendemain après-midi, trois cents personnes se regrouperaient au club de golf de Harold pour entendre Colin et Nevin échanger leurs vœux.

— Je dirai à ma mère qu'on s'en fout. Ce n'est pas elle qui se marie.

— Tu m'as fait acheter un putain de costume.

— Et tu pourras le porter au gala de Noël. Chaque année. Ou... ajouta Colin, la voix plus grave, chuchotant, donnant un coup de bassin. Porte-le juste pour moi.

Ah, mais ils pouvaient jouer tous les deux à ce jeu, et Nevin était un pro. Il enfonça ses doigts dans les fesses de Colin et lui mordilla l'oreille, le faisant trembler.

— Je ne veux pas *te* décevoir. Tu te souviens ? Des fraises au chocolat, Etta James, du B-52, comme tu en as toujours rêvé.

— Oui. Ça va être sympa. Mais, Nev. Le truc, c'est que quand j'étais gamin, je rêvais de me marier. Mais maintenant, je sais que ce n'est qu'une fête. Le plus important ? Ce pour quoi je suis réellement excité ? C'est d'*être* marié. Avec toi. C'est mon rêve qui se réalise.

Nevin avait été un enfant abandonné, un sale gosse avec juste ses poings et son gros caractère. Il avait dépassé tout ça pour devenir un homme, un homme qui aidait les faibles et faisait une différence dans le monde. Mais maintenant, avec Colin, il était plus que ça. Il était un homme heureux, un homme aimé, un homme qui allait se marier avec l'homme qui avait le cœur le plus fort de l'histoire de la création. C'était ses rêves à lui qui se réalisaient.

— Pourquoi grognes-tu, Nev ?

— Ma vie est devenue une chanson de Judy Garland.

Colin rit et lui embrassa la joue.

— Viens. Je te la chanterai en chemin.

— Laisse tomber. Nous la chanterons ensemble.

L'AMOUR NE SUFFIT PAS

KIM FIELDING

L'amour ne peut pas…, numéro hors série

Jeremy Cox a grandi dans une petite ville du Kansas, où sa vie était un enfer. Dès que possible, il s'en est échappé. La quarantaine passée, il gère les parcs publics de Portland, Oregon, tout en faisant de son mieux pour aider les gens de la rue, SDF et jeunes fugueurs. Son ex, Donny, dont il s'est séparé quelques années plus tôt à cause de ses addictions – alcool et drogue – réapparaît un jour devant sa porte et, par inadvertance, le met en grave danger. Comme si ça ne suffisait pas, Jeremy rencontre alors un homme fascinant, mais énigmatique, lui aussi hanté par son passé.

Qayin Hill ne possède pratiquement rien, à part des squelettes dans son placard et des démons dans sa tête. Ancien toxicomane en lutte permanente contre l'anxiété et la dépression, il ne sait pas combien de ses secrets il peut révéler à Jeremy ni comment réagir en réalisant que ce dernier veut le sauver de lui-même.

Malgré leurs problèmes respectifs, Jeremy et Qay découvrent ensemble l'amitié, la passion et un fragile espoir d'un avenir à deux. À présent, il leur faut décider si l'amour peut tout conquérir, comme le prétend le vieil adage, ou s'il ne suffit pas.

www.dreamspinner-fr.com

BRUTE

Kim Fielding

Brute mène une vie solitaire dans un monde où la magie est omniprésente. Ce qui le définit le mieux serait sans doute ses deux mètres trente de laideur, et son ascendance honteuse. Personne, pas même Brute, ne s'attend donc à ce qu'il puisse être autre chose qu'une main-d'œuvre corvéable. Mais les héros sont de toutes sortes et de toutes tailles, et quand il se retrouve handicapé pour avoir sauvé un prince, la vie de Brute change brusquement. Il est invité à venir travailler au palais de Tellomer afin de devenir le gardien d'un seul et unique prisonnier. La tâche semble facile, mais elle s'avérera être le défi de sa vie.

Les rumeurs prétendent que le prisonnier, Gray Leynham, est un sorcier et un traître. Ce qui est certain, c'est qu'il a passé les dernières années dans une misère à peine imaginable : aveugle, enchaîné, et rendu presque incompréhensible par un bégaiement extrême. Et comme si cela ne suffisait pas, il est assailli par des cauchemars durant lesquels il assiste à la mort de gens vivant à proximité – pire, ses rêves se réalisent.

Tandis que Brute s'habitue à la vie au palais et apprend à connaître Gray, il découvre sa propre valeur, d'abord en tant qu'ami et en tant qu'homme, puis en qualité d'amant. Mais Brute apprend aussi que les héros sont parfois confrontés à des choix difficiles et que faire ce qui lui semble juste peut aussi l'exposer à de grands dangers.

www.dreamspinner-fr.com

KIM FIELDING est très heureuse quand on la traite d'éclectique. Ses livres, qui ont gagné le Rainbow Awards, couvrent des genres très variés. Elle a beaucoup bougé sur deux tiers occidentaux des États-Unis et vit actuellement en Californie, où sa bibliothèque, depuis bien longtemps, est archi-comble. Professeur d'université, elle rêve de voyager et d'écrire à plein temps. Elle aimerait aussi avoir deux enfants parfaitement élevés, un mari moins obsédé par le football et une maison autonettoyante. Certains rêves sont plus réalisables que d'autres.

Blogs : kfieldingwrites.com
et www.goodreads.com/author/show/4105707.Kim_Fielding/blog
Facebook : www.facebook.com/KFieldingWrites
E-mail : kim@kfieldingwrites.com
Twitter : @KFieldingWrites

Par KIM FIELDING

Brute

L'AMOUR NE PEUT PAS
L'amour ne suffit pas
L'amour est impitoyable

Publié par DREAMSPINNER PRESS
www.dreamspinner-fr.com

Pour les meilleures
histoires d'amour
entre hommes, visitez

www.dreamspinner-fr.com

www.ingramcontent.com/pod-product-compliance
Lightning Source LLC
Chambersburg PA
CBHW030650020726
47493CB00006B/1957